Mein Opa war ein Nazi

Autorin

Monika Pistel

geb. Decker

Vorwort

„Mein Opa war ein Nazi" – dieser Titel mag schockieren, verwirren oder in einem ersten Moment sogar abstoßen. Doch genau das ist die Absicht dieses Buches. Es ist ein Versuch, die unbequeme Wahrheit zu benennen, die sich oft hinter den Schleiern des Schweigens und der Verdrängung verbirgt. Eine Wahrheit, die uns an die düsterste Zeit unserer Geschichte erinnert – und uns gleichzeitig auffordert, unsere Verantwortung in der Gegenwart zu erkennen.

Ich heiße Lea, und dieses Buch ist meine Geschichte, aber auch die Geschichte meines Großvaters und der Schatten, die seine Vergangenheit auf unser Leben geworfen hat. Es ist eine Geschichte über Verdrängung, über das Nicht-Wissen-Wollen und die erschütternde Erkenntnis, dass selbst die, die wir lieben, Teil eines kollektiven Verbrechens waren. Es ist eine Reise in eine dunkle Vergangenheit, die auch uns in der Gegenwart noch betrifft – sei es durch das, was wir wissen, oder durch das, was wir nicht wissen wollen. In den letzten Jahren habe ich mich intensiv mit der Geschichte meines Großvaters beschäftigt. Ich habe versucht zu verstehen, wie er und viele andere in das System des Nationalsozialismus hineingezogen wurden, und warum sie in den Augen derer, die sich nicht an diesen Teil der Geschichte erinnern wollen, oft als „die Schuldigen" erscheinen. Ich habe gelernt, dass Verdrängung keine Lösung ist und dass die Auseinandersetzung mit der Vergangenheit der einzige Weg ist, sich zu verändern.

Doch „Mein Opa war ein Nazi" ist nicht nur ein persönliches Geständnis oder ein Versuch, Schuld abzulegen. Es ist ein Aufruf, die Vergangenheit als das zu begreifen, was sie ist: ein Teil unserer Geschichte, der uns auch in der Gegenwart prägt. Ich habe dieses Buch geschrieben, um nicht nur meine eigene

Geschichte zu erzählen, sondern auch, um die Geschichten derer zu hören, die sich der Vergangenheit stellen.

Es ist ein Dialog – zwischen der Geschichte, der Gegenwart und der Zukunft. Viele Menschen mögen sich fragen, warum wir über solche Dinge sprechen müssen. Warum nicht einfach weitermachen und nach vorne schauen? Die Antwort darauf ist einfach: Wer die Geschichte nicht kennt, kann nicht aus ihr lernen. Wer sie nicht verarbeitet, wird immer wieder in die gleichen Fehler stolpern.

Dieses Buch ist eine Einladung, sich dieser Verantwortung zu stellen. Es ist eine Einladung, mit mir und mit vielen anderen über die dunklen Kapitel der Geschichte zu sprechen. Es ist eine Einladung, die Wahrheit zu hören, auch wenn sie schmerzhaft ist.

Denn nur wenn wir die Schatten der Vergangenheit anerkennen, können wir das Licht der Zukunft erkennen.

Lea

Kapitel 1 Lea und ihr Großvater

Die Sonne schien warm auf das Kopfsteinpflaster, als Lea mit ihrem Fahrrad die Einfahrt zum Haus ihrer Großeltern hochfuhr. Es roch nach Lavendel und frischem Gras, ein Geruch, den sie immer mit den Sommerferien bei Oma und Opa verband. Hier war es anders als zu Hause, wo es oft still war, weil Mama so viel arbeitete. Bei ihren Großeltern fühlte sie sich nie allein, auch wenn sie sich oft mit einem Buch zurückzog.

Lea war hager, mit langen, dünnen Beinen, die sie selbst als unförmig befand. Ihr blondes Haar trug sie immer offen, auch wenn es ihr ständig ins Gesicht fiel. In ihrer Klasse war sie "die Ruhige". Sie hatte keine richtige beste Freundin, aber das störte sie nicht so sehr. Sie liebte Geschichten besonders Geschichten aus der Vergangenheit.

In Büchern über alte Zeiten fand sie eine Welt, die größer war als ihre eigene. Eine Welt, die manchmal beängstigend war, aber immer spannend. Heute hatte sie ein neues Buch in ihrer Tasche. Sie hatte es in einem Rutsch durchgelesen: "Der Junge im gestreiften Pyjama". Es hatte sie nicht mehr losgelassen, und jetzt schwirrten ihr tausend Fragen im Kopf herum.

„Opa!", rief sie, als sie in den Garten kam. Der alte Mann stand mit gebeugtem Rücken über einem Rosenbusch. Seine Hände, grob und von der Gartenarbeit gezeichnet, hielten eine rostige Schere, mit der er vorsichtig die welken Blüten abschnitt. Er drehte sich langsam um, als sie näher trat Sein Gesicht war von tiefen Falten durchzogen, aber seine Augen hatten immer noch dieses warme Blau, das sie als Kind beruhigt hatte. „Opa", begann sie, während sie ihre Tasche absetzte, „hast du eigentlich im Krieg gekämpft?"

Die Frage hing in der Luft.

Ihr Großvater hielt inne. Die Schere in seiner Hand zitterte leicht, bevor er sie ablegte. Er sah sie an, als hätte sie ihm einen Schlag verpasst.

Sein Blick wanderte für einen Moment in die Ferne, als suche er nach einer Antwort, die er längst vergessen hatte oder die er verdrängt hatte.

„Warum fragst du das, Lea?", fragte er schließlich, seine Stimme war rauer als sonst.

Lea zuckte mit den Schultern. „Ich habe gestern ein Buch gelesen. Es war traurig. Über einen Jungen, der in einem Lager..."

Sie stockte. „Ein Konzentrationslager."

Er nickte langsam, ließ sich auf die Holzbank neben dem Rosenbeet sinken und wischte sich mit einem Taschentuch über die Stirn. Lea setzte sich neben ihn, spürte plötzlich eine Anspannung, die sie nicht verstand.

„Ja, Lea", sagte er leise, „ich habe im Krieg gekämpft." Lea starrte ihn an. Das war keine Überraschung - jeder ihrer Lehrer hatte im Geschichtsunterricht erwähnt, dass viele Männer damals kämpfen mussten.

Aber irgendetwas in Opas Stimme, in dem schweren Blick, den er nicht von den Rosen lösen konnte, ließ sie weiterfragen.

"Was hast du gemacht?", fragte sie. Ihre Stimme klang heller, als sie wollte. Sie spürte ein merkwürdiges Ziehen in der Brust, als wäre die Antwort schwerer, als sie sich vorstellen konnte.

Ihr Großvater zog tief die Luft ein, sein Brustkorb hob und senkte sich langsam. „Das ist eine lange Geschichte", murmelte er. „Eine, die man nicht mal eben so erzählt." Lea ließ sich nicht abschrecken.

„Aber du hast doch immer Geschichten für mich. Früher hast du mir von der Schule erzählt, von deinen Streichen mit deinem besten Freund und von dem Hund, der immer eure Schuhe gestohlen hat." Sie lächelte. "Warum nicht die hier?"

Er sah sie an, und für einen Moment schien er zu überlegen. Doch dann schüttelte er den Kopf." Manche Geschichten, Lea", sagte er, "erzählt man nicht, weil sie zu dunkel sind. Manchmal ist es besser, nicht alles zu wissen."

Lea runzelte die Stirn. „Aber du hast doch gesagt, Geschichte ist wichtig. Dass man aus Ihr lernen muss."

Er seufzte. „Ja", gab er zu. "Das habe ich gesagt. Aber ich bin mir nicht sicher, ob ich die richtige Person bin, um dir diese Lektion zu erteilen."

Lea merkte, dass er nicht mehr sagen würde, zumindest jetzt nicht. Doch sie spürte, dass da etwas war etwas Großes, etwas, das er jahrelang mit sich herumgetragen hatte. Sie wollte es wissen, nein, sie musste es wissen.

„Opa", begann sie vorsichtig, „du kannst mir alles erzählen. Ich bin nicht mehr klein."

Er legte eine Hand auf ihre. " Vielleicht nicht mehr klein, Lea", sagte er leise. „Aber noch zu jung, um manche Dinge zu verstehen."

"Die Kiste auf dem Dachboden"

Es war ein heißer Nachmittag, und die Sommerhitze hatte Lea ins Haus getrieben. Ihre Großmutter war in der Küche und summte ein altes Volkslied, während sie Marmelade einkochte.

Opa saß draußen auf der Terrasse, die Zeitung in der Hand, aber seine Gedanken schienen woanders zu sein.

Lea war ratlos. Seit dem Gespräch gestern hatte sie ein seltsames Gefühl im Bauch. Die Art, wie Opa gezögert hatte, ließ sie nicht los. Irgendetwas war da, etwas, das er vor ihr verborgen hielt.

Vielleicht war es etwas, das er vergessen wollte, aber das machte sie nur noch neugieriger.

Ohne genau zu wissen, wonach sie suchte, wanderte sie durch das Haus. Es war ein altes Haus, das ihre Großeltern schon seit Jahrzehnten bewohnten, und jeder Raum hatte seinen eigenen Geruch und seine eigenen Geräusche.

Ihr Lieblingsplatz war der Dachboden ein staubiger, dunkler Raum voller alter Kisten und Möbel, die Geschichten zu erzählen schienen.

Sie öffnete die schmale Holztreppe, die knarrend nach oben führte, und stieg vorsichtig hinauf. Das Licht einer einzelnen Glühbirne tauchte den Dachboden in ein goldenes Halbdunkel.

Hier standen Stapel von Büchern, alte Reisekoffer und Kisten, die mit Stoff bedeckt waren. Der Geruch von altem Holz und Papier war überwältigend.

Lea schob einen Stapel vergilbter Zeitungen beiseite und öffnete eine der Kisten. Sie enthielt Fotos von ihrer Mutter als Kind, ein altes Hochzeitskleid und ein paar zerbrechliche Porzellanfiguren. Sie wühlte weiter. In einer anderen Kiste fand sie ein ledergebundenes Album. Neugierig öffnete sie es.

Die Fotos darin waren schwarz-weiß, und viele zeigten ihren Großvater. Auf einigen war er noch jung, vielleicht 18 oder 19 Jahre alt. Er trug eine Uniform. Lea kannte sie aus dem Geschichtsunterricht eine Uniform der Wehrmacht. Sie schluckte, während sie weiterblätterte. Auf einem der Bilder stand er stramm, die rechte Hand erhoben.

Ihr Herz begann schneller zu schlagen. Sie hatte das Gefühl, etwas gefunden zu haben, das nicht für ihre Augen bestimmt war. Etwas, das erklärt, warum Opa so unruhig wurde, als sie über den Krieg gesprochen hatten. Ganz unten in der Kiste lag ein kleiner Stapel Briefe, sorgfältig mit einem Band zusammengebunden. Lea nahm sie heraus und las die erste Zeile des obersten Briefes.

„Liebe Grete, ich schreibe dir von der Front. Heute haben wir..."

Sie las nicht weiter. Ihr Kopf war plötzlich voller Gedanken, voller Bilder, die sie nicht verstand. Sie ließ die Briefe zurück in die Kiste fallen und klappte den Deckel zu. Ihre Hände zitterten, als sie sich aufrichtete.

Sie musste mit Opa reden. Bald.

Kapitel 2 "Die Briefe"

Lea konnte die Gedanken an die Briefe nicht abschütteln. Sie hatte sie in die Kiste zurückgelegt, doch die Worte „Ich schreibe dir von der Front" hatten sich in ihren Kopf eingebrannt. Wer war Grete? Was hatte Opa an der Front erlebt? Und warum hatte er all das aufbewahrt, wenn er so wenig darüber reden wollte?

An diesem Abend, nachdem ihre Großeltern ins Bett gegangen waren, schlich sie sich erneut auf den Dachboden. Es war still im Haus, nur das Ticken der großen Standuhr im Flur war zu hören. Sie zog die Kiste vorsichtig hervor, setzte sich auf den staubigen Boden und nahm die Briefe in die Hand. Ihr Herz klopfte laut, als sie das Band löste und den ersten Brief entfaltete.

1. Brief

Liebe Grete,

ich schreibe dir von der Front. Heute haben wir eine Stadt eingenommen, die der Feind hartnäckig verteidigt hat. Es war ein langer, schwieriger Tag, und ich frage mich immer wieder, ob wir das Richtige tun. Die Offiziere sprechen von Ehre und Pflicht, aber manchmal fühle ich mich leer. Ich hoffe, du denkst noch an mich, wenn all das vorbei ist.

In Liebe, Hermann"

Lea spürte, wie ihr die Hände zitterten, als sie den Brief zurücklegte. Der Ton war seltsam nüchtern, aber auch ein wenig verzweifelt. Es war schwer, sich den Großvater vorzustellen, den sie kannte, freundlich, geduldig, immer lächelnd, als jungen Soldaten an der Front.

Sie nahm den nächsten Brief.

2. Brief

Grete,

die Dinge haben sich geändert. Wir sind weiter nach Osten vorgedrungen, und die Befehle werden strenger. Sie sagen, wir kämpfen für eine bessere Welt, aber ich habe heute Dinge gesehen, die ich nicht vergessen kann. Es waren keine Soldaten, gegen die wir gekämpft haben. Es waren Zivilisten. Ich kann nicht aufhören, an die Gesichter zu denken. Ich habe Angst, dass ich mich verändere, Grete. Dass ich jemand werde, der ich nicht sein will."

Lea schluckte schwer. Sie verstand nicht alles, aber sie wusste, dass das, was ihr Großvater geschrieben hatte, schrecklich war. Der nächste Brief war kürzer, fast so, als hätte er kaum den Mut gehabt, mehr zu schreiben.

Brief 3

Ich weiß nicht, wie lange ich das noch ertragen kann. Es fühlt sich an, als hätte ich meine Seele verkauft. Manchmal wünschte ich, ich könnte fliehen, aber das wäre Verrat. Vielleicht ist es das schon, dass ich überhaupt so denke. Bitte verzeih mir, Grete."

Lea faltete den Brief langsam zusammen. Sie fühlte sich, als hätte sie in eine fremde Welt geblickt, die nichts mit dem Opa zu tun hatte, den sie kannte. Oder vielleicht doch? Was hatte er gemeint mit: Ich habe meine Seele verkauft? Und wieso hatte er diese Briefe überhaupt behalten, wenn sie so schwer zu lesen waren?

Sie packte die Briefe wieder zusammen, band sie mit dem Band fest und legte sie zurück. Als sie die Kiste schloss, wusste sie, dass sie Antworten brauchte von ihm. Aber wie sollte sie ihn fragen, ohne dass er wieder auswich?

Lea schloss gerade den Deckel der Kiste, als sie hinter sich ein leises Geräusch hörte. Ihr Herz setzte für einen Moment aus. Langsam drehte sie sich um und sah ihre Großmutter im Licht der Dachbodenlampe stehen.

„Was machst du da, Lea?" Großmutters Stimme war leise, aber in ihrem Blick lag etwas, das Lea nicht zu deuten wusste eine Mischung aus Besorgnis und Enttäuschung.

„Ich...", begann Lea, doch ihre Stimme versagte. Sie hielt den Deckel der Kiste mit zitternden Händen fest. „Ich wollte nur... ich habe die Briefe gelesen". Ihre Großmutter trat näher. Ihre Augen, sonst warm und freundlich, waren jetzt kühl und scharf. „Du hattest kein Recht, das zu tun", sagte sie. „Das sind Dinge, die dich nichts angehen."

"Aber warum?" Leas Stimme wurde lauter, die Worte sprudelten aus ihr heraus. „Warum habt ihr das versteckt? Warum hat Opa nie darüber gesprochen? Er war im Krieg! Er hat Dinge getan... Dinge gesehen, die..."

„Das reicht!" Die Stimme ihrer Großmutter schnitt durch die Stille wie ein Messer. „Du bist zu jung, um das zu verstehen. Du weißt nicht, was das alles bedeutet". Lea stand auf. Sie fühlte, wie Wut in ihr aufstieg, eine Wut, die sie nicht kontrollieren konnte." Aber ich will es verstehen! Ihr tut immer so, als wäre alles perfekt, aber das ist es nicht! Ihr versteckt die Wahrheit, und ich habe ein Recht, sie zu wissen!"

Ihre Großmutter seufzte und ließ sich auf einen alten Stuhl sinken, der unter ihrem Gewicht leicht knarzte. Für einen Moment sah sie müde und zerbrechlich aus.

„Manche Wahrheiten sind keine Erleichterung. Lea", sagte sie schließlich, ihre Stimme kaum mehr als ein Flüstern. „Sie sind ein Gewicht, das man ein Leben lang mit sich trägt. Dein Großvater... er hat Dinge getan, die ihn verfolgen. Aber es war eine andere Zeit. Es war Krieg. Und manchmal musste man Dinge tun, um zu überleben."

Lea fühlte, wie die Wut in ihr abebbte und von etwas anderem ersetzt wurde - Verwirrung, vielleicht sogar ein Hauch von Mitgefühl. „Aber warum hat er die Briefe behalten? Wenn es so schwer für ihn ist, warum hat er sie nicht weggeworfen?"

Ihre Großmutter sah sie an, und ihre Augen füllten sich mit Tränen. „Weil er sie für mich geschrieben hat", sagte sie leise.

Lea erstarrte. „Für dich?"

Ihre Großmutter nickte. „Ich bin Grete. Ich habe all diese Briefe gelesen, damals. Ich habe ihn geliebt, trotz allem, was er mir geschrieben hat. Weil ich wusste, dass er kein schlechter Mensch war. Er war ein junger Mann, der in etwas hineingezogen wurde, das er nicht verstand nicht wirklich."

Lea wusste nicht, was sie sagen sollte. Ihre Großmutter stand auf und legte eine Hand auf ihre Schulter. „Lea", sagte sie, "du bist klug. Aber manchmal ist es besser, nicht alles auf einmal zu wissen. Gib deinem Großvater die Zeit, es dir selbst zu erzählen. Es ist seine Geschichte, nicht meine." Dann verließ sie den Dachboden und ließ Lea allein mit ihren Gedanken.

"Das Gespräch am Gartentisch"

Es war ein klarer Morgen, die Sonne stand bereits hoch am Himmel, und der Garten war voller Leben. Vögel zwitscherten, und die Bienen summten um die blühenden Rosenbüsche. Lea saß am Gartentisch und beobachtete ihren Großvater, der mit einer Tasse Kaffee in der Hand auf der Terrasse stand.

Sie hatte die ganze Nacht wachgelegen, hatte die Worte ihrer Großmutter immer wieder in ihrem Kopf durchgespielt. Es war seine Geschichte, hatte sie gesagt. Aber wie sollte er sie erzählen, wenn niemand ihn fragte?

„Opa?" Leas Stimme zitterte leicht, als sie ihn ansprach.

Er drehte sich um, die Tasse immer noch in der Hand. „Ja, Lea?"

„Kann ich mit dir reden? Über den Krieg?"

Sein Gesicht veränderte sich sofort. Die warmen Falten um seine Augen wurden tiefer, sein Mund verzog sich zu einer schmalen Linie. Er stellte die Tasse auf den Tisch und setzte sich langsam ihr gegenüber.

"Hast du nicht genug gehört, Lea?", fragte er leise.

"Nein", sagte sie ehrlich. „Ich weiß, dass du im Krieg gekämpft hast. Und ich weiß, dass du damals Briefe an Oma geschrieben hast."

Er hob den Kopf, seine Augen verengt. „Du hast die Briefe gelesen?" Lea schluckte und nickte. „Ja. Es tut mir leid, aber... ich musste es wissen."

Eine lange Stille breitete sich zwischen ihnen aus. Der Wind raschelte in den Bäumen, doch sonst war nichts zu hören. Schließlich sprach er, seine Stimme schwer und voller Emotionen.

"Das waren keine Briefe, die für dich bestimmt. waren, Lea", sagte er. „Das, was ich damals geschrieben habe, war... ein Versuch, mit etwas fertigzuwerden, das ich selbst nicht verstehen. konnte."

"Aber ich will es verstehen, Opa", sagte Lea und beugte sich vor. „Bitte. Ich muss wissen, wer du damals warst und warum du getan hast, was du getan hast."

Er sah sie an, und in seinen Augen lag ein Schmerz, den sie noch nie bei ihm gesehen hatte. „Lea, ich war jung", begann er. „Ich war 17, als der Krieg begann. Sie sagten uns, wir seien die Zukunft Deutschlands, dass wir stark sein müssten, um unser Land zu verteidigen. Und wir haben es geglaubt. Ich habe es geglaubt."

Er verstummte und starrte in die Ferne, als würde er die Bilder vor sich sehen. „Aber das, was wir taten... es hatte nichts mit Verteidigung zu tun. Es war keine Ehre. Es war nicht richtig."

"Was hast du getan?", fragte Lea leise. Er schloss die Augen. „Ich habe Befehle befolgt. Das ist die Wahrheit, Lea. Befehle, die ich nicht in Frage gestellt habe. Ich war ein Soldat, und ich tat, was man mir sagte. Aber das entschuldigt nicht, was ich gesehen habe... oder was ich zugelassen habe."

Lea wollte noch mehr fragen, aber sie spürte, dass er am Ende war. Seine Hände zitterten, als er nach seiner Tasse griff.

„Opa, ich will nicht, dass du dich schlecht fühlst", sagte sie schließlich. „Ich will nur verstehen, warum."

Er sah sie an, und für einen Moment schien er kleiner und älter, als sie ihn je gesehen hatte. „Ich werde dir alles erzählen, Lea", sagte er schließlich "Aber nicht auf einmal. Es ist eine schwere Geschichte, und ich brauche Zeit, um sie dir zu erklären."

Lea nickte, Tränen in den Augen. „Okay. Ich werde warten."

Er legte eine Hand auf ihre und drückte sie leicht. "Danke, Lea. Für deinen Mut."

—

Kapitel 3 Die ersten Schritte in den Krieg

Am nächsten Morgen suchte Lea ihren Großvater im Garten. Er saß unter dem alten Apfelbaum, die Hände auf den Knauf seines Spazierstocks gelegt, und starrte ins Leere. Sie setzte sich neben ihn, und für einen Moment saßen sie einfach schweigend da, lauschten dem Wind, der durch die Bäume wehte. „Lea", begann er schließlich, ohne sie anzusehen. „Ich habe gesagt, dass ich dir alles erzählen werde. Aber es wird nicht leicht - für dich und auch nicht für mich."

„Ich bin bereit", sagte Lea entschlossen.

Er atmete tief durch. „Gut. Dann fange ich von vorne an."

Er richtete sich ein wenig auf, und sein Blick schien in die Vergangenheit zu wandern.

„Es war 1940. Ich war 17 Jahre alt. Die Welt war anders damals, Lea. Deutschland war anders. Wir waren arm, hatten nichts außer unserem Stolz. Und dieser Stolz... er wurde von Menschen benutzt, die uns sagten, dass wir etwas Besonderes seien. Dass wir stärker und besser seien als alle anderen. Sie haben uns Lieder singen lassen, uns in Uniformen gesteckt und uns erzählt, dass wir die Zukunft Deutschlands wären."

Er machte eine Pause und fuhr sich mit der Hand über das Gesicht.

„Ich war so naiv. So dumm. Ich habe das alles geglaubt. Die Männer, die uns ansprachen, wirkten stark und sicher. Sie sagten uns, dass wir Ehre und Ruhm finden würden, wenn wir für unser Land kämpften. Und ich... ich wollte dazu gehören. Ich wollte jemand sein, der wichtig ist."

Lea hörte gebannt zu, ihre Hände fest auf ihren Knien. "1941 wurde ich eingezogen", fuhr er fort. „Meine Eltern waren stolz. Meine Mutter hat geweint, aber sie hat gesagt, ich sei ein Held. Mein Vater hat mir die Hand geschüttelt und gesagt, dass ich unsere Familie ehren soll. Damals dachte ich, er meinte, dass ich mutig sein sollte. Jetzt weiß ich, dass er einfach Angst hatte, etwas Falsches zu sagen."

"Wie war es, als du angekommen bist?" Lea sprach leise, fast als wolle sie die Erinnerungen nicht stören. Er schnaubte leise. „Es war... verwirrend. Aufregend. Und dann schrecklich. Wir wurden in eine Kaserne gebracht, wo wir wochenlang marschieren und schießen üben mussten. Die Ausbilder waren hart sie haben uns angeschrien, uns beschimpft, uns manchmal geschlagen. Sie sagten, das würde uns stark machen. Und wir glaubten ihnen."

Er schüttelte den Kopf, als könne er die Bilder vertreiben.

"Das erste Mal, dass ich Angst hatte, war, als wir in den Zug stiegen. Sie sagten uns nicht, wohin wir fuhren. Es war eine lange Reise, durch dunkle Wälder und verlassene Dörfer. Am Ende kamen wir an der Front an. Es war Winter. Kalt. Wir hatten kaum genug Kleidung, und das Essen war knapp. Aber das Schlimmste war der Lärm das Donnern der Kanonen, das Pfeifen der Granaten. Ich hatte keine Ahnung, was ich da machte. Alles, was ich wusste, war, dass ich nicht sterben wollte." Lea konnte sich nicht vorstellen, wie das gewesen sein musste. "Hast du... jemanden verloren? Freunde?"

Er nickte langsam. "Zu viele, Lea. Aber das war erst der Anfang. Es sollte noch viel schlimmer kommen." Lea hielt den Atem an, sie ahnte das es nur noch schlimmer werden kann.

„Der erste Einsatz", sagte der Großvater leise, „war der schlimmste Moment meines Lebens."

Lea spürte, wie die Atmosphäre um sie herum dichter wurde. Die Sonne schien immer noch warm auf den Garten, doch die Worte, die er sprach, ließen die Welt um sie herum verblassen.

„Es war in Russland", fuhr er fort. „Der Winter 1941 war hart, härter als alles, was ich mir vorgestellt hatte. Wir waren mitten in einem Sturm aus Schnee und Eis, und unser Auftrag war, ein kleines Dorf einzunehmen. Kein großer Widerstand zumindest dachten wir das. Es war ein friedlicher Ort, fast wie ein Märchen aus den Erzählungen meiner Mutter."

Er schloss für einen Moment die Augen, als würde er die Kälte und den Schmerz wieder spüren. "Aber als wir dort ankamen, war es nicht friedlich. Es war eine Falle. Der Feind hatte uns erwartet. Es war der erste richtige Kampf für uns, und es war nichts wie in den Übungen. Der Lärm, das Gebrüll, das Schießen es war wie ein Albtraum, der nie enden wollte." Lea rutschte ein wenig näher an ihn heran, als wolle sie ihn trösten, doch sie wusste, dass Worte jetzt nicht viel helfen würden. Sie musste hören, was er zu sagen hatte. „Ich erinnere mich, wie ein Kamerad neben mir fiel", fuhr er fort. „Er war noch ein Junge, kaum älter als ich damals. Ich hatte ihn in der Kaserne kennengelernt. Wir hatten zusammen trainiert, gelacht und uns gegenseitig Mut gemacht. Und dann lag er da, blutend, mit einem leeren Blick. Ich hielt seine Hand, bis er nicht mehr atmete. Es war das erste Mal, dass ich sah, was der Krieg wirklich war."   15

Er machte eine Pause, und Lea spürte, wie der Schmerz in seiner Stimme nachhallte. „Ich... ich hatte nie darüber nachgedacht, was es wirklich bedeutet, jemanden zu töten oder zu verlieren. Der Tod war in den Geschichten der Erwachsenen immer etwas, das weit weg war, etwas Unvorstellbares. Doch plötzlich war er direkt vor mir, in meinem Gesicht. Und ich konnte nichts tun."

Lea spürte, wie sich ihr Magen zusammenzog. Sie hatte immer gewusst, dass der Krieg grausam war, aber nun, da sie es aus seinen Worten hörte, wurde es realer.

„Und doch", sagte der Großvater, „mussten wir weitermachen. Wir mussten uns durchkämpfen. Es gab keinen Rückzug. Der Feind gab nicht auf. Der Sturm tobte weiter, und wir zogen weiter, obwohl viele von uns erschöpft und hungrig waren.

Und das Schlimmste war, dass wir nicht wussten, wer der Feind wirklich war. Es waren nicht nur Soldaten es waren auch Frauen, Kinder, Zivilisten. Sie waren alle ein Teil des Feindes. "

„Habt ihr die Frauen und Kinder auch getötet?" Lea hatte die Frage kaum aussprechen können, so sehr schmerzte es, sie zu stellen.

Der Großvater schloss die Augen." Es war nicht so einfach, Lea. Aber es gab Befehl, und wir folgten ihm. Viele von uns taten, was ihnen gesagt wurde. Und ich... ich habe nichts hinterfragt. Wir hatten keine Wahl. Sie sagten uns, dass es für das Vaterland war. Aber ich weiß jetzt, dass der Befehl, den wir bekamen, keiner war, den ein Mensch hätte befolgen sollen."

„Und was hast du gemacht?" Lea konnte ihre Stimme kaum erheben. „Hast du es getan? Hast du... sie getötet?"

Er drehte sich zu ihr um, sein Blick voller Scham." Ich habe geistesabwesend auf einen Befehl reagiert", sagte er mit gedämpfter Stimme. „Aber ich weiß, dass ich nicht nur Soldaten getötet habe. Und das kann ich nie wieder gutmachen. Ich habe nie wirklich verstanden, was dieser Krieg wirklich bedeutete. Es war nur ein Wirbelwind aus Befehlen, Gewalt und Angst."

Er wischte sich über das Gesicht, als wollte er die Erinnerung abwaschen." Und das war nur der Anfang. Der Krieg... er hatte keine Regeln. Und es gab Dinge, die selbst ich nicht begreifen konnte."

Lea saß still da, der Schmerz in ihren Augen sichtbar. Sie hatte nicht erwartet, dass er ihr alles erzählen würde. Doch nun wusste sie, dass sie nie alle Details der Geschichte verstehen würde, dass es Dinge gab, die er mit sich trug, Dinge die ihn für den Rest seines Lebens geprägt hatten.

"Es tut mir leid, Lea", sagte er schließlich. „Es tut mir leid, dass ich dir all das antun muss. Aber ich möchte dir die Wahrheit sagen, auch wenn sie schmerzhaft ist. Der Krieg hat uns alle verändert und nicht immer zum Guten."

Lea saß schweigend da, während die Worte ihres Großvaters in ihr nachklangen. Sie hatte nie gedacht, dass der Krieg, der ihr immer so weit entfernt erschienen war, solche inneren Kämpfe in einem Menschen auslösen konnte. Ihr Opa, der ihr immer als stark und unbeugsam erschienen war, war plötzlich jemand, der von seinen eigenen Taten verfolgt wurde.

„Opa", sagte Lea schließlich, ihre Stimme war kaum mehr als ein Flüstern, „hast du nie darüber nachgedacht, einfach zu fliehen? Hast du nicht gewusst, dass das alles falsch war?"

Er sah sie lange an, als überlegte er, wie er antworten sollte. „Ich..." Er stockte, dann fuhr er fort:

"Damals war es schwer, an etwas anderes zu glauben. Wir wurden wie Maschinen trainiert, Lea. Uns wurde beigebracht, dass das, was wir taten, richtig war.

Dass wir für das Vaterland kämpften. Und ich war zu jung, um zu verstehen, dass diese Ideologie nur Lügen war. Aber der Krieg hat uns alle verändert. Und nicht zum Besseren."

Lea spürte, wie die Worte ihren Großvater wie ein unsichtbares Gewicht niederzudrücken schienen. Sie wollte mehr wissen, sie wollte verstehen, aber die Angst in seinen Augen hielt sie zurück.

"Aber hast du nie daran gezweifelt?" fragte sie, diesmal fester. „Hast du nie gefragt, ob es wirklich die richtige Sache war, das zu tun?"

Er atmete tief ein, dann stieß er den Atem schwer aus. „Jeden Tag. Jeden einzelnen Tag. Aber wir waren Soldaten. Du gehorchst Befehlen, Lea. Und je mehr du dich in den Krieg verstrickst, desto schwerer wird es, deine eigenen Zweifel zu hören. Und je mehr Menschen du siehst, die fallen die du kennst, die du liebst desto mehr rutscht deine Menschlichkeit von dir ab. Du wirst taub gegenüber allem, was nicht unmittelbar für deinen eigenen Überlebensinstinkt wichtig ist."
"Also hast du..." Lea kämpfte mit den Worten.

"Hast du wirklich geglaubt, dass das, was du getan hast, gerecht war?"

„Nein", sagte er schnell, fast scharf. „Ich wusste tief in mir, dass es falsch war. Aber es gab keinen Ausweg, keine andere Möglichkeit. Du warst entweder ein Teil von dem, was passiert ist, oder du warst Derjenige, der es ertragen musste. Jeder, der versuchte, sich dem zu entziehen, wurde für immer gebrandmarkt."

Er legte die Hand auf seinen Bauch, als wollte er den Schmerz, der dort lag, beruhigen. „Ich habe Dinge gesehen, die ich nie hätte sehen dürfen. Aber ich habe auch Dinge getan, die... die nie gerechtfertigt werden können. Und das verfolgt mich bis heute. Die Gesichter derer, die ich getötet habe, die Schreie derjenigen, die wir hinterließen... das ist ein Teil von mir, der nie wieder verschwinden wird." Lea war still. Sie hatte keine Worte. Was konnte sie sagen, um ihm zu helfen, mit der Schuld zu leben, die er so offensichtlich trug?

"Es war nicht der Krieg, der uns zerstört hat, Lea", fuhr er fort, "sondern das, was wir in uns selbst zugelassen haben, als wir uns der Propaganda hingegeben haben. Der Glaube, dass wir über den anderen standen. Dass sie weniger wert waren als wir. Das ist das, was uns für immer verändert hat. Nicht der Schuss, den du abfeuerst, sondern der Moment, in dem du glaubst, du bist im Recht, weil dir jemand sagt, dass es so ist."

Lea sah ihn an, als würde sie ihn jetzt zum ersten Mal richtig sehen. Der Mann, den sie für einen Helden gehalten hatte, hatte seine eigene Menschlichkeit verloren, als er in den Krieg zog.

Sie verstand, dass er es nicht aus einem bösen Herzen getan hatte, sondern weil er in einem System gefangen war, das seine Moral und seine Werte untergrub.

"Ich... ich verstehe nicht alles, Opa", sagte sie schließlich, "aber ich glaube dir. Ich glaube dir, dass du es bereust."

Er nickte langsam und ließ den Blick in den Garten schweifen. "Du musst es nicht verstehen, Lea. Aber du musst wissen, dass der Krieg niemals die Antwort war. Er hat uns alle zerstört. Vielleicht nicht sofort, aber tief im Inneren. Und das ist die wahre Wunde, die man nicht sieht."

Lea saß schweigend da, die Dämmerung brach langsam herein, und die Geräusche des Gartens schienen in den Hintergrund zu treten. Sie wusste, dass dies nur der Anfang war, aber es fühlte sich an, als sei der Großvater endlich aufgebrochen, als ob er einen Teil seiner Last abgelegt hätte.

Vielleicht, dachte Lea, würde er ihr irgendwann mehr erzählen. Vielleicht würde er eines Tages mit ihr über all die anderen dunklen Ecken seiner Vergangenheit sprechen. Aber jetzt wusste sie, dass er auf seine Weise immer noch kämpfte, gegen sich selbst. Die Dämmerung war inzwischen weit fortgeschritten, und der Garten des Großvaters lag im sanften Schein der untergehenden Sonne. Lea hatte das Gefühl, dass eine seltsame Stille den Raum erfüllte, seid ihr Großvater aufgehört hatte zu sprechen. Er saß da, den Kopf gesenkt, und seine Finger drückten unbewusst auf den Knauf seines Spazierstocks. Es war, als habe er sich wieder in die Dunkelheit seiner Erinnerungen zurückgezogen die Wunden, die er so lange getragen hatte, schienen ihn wieder zu erdrücken.

Lea wollte etwas sagen, doch die Worte blieben ihr im Hals stecken. Sie hatte so viel gehört, so viel erfahren, dass es sie fast überwältigte. Sie wusste, dass dies nur ein kleiner Teil der Geschichte war, dass er noch so viel mehr zu erzählen hatte, aber er hatte aufgehört. Es war, als ob ein unsichtbares Band zwischen ihnen gespannt worden war eines, das nun fast zu zerreißen schien.

Sie spürte eine Mischung aus Mitgefühl und Entfremdung. Einerseits wollte sie ihm helfen, ihm irgendwie zeigen, dass sie ihn verstand. Doch andererseits hatte sie das Gefühl, dass die Geschichten, die er ihr erzählte, sie noch weiter von ihm entfernten. War er wirklich der Mann, den sie gekannt hatte? War er der Großvater, den sie immer bewundert hatte? Und wie sollte sie mit dieser neuen Version von ihm umgehen?

„Opa?" Ihre Stimme war vorsichtig, fast zögerlich." Wirst du mir noch mehr erzählen?"

Er hob den Blick, doch seine Augen waren leer, fast verloren. "Vielleicht, irgendwann", sagte er leise, "aber nicht heute. Es tut mir leid, Lea. Ich wollte dir nicht all das zumuten."

Lea spürte, wie sich ein Kloß in ihrem Hals bildete. „Es tut mir nicht leid, Opa. Ich will es wissen. Ich will verstehen, was passiert ist. Aber ich..." Sie brach ab, weil sie sich nicht sicher war, wie sie fortfahren sollte. Sie wollte mehr wissen, wollte alles verstehen, aber gleichzeitig war sie nicht sicher, ob sie die Antworten ertragen konnte. „Du bist jung, Lea", sagte er schließlich. „Und du hast noch ein ganzes Leben vor dir. Du wirst lernen, dass nicht alles immer einfach ist, dass die Welt nicht nur schwarz und weiß ist. Manchmal musst du die Dinge hinterfragen, selbst wenn du die Antworten hören nicht willst."

Lea nickte, obwohl sie nicht sicher war, ob sie die Wahrheit, die er ihr sagte, wirklich verstehen konnte. „Ich werde es versuchen", murmelte sie.

Der Großvater lehnte sich zurück und schloss für einen Moment die Augen, als würde er versuchen, sich zu entspannen. Doch es war klar, dass er nicht wirklich zur Ruhe kam. Er hatte zu viele Dinge mit sich herumgetragen, Dinge, die selbst nach so vielen Jahren noch nie ganz verschwunden waren. Lea stand langsam auf und sah ihn noch einmal an. Sie wollte etwas tun, um ihm zu helfen, ihn irgendwie aus seiner inneren Gefangenschaft zu befreien. Doch sie wusste, dass das nicht ihre Aufgabe war. Vielleicht gab es Dinge, die er nie loslassen konnte, Dinge, die er immer mit sich tragen würde.

"Ich liebe dich, Opa", sagte sie schließlich, mehr zu sich selbst als zu ihm.

Er öffnete die Augen und sah sie an. Ein schwaches Lächeln, das nicht ganz die Dunkelheit in seinen Augen vertreiben konnte, erschien auf seinen Lippen. „Ich dich auch, Lea. Und es tut mir leid, dass du all das hören musstest."

Lea schüttelte den Kopf. „Es ist okay, Opa. Du hast mir viel mehr beigebracht, als du denkst. Aber... vielleicht erzählst du mir irgendwann weiter. Ich will wissen, was aus dir geworden ist, nicht nur aus dem, was du im Krieg getan hast." Der Großvater nickte, doch sie sah, wie sich eine Mauer wieder zwischen sie schob. Eine Mauer, die vielleicht nie ganz fallen würde. Langsam drehte Lea sich um und ging in Richtung des Hauses. Doch je weiter sie ging, desto mehr wuchsen die Fragen in ihrem Kopf. Was war die Wahrheit? Und wie sollte sie mit all dem umgehen, was sie erfahren hatte?

Sie wusste, dass sie noch lange über das nachdenken würde, was ihr Großvater ihr erzählt hatte. Aber sie verstand auch, dass dies der erste Schritt war, um das Bild von ihm zu verstehen nicht nur als der Großvater, den sie gekannt hatte, sondern als Mensch, der in einer schrecklichen Zeit lebte und von der Geschichte auf seine eigene Weise geprägt wurde. Sie hatte noch so viele Fragen, wer war die ganze Zeit an seiner Seite? Was hat er sich gedacht bei dem, was er tat? Hat er überhaupt etwas gedacht? Oder kann man solch grausame Dinge nur tun, wenn man seinen Kopf ausschaltet? Und vielleicht einfach nur funktioniert, weil man keine andere Wahl hat. In Lea wurde das Feuer geweckt, sie wollte die ganze Geschichte wissen, auch wenn sie noch so schrecklich war. Sie sah es als ihre Pflicht an, es zu erfahren und vielleicht auch anderen Menschen mitzuteilen.

Kapitel 4 Ein neuer Anfang

Es war eine Woche vergangen, seitdem Lea das erste Mal mit ihrem Großvater über seine Vergangenheit gesprochen hatte. Die Sonne war bereits hinter den Bäumen verschwunden, und die Dämmerung legte sich wie ein sanfter Schleier über den Garten. Doch Lea fühlte sich ruhig. In den letzten Tagen hatte sie viel nachgedacht über das Gespräch, die Geschichten und die dunklen Geheimnisse, die ihr Großvater ihr offenbart hatte. Doch es war nicht nur Schmerz, der in ihr blieb, sondern auch ein tieferes Verständnis dafür, wer er wirklich war.

Sie saß an dem kleinen Tisch auf der Terrasse, den Blick in den Garten gerichtet, als sie den vertrauten Klang des Schritts ihres Großvaters hörte. Der alte Mann kam langsam auf sie zu, den Spazierstock fest in der Hand haltend. Seine Augen waren ruhiger geworden, als würde er langsam lernen, Frieden mit den Schatten der Vergangenheit zu schließen.

„Lea", sagte er leise, während er sich zu ihr setzte. "Es ist Zeit, dass wir noch einmal sprechen". Lea drehte den Kopf zu ihm und lächelte zaghaft. Sie war bereit, die Geschichte noch einmal zu hören, auch wenn sie wusste, dass es schmerzhaft sein würde.

„Diesmal wird es anders sein", begann er. „Ich habe darüber nachgedacht, und ich möchte dir mehr erzählen. Über das, was nach dem Krieg kam. Über den Weg, den ich gehen musste, um zu verstehen, was ich wirklich getan habe". Lea lauschte aufmerksam. Die letzte Woche hatte ihr gezeigt, dass die Geschichte ihres Großvaters nicht nur schwarz oder weiß war, es war ein komplexes Gewebe von Taten, Gewissensbissen und Selbstzweifeln.

"Nach dem Krieg war nichts einfach", fuhr er fort." Ich war ein junger Mann, der in eine Welt zurückkehrte, die völlig anders war. Das Deutsche Reich war gefallen, die Ideologie, die wir gefolgt waren, brach zusammen und ich stand da, allein, mit einer Erinnerung, die mich verfolgte."

"Was hast du getan?" Lea fragte vorsichtig.
"Ich suchte meinen Platz", antwortete er. „Am Anfang wollte ich mich einfach verstecken, fliehen, irgendwohin, wo niemand wusste, wer ich war oder was ich getan hatte. Aber das war unmöglich. Die Vergangenheit holt dich immer wieder ein."

Er machte eine kurze Pause, dann fuhr er fort. „Ich begann zu fragen. Nicht nur nach den Taten, sondern nach dem, was sie mir genommen hatten, meine Menschlichkeit. Ich hörte von Überlebenden, von denen, die den Krieg überlebt hatten, die unvorstellbares Leid ertragen mussten. Ich sah die Wahrheit, Lea, und das war schwerer zu ertragen als die körperlichen Schmerzen des Krieges selbst."

"Hast du versucht, sie zu verstehen?" Lea wollte mehr wissen.
„Ich musste es", sagte er einfach. „Es gab keine andere Wahl. Die Taten, die ich begangen hatte, waren nicht nur Befehle gewesen sie waren auch meine Entscheidungen. Und die waren nicht einfach zu ertragen. Doch ich lernte, dass die Wahrheit auch Vergebung braucht. Nicht nur von anderen, sondern auch von dir selbst."

Lea hörte ihm gespannt zu. Sie spürte, dass dies ein Moment war, in dem der Großvater etwas sehr Persönliches preisgab, eine Wahrheit, die weit über das hinausging, was sie erwartet hatte.

"Ich habe viel Zeit damit verbracht, das alles zu verarbeiten",
fuhr er fort. "In der Stille, in den Gesprächen mit anderen, die
ähnlich verloren waren wie ich. Es war ein langer Weg, Lea, ein
steiniger. Aber ich habe gelernt, dass die Vergangenheit ein Teil
von uns bleibt und dass es in Ordnung ist, sie zu tragen. Man
muss sie nicht leugnen oder verdrängen. Man muss sie
verstehen."

Lea dachte darüber nach. Sie konnte nicht einmal erahnen, wie
es sich anfühlen musste, mit solch einer Last zu leben Tag für
Tag.
Doch ihr Großvater hatte eine Stärke gezeigt, die ihr noch nie so
bewusst geworden war. Nicht jeder hätte die Kraft gefunden,
sich diesen Schatten zu stellen und weiterzuleben.

„Du hast mir geholfen, Opa", sagte sie schließlich. „Ich habe viel
gelernt, auch wenn es schwer war. Du hast mir gezeigt, dass es
okay ist, Fragen zu stellen, auch wenn die Antworten
schmerzhaft sind."

Er lächelte schwach. "Manchmal ist das, was schmerzhaft ist,
auch das, was uns am meisten lehrt. Du wirst deinen eigenen
Weg finden, Lea. Und ich werde da sein, wenn du Fragen hast-
egal wie schwer sie auch sein mögen."

Lea nickte. Sie wusste, dass das Gespräch noch nicht beendet
war. Doch für den Moment fühlte sie, dass sie ein Stück mehr
verstanden hatte, nicht nur über ihren Großvater, sondern auch
über die Geschichte, die sie selbst einmal erben würde.

„Ich liebe dich, Opa", sagte sie wieder und diesmal war es ohne
Zögern.

„Ich dich auch, Lea", antwortete er leise.

Sie saßen noch eine Weile schweigend nebeneinander, der Abendhimmel färbte sich langsam dunkel. Aber für Lea war das Gewicht, das sie zuvor gespürt hatte, ein kleines Stück leichter geworden.

Die Tage vergingen, und Lea merkte, dass die Gespräche mit ihrem Großvater immer mehr Raum in ihrem Leben einnahmen. Es war nicht nur das Wissen, das sie von ihm erlangte, sondern auch die Art und Weise, wie sie sich mit ihm verbunden fühlte. Die Mauer, die zunächst zwischen ihnen gestanden hatte, begann zu bröckeln. Es war nicht mehr nur der Großvater, der von seiner Vergangenheit erzählte, es war der Mann, den sie jetzt mehr verstand, der mit ihr über das Leben und die Zukunft sprach.

An einem kalten Herbstnachmittag, als die Blätter der Bäume in goldenen und roten Farben auf dem Boden lagen, saßen sie wieder im Garten. Der Großvater hatte den Blick auf die Terrasse gerichtet, als Lea ihn vorsichtig ansprach.

"Opa", begann sie, "glaubst du, dass es für Menschen wie dich noch einen Weg gibt, sich zu ändern? Glaubst du, dass jemand wie du, der all das getan hat, sich noch selbst vergeben kann?"

Er warf einen langen Blick auf sie, als hätte er erwartet, dass diese Frage irgendwann kommen würde. Ein leises Seufzen entwich ihm, und er legte die Hand auf den Rand seines Stuhls, als um sich zu stützen.

"Weißt du, Lea", sagte er nach einer Pause, „ich habe nie nach Vergebung gesucht. Vielleicht wollte ich es tief in mir, aber ich wusste, dass es etwas ist, das ich mir selbst geben muss. Und das ist die schwierigste Aufgabe von allen. Du musst dich selbst ansehen und anerkennen, was du getan hast, ohne die Augen davor zu verschließen. Aber... die Vorstellung, dass es für mich noch einen Weg nach vorne gibt, ist schwer zu akzeptieren."

Lea nickte, verstand aber gleichzeitig, dass die Frage nach Vergebung nicht nur eine moralische war, sondern auch eine, die tief in der Psyche des Großvaters verwurzelt war.

"Aber was ist mit uns?" fragte sie, während sie versuchte, ihre eigenen Gedanken zu ordnen. „Was passiert mit den Menschen, die dich kennen und dich lieben? Wir müssen auch mit dem leben, was du getan hast. Wie sollen wir damit umgehen?"

Der Großvater sah sie lange an, seine Augen suchten nach den richtigen Worten. „Ich weiß, dass es nicht einfach für dich ist, Lea. Und vielleicht ist es die größte Last, dass du die Wahrheit kennst, während andere nicht einmal wissen, was hinter den Mauern deiner Familie liegt. Aber du musst verstehen, dass du nicht die Last meiner Taten tragen musst. Du hast dein eigenes Leben zu leben."

Lea spürte einen Schmerz in ihrem Inneren. "Aber das geht nicht, Opa. Wie soll ich einfach weitermachen, wenn ich weiß, was du getan hast? Wenn ich weiß, dass all das Teil unserer Geschichte ist?" Der Großvater seufzte.

"Es gibt keine einfache Antwort, Lea. Aber du hast die Macht, anders zu sein. Du hast die Macht, die Fehler der Vergangenheit zu erkennen und aus ihnen zu lernen, um eine bessere Zukunft zu schaffen. Ich kann dir nicht sagen, was du tun sollst, aber ich weiß, dass du in der Lage bist, diese Geschichte nicht nur als eine Bürde, sondern auch als eine Lehre zu sehen."

Lea dachte über seine Worte nach. Vielleicht war das der Punkt, an dem sie sich entscheiden musste, wie sie mit all dem umgehen wollte. Was für ein Mensch wollte sie sein, angesichts der Geschichte ihrer Familie? Was bedeutete es für sie, in einer Welt zu leben, die mit solch einer Vergangenheit behaftet war? „Und was passiert mit dir, Opa?" fragte sie schließlich, fast flüsternd. „Was passiert mit dir und der Last, die du trägst?"

Der Großvater sah wieder auf, und diesmal war sein Blick anders, nicht mehr von der Last der Vergangenheit, sondern von etwas, das vielleicht nahe an einem Moment des Friedens war.

"Ich habe gelernt, mit dieser Last zu leben". sagte er ruhig. „Vielleicht ist das die einzige Möglichkeit, vorwärtszukommen. Du kannst nicht die Vergangenheit ändern. Aber du kannst entscheiden, wie du mit ihr umgehst. Du kannst einen neuen Weg finden einen, der dir Frieden bringt, ohne die Fehler zu vergessen."

Lea nickte nachdenklich. Sie hatte das Gefühl, dass sie an diesem Punkt angekommen war, an dem sie selbst zu einer Entscheidung kommen musste. Die Vergangenheit war ein Teil von ihr, aber sie würde nicht zulassen, dass sie ihr Leben kontrollierte. Sie würde ihren Großvater nicht retten können und auch nicht die ganze Geschichte, aber sie konnte ihre eigene Geschichte schreiben.

„Ich werde es versuchen, Opa", sagte sie schließlich. „Ich werde versuchen, die Lehren aus der Vergangenheit zu ziehen, ohne mich von ihr zerstören zu lassen."

Der Großvater lächelte schwach und legte eine Hand auf ihre. „Das ist alles, was wir tun können, Lea. Wir können immer nur unser Bestes geben."

Lea fühlte sich ermutigt, auch wenn die Antworten nicht immer schön waren. Es gab noch viele Fragen, die beantwortet werden mussten, aber der Weg, den sie jetzt eingeschlagen hatte, war der Richtige. Es war der Weg der Wahrheit und des Verständnisses, der sie nicht nur ihrem Großvater näherbrachte, sondern auch sich selbst.

"Danke, Opa", flüsterte sie. „Danke, dass du mir geholfen hast, all das zu verstehen."

Er nickte nur, und für einen Moment saßen sie einfach nebeneinander, das Zwielicht der Dämmerung umgab sie. Die Zukunft war noch ungewiss, aber in diesem Moment war es genug, dass sie sich gegenseitig verstanden.

Kapitel 5 Die Zeit danach

Es war ein paar Monate später, und der Herbst war fast vorüber, als Lea eines Abends ihren Großvater im Garten fand. Die Temperaturen waren schon kühl geworden, aber der Garten war immer noch ein ruhiger Rückzugsort. Der Großvater saß wie immer auf seiner Bank, mit einem Buch in der Hand, dass er nur ab und zu betrachtete. Doch es war nicht das Buch, das Lea an diesem Abend anzog, sondern die Stille, die ihn umgab. Etwas schien anders an ihm zu sein, als er den Kopf hob, als er sie bemerkte.

"Lea", sagte er mit einer leisen, aber festen Stimme. „Es gibt noch etwas, das du wissen solltest. Etwas, das ich dir noch nie erzählt habe. Etwas, das nicht in den Erinnerungen steckt, die ich dir bisher gegeben habe. Sondern etwas, das mich verändert hat. Vielleicht kannst du es besser verstehen, wenn du es aus meiner Perspektive hörst."

Lea setzte sich neben ihn, ihre Neugier geweckt. Sie spürte, dass dieser Moment bedeutend war. Etwas, das er bisher immer verschwiegen hatte, stand nun im Raum.

"Nach dem Krieg war ich nicht mehr der gleiche Mensch, der ich einmal gewesen war", begann der Großvater und ließ das Buch auf den Boden fallen. „Ich hatte anfangs geglaubt, dass ich mit allem davonkommen würde. Die Schuld der Vergangenheit schien mir wie ein Schatten, den ich einfach ignorieren konnte. Aber je mehr Zeit verging, desto lauter wurde dieser Schatten. Ich konnte ihm nicht mehr entkommen". Lea hörte aufmerksam zu, und ihre Augen verengten sich ein wenig, als sie merkte, wie viel Schmerz noch immer in seiner Stimme war.

„Ich wanderte eine lange Zeit ohne Ziel", fuhr er fort. „Nach dem Ende des Krieges war alles in Trümmern. Ich konnte nichts tun, um die Zerstörung zu stoppen, die wir angerichtet hatten. Und ich wusste, dass viele Menschen, die unter uns gelitten hatten, nie wirklich Gerechtigkeit erfahren würden, einige flüchteten, viele starben. Ich habe in den Jahren nach dem Krieg Menschen getroffen, die überlebt hatten, Menschen die nie aus den Lagern zurückgekehrt sind, die nicht wieder nach Hause konnten. Und ich...." Er hielt inne, als würde er nach den richtigen Worten suchen. „Ich habe mich gefragt, ob ich es wirklich verdient hatte, zu leben."

Lea konnte sich den inneren Konflikt des Großvaters nur schwer vorstellen, doch sie spürte, wie ernst er war. „Aber du bist weitergegangen", sagte sie schließlich leise.

"Ja", antwortete er. „Ich bin weitergegangen, weil ich es irgendwie musste. Und dann, eines Tages, traf ich auf einen Mann. Ein jüdischer Überlebender. Er hatte alles verloren, seine Familie, sein Zuhause. Er war einer von denen, die durch den Krieg alles verloren hatten und doch weiterlebte. Ich dachte zuerst, dass er mich hassen würde, dass er mir nie vergeben könnte. Aber er hat etwas anderes getan". Lea sah ihn gespannt an. „Was hat er getan?"

"Er hat mir vergeben", sagte der Großvater einfach. "Er hat mir gesagt, dass er wusste, dass wir alle in diesem Krieg Fehler gemacht hatten, aber dass Vergebung nicht für uns war, sondern für die Zukunft. Er erklärte mir, dass er die Schuld nicht an die nächste Generation weitergeben wollte. Er wollte, dass die Kinder, die in Frieden aufwachsen sollten, nicht in Hass erzogen wurden. Er hat mir beigebracht, dass es keine wirkliche Freiheit gibt, solange du nicht mit deinem eigenen Gewissen ins Reine kommst."

Lea war sprachlos. „Er hat dir vergeben?"

„Ja. Und das war der Moment, in dem ich begriff, dass ich nicht nur mit meiner eigenen Schuld leben musste, sondern auch mit der Verantwortung, dies zu sehen. Ich wusste, dass ich aus der Vergangenheit lernen musste, um der Zukunft gerecht zu werden. Es war nicht der einfache Weg. Es gab keine schnelle Lösung. Aber er zeigte mir einen Weg."

Der Großvater blickte in die Ferne, als würde er in den Erinnerungen dieses Mannes leben, in den Momenten der Erkenntnis, die sie ihm geschenkt hatten." Ich hatte lange geglaubt, dass wir alles verloren hätten. Aber durch ihn habe ich gelernt, dass wir nie alles verlieren können, solange wir die Bereitschaft haben, uns zu ändern und aus der Vergangenheit zu lernen. Er gab mir etwas, das ich nie erwartet hätte: Hoffnung."

Lea saß still da und dachte über das nach, was ihr Großvater gesagt hatte. Es war eine Geschichte, die so weit von dem entfernt war, was sie sich je vorgestellt hatte. Der Großvater, der sich immer, wie ein Mann der Taten und des Schweigens gezeigt hatte, trug nun einen Teil einer tieferen Wahrheit in sich, die sie mit ihm teilen durfte.

"Und wie hast du dein Leben danach geführt?", fragte sie schließlich, als sie die Stille in Worte fassen konnte. „Ich habe nie ganz Frieden mit mir selbst gefunden, Lea", sagte er leise. „Aber ich habe gelernt, dass die wahre Bedeutung des Lebens nicht im Vermeiden von Fehlern liegt, sondern in der Fähigkeit, sich selbst zu vergeben und aus seinen Fehlern zu wachsen. Ich wollte nie mehr in den Schatten der Vergangenheit leben, sondern in der Hoffnung für die Zukunft".

„Lea nickte nachdenklich. "Du hast mir viel beigebracht, Opa",
sagte sie, „mehr als ich mir je hätte vorstellen können."

"Ich hoffe, dass du nicht die gleichen Fehler machen musst,
Lea", sagte er sanft. „Aber ich weiß, dass du die Kraft hast,
deinen eigenen Weg zu gehen. Die Welt ist nicht böse,
und du wirst oft an einem Punkt stehen, an dem du schwierige
Entscheidungen treffen musst. Aber der Weg zur Veränderung
beginnt im eigenen Herzen."

Lea dachte an all die Gespräche, die sie mit ihrem Großvater
geführt hatte, und an die Antworten, die sie noch suchen würde.
Doch etwas war jetzt klarer für sie geworden. Die Vergangenheit
konnte sie nicht ändern, aber die Zukunft lag in ihren Händen.

"Danke, Opa", sagte sie schließlich. „Für alles."

Er lächelte und legte eine Hand auf ihre. „Es ist nie zu spät, den
richtigen Weg zu finden, Lea. Und du wirst ihn finden."

Lea hatte für heute genug von ihrem Großvater gehört, das
musste sie erst einmal verarbeiten. Als sie auf ihr Fahrrad stieg
und gerade losfahren wollte, hielt ihre Großmutter sie am Arm
fest. "Lea, komm bitte kurz mit mir in die Küche. Ich muss mit dir
reden."

Überrascht von der plötzlichen Dringlichkeit in der Stimme ihrer
Großmutter ließ Lea das Fahrrad los und folgte ihr ins Haus. Die
Küche roch, wie immer, nach Kaffee und frischem Hefekuchen,
aber heute war die gemütliche Atmosphäre trügerisch. Ihre
Großmutter wirkte angespannt. Sie zog einen Stuhl vom Tisch,
deutete Lea, sich zu setzen, und griff nach der Kaffeekanne, um
zwei Tassen einzuschenken.

"Großmutter, was ist los?", fragte Lea vorsichtig, als die Stille drückender wurde.

Die alte Frau setzte sich gegenüber und umklammerte ihre Tasse mit beiden Händen, als würde sie sich daran festhalten müssen. Ihre Augen, die sonst so freundlich waren, hatten einen Schatten, den Lea bisher nur selten gesehen hatte.

"Lea, ich habe gehört, was dein Großvater dir erzählt hat. Über den Krieg. Über seine... Überzeugungen damals." Sie machte eine Pause, als ob sie die richtigen Worte suchte. "Ich glaube, du hast ein Recht darauf zu wissen, wie es für mich damals war. Vielleicht verstehst du dann manches besser."

Lea schluckte." Du musst das nicht erzählen, wenn es zu schwer ist."

"Doch, ich muss", sagte die Großmutter bestimmt. „Denn niemand spricht über das, was wir Frauen damals gefühlt haben. Es war, als wären wir unsichtbar in einer Welt, die nur aus Männern bestand, die kämpften, die Befehle gaben." Ihre Stimme brach kurz, doch sie fing sich. "....die töteten." Lea saß regungslos, während ihre Großmutter begann zu erzählen.

"Als ich deinen Großvater geheiratet habe, war ich sehr jung. 19 Jahre alt. Ich war stolz auf ihn, weißt du? Alle waren das. Er war ein Held, wurde gesagt. Stark, mutig, bereit für unser Land zu kämpfen. Aber ich habe schnell gemerkt, dass dieser Krieg alles zerstört. Nicht nur Häuser und Städte, sondern auch die Menschen. Es hat ihn verändert, und es hat auch mich verändert."

Die Großmutter hielt inne, nahm einen Schluck Kaffee, doch Lea spürte, dass es ihr nicht half. Ihre Hände zitterten leicht.

"Er war so überzeugt von der Sache", fuhr sie leise fort. „Von Hitlers Ideen, von der ganzen Propaganda. Ich habe damals vieles nicht verstanden. Man hat uns Frauen nicht gefragt, ob wir das alles gut fanden. Aber ich wusste, tief in meinem Herzen, dass es falsch war. Jedes Mal, wenn er von der Front zurückkam und mir mit leuchtenden Augen erzählte, was sie erreicht hatten, fühlte ich... Scham. Und Angst. Aber ich konnte nichts sagen. Frauen hatten zu schweigen. Wir hatten die Männer zu unterstützen, egal was sie taten. Ich konnte nur hoffen, dass es irgendwann vorbei sein würde."

„Hast du ihm jemals gesagt, was du wirklich gedacht hast?", fragte Lea vorsichtig.

Die Großmutter schüttelte den Kopf. „Nein. Wie hätte ich das tun sollen? Es war gefährlich, überhaupt zu zweifeln. Selbst im eigenen Haus. Du weißt, was mit denen passiert ist, die gegen das Regime waren. Manchmal frage ich mich, ob ich mutiger hätte sein sollen. Ob ich ihn hätte aufhalten können." Ihre Stimme wurde leiser. „Aber ich hatte Angst. Und ich war allein." Lea spürte, wie ein Kloß in ihrem Hals wuchs. "Und nach dem Krieg? Als alles vorbei war?"

"Nach dem Krieg war nichts vorbei", sagte die Großmutter bitter. „Die Bomben waren verstummt, aber der Schmerz blieb. Dein Großvater hat nie wirklich aufgehört, an die alten Zeiten zu glauben. Er hat sich die Schuld, die auf ihm und auf so vielen anderen lastete, nie eingestanden. Stattdessen hat er sie verdrängt, als wäre es nie passiert.

Aber ich konnte das nicht. Ich habe alles gesehen. Die zerstörten Städte. Die hungernden Kinder. Die Menschen, die nach ihren Familien suchten und nichts fanden außer Trümmer."

Lea hatte Tränen in den Augen. "Das klingt, als wäre es für dich nie leicht gewesen."

Die Großmutter lächelte schwach, aber es war ein trauriges Lächeln. „Das war es weiß Gott nicht, Lea. Aber ich habe dich, und deine Mutter. Das ist das, was mich durchhalten ließ. Dass ihr eine bessere Welt habt, in der ihr Leben könnt. Eine Welt, in der ihr fragen dürft und auch hinterfragen dürft. Lass dir das von niemandem nehmen."

Lea nickte, unfähig, etwas zu sagen. Sie hatte ihren Großvater immer als Teil einer dunklen Geschichte gesehen, aber jetzt begriff sie, dass auch ihre Großmutter ein Opfer dieser Zeit war auf eine ganz andere, stille Weise. Sie schwieg, während die beiden Frauen in der Küche saßen, und sie beschloss, dass sie die Geschichte ihrer Familie weitererzählen würde. Aber diesmal mit allen Stimmen. Die Großmutter nahm einen tiefen Atemzug, als würde sie Kraft sammeln, und starrte dabei auf ihre Tasse. Ihre Stimme klang leise und zitternd, als sie weitersprach.

"Es gibt eine Sache, Lea, die mich nie loslässt. Ein Erlebnis, das sich eingebrannt hat, so tief, dass ich es manchmal noch träume. Ich habe nie mit jemandem darüber gesprochen. Nicht mit deinem Großvater, nicht mit deiner Mutter. Aber vielleicht ist es an der Zeit, es dir zu erzählen."

Lea nickte vorsichtig. Sie sah, wie die Großmutter sich mit zitternden Händen eine Haarsträhne hinter das Ohr schob, bevor sie begann.

"Es war 1944, kurz vor Kriegsende. Die Bombenangriffe auf die Städte wurden immer schlimmer. Die Sirenen heulten jede Nacht, und wir rannten in die Keller, um Schutz zu suchen. Dein Großvater war an der Front, und ich war allein mit deiner Urgroßmutter. Es war eine Nacht wie so viele, laut, angsteinflößend, voller Rauch und Schreie. Aber an diesem Abend kam etwas, was ich nicht erwartet hatte."

Ihre Stimme brach kurz, und sie wischte sich mit zitternden Fingern über die Augen, wo sich Tränen sammelten. Lea wollte etwas sagen, hielt sich aber zurück.

„Ich war draußen, kurz vor der Sperrstunde. Ich wollte Brot holen. Die Bäckerei war schon geschlossen, aber ich dachte, vielleicht ist noch jemand da, der mir hilft. Es war ein dummer Gedanke, ich weiß. Auf dem Heimweg hörte ich plötzlich Rufe. Deutsche Soldaten. Sie hatten ein paar Menschen festgenommen - Zwangsarbeiter, die sie für Juden hielten oder für Deserteure hielten, ich weiß es nicht mehr. Es waren Männer, Frauen, auch Kinder. Sie wurden mit Gewehren durch die Straßen getrieben."

Die Großmutter hielt inne, als würde das Sprechen sie fast überwältigen. Tränen liefen ihr jetzt ungehindert über die Wangen, doch sie fuhr fort.

"Ich... ich weiß noch, wie eine Frau mich angesehen hat. Direkt in die Augen. Ihre Hände waren auf dem Rücken gefesselt, und sie hatte so eine Angst in ihrem Blick. Aber auch Hoffnung. Sie dachte, vielleicht könnte ich etwas tun. Vielleicht könnte ich ihr helfen. Ich war nur ein paar Schritte entfernt. Nur ein paar Schritte..." Ihre Stimme wurde brüchig, und sie presste die Hände fest auf den Tisch.

Lea saß wie erstarrt. "Und hast du... konntest du?"

"Nein!" Die Großmutter hob die Stimme, und ihr Schmerz war fast greifbar. „Ich konnte nichts tun! Ich war wie gelähmt. Ich habe nur dagestanden, starr vor Angst, und sie wurde mitgenommen. Ich habe gesehen, wie sie geschlagen wurde, wie ein Kind neben ihr zu weinen begann. Aber ich habe nichts getan. Nichts. Ich habe mich umgedreht und bin weggelaufen, so schnell ich konnte. Ich habe Ihre Schreie noch gehört, aber ich habe weggesehen."
Lea spürte, wie ihre Kehle eng wurde. „Oma, du konntest doch nichts tun. Sie hätten dich auch mitgenommen!"

„Ich weiß", flüsterte die Großmutter. "Aber das macht es nicht leichter. Dieses Gefühl, zugesehen zu haben, statt etwas zu tun, das lässt mich bis heute nicht los. Vielleicht hätte es keinen Unterschied gemacht, aber..." Sie brach ab und schüttelte den Kopf. „Ihr Gesicht. Ihre Augen. Ich sehe sie immer noch, wenn ich meine Augen schließe."

Die Tränen liefen ihr unaufhörlich über die Wangen, und Lea konnte nicht anders, als aufzustehen, um die Hand ihrer Großmutter zu ergreifen. Die alte Frau hielt sie fest, als ob sie sich an Lea klammern müsste, um nicht unter der Last ihrer Erinnerung zusammenzubrechen.

„Oma, du hast überlebt", sagte Lea leise. "Und du hast versucht, das Beste aus einer furchtbaren Zeit zu machen. Das ist nicht Nichts". Die Großmutter nickte schwach, doch ihre Tränen versiegten nicht." Vielleicht. Aber weißt du, Lea, es ist wichtig, dass du diese Dinge weißt. Damit du verstehst, warum ich so oft an der Menschheit zweifle. Und warum ich hoffe, dass deine Generation mutiger ist als meine."

Lea drückte ihre Hand. Sie konnte nichts sagen, denn die Worte schienen ihr nicht auszureichen. Aber in diesem Moment versprach sie sich selbst, dass sie die Geschichten ihrer Großmutter nicht vergessen würde, weder die schmerzhaften noch die mutigen. Sie alle gehörten zu ihrer Familie, zu ihrer Geschichte. Und sie alle mussten erzählt werden.

Die Großmutter saß für einen Moment schweigend da, ihre Hände noch immer in Leas. Ihr Blick war in die Ferne gerichtet, als ob sie in die Vergangenheit starrte, die sie gerade heraufbeschworen hatte. Nach einer Weile holte sie tief Luft, als wollte sie die Dunkelheit aus ihrer Brust vertreiben.

"Weißt du, Lea," begann sie schließlich mit leiser Stimme, "nach dieser Nacht habe ich nie wieder versucht, mutig zu sein. Ich dachte, ich hätte meinen einzigen Moment der Entscheidung verpasst. Alles, was ich danach tat, war überleben. Ich habe mich in die Keller verkrochen, bei den anderen Frauen gesessen und gehofft, dass die Bomben mich verschonen. Und nach dem Krieg, als dein Großvater zurückkam..." Sie hielt inne, und ein harter Ausdruck trat auf ihr Gesicht. „Er war nicht mehr der Mann, den ich geheiratet hatte." Lea runzelte die Stirn.
„Inwiefern?"
"Er war gebrochen, Lea" sagte die Großmutter. "Aber er wollte es sich nicht eingestehen. Männer wie er hielten sich für unverwundbar, für Helden. Aber ich habe es gesehen in seinen Augen, in der Art, wie er nachts schweißgebadet aufwachte und nicht darüber sprechen wollte. Er war ein Schatten seiner selbst. Und doch hielt er an den alten Idealen fest, als wären sie das Einzige, was ihm Halt gab" Sie schloss kurz die Augen, und Lea konnte sehen, dass die Erinnerungen ihr immer noch wehtaten.

„Ich habe versucht, ihn zu erreichen," fuhr die Großmutter fort. „Ich habe versucht, mit ihm über das zu sprechen, was er im Krieg getan hat, was er gesehen hat. Aber er hat mich jedes Mal angeschrien, ich solle mich nicht einmischen. Das verstehst du nicht, hat er gesagt. Frauen können das nicht verstehen." Ihre Stimme klang bitter. „Vielleicht hatte er recht. Vielleicht wollte ich es auch nicht verstehen. Aber ich habe ihn nie wieder als den Mann gesehen, den ich einmal geliebt habe. Der Krieg hat ihn nicht nur verändert, er hat ihn zerstört. Und ich... Ich habe zugesehen, wie er an den Lügen festhielt, um irgendwie weiterleben zu können."

Lea wusste nicht, was sie darauf sagen sollte. Sie hatte ihren Großvater immer als eigensinnig und unbeugsam erlebt, aber nie darüber nachgedacht, dass hinter seiner Härte etwas anderes stecken könnte, Angst, Schuld, vielleicht sogar Verzweiflung.

„Es tut mir so leid, Oma," sagte sie schließlich leise.

Die Großmutter schüttelte den Kopf. "Es muss dir nicht leidtun, Lea. Es ist vorbei. Aber ich wollte, dass du weißt, dass es nicht nur dein Großvater war, der mit dieser Last lebte. Wir alle haben sie getragen, jede auf ihre eigene Weise. Und manchmal frage ich mich, ob ich genug getan habe, damit deine Mutter und du diese Last nicht mehr tragen müsst."
„Das hast du," sagte Lea entschlossen „Du hast uns eine bessere Welt geschenkt, Oma. Und du hast dafür gesorgt, dass ich die Wahrheit kenne über den Krieg, über die Menschen, über unsere Familie. Das ist mehr, als die meisten tun."

Die Großmutter lächelte schwach, und zum ersten Mal seit Beginn ihres Gesprächs schien der Schatten in ihren Augen ein wenig zu weichen.

"Vielleicht hast du recht, Lea. Vielleicht ist das der einzige Weg, mit all dem fertig zu werden die Wahrheit zu erzählen, auch wenn sie wehtut."

Lea nickte. Sie nahm die Hand ihrer Großmutter fester und sah sie an. "Ich verspreche dir, dass ich deine Geschichte weitererzählen werde. Ich werde nichts verschweigen, und ich werde dafür sorgen, dass niemand vergisst, was passiert ist" Die Großmutter betrachtete sie lange, und schließlich liefen ihr erneut Tränen über die Wangen, doch dieses Mal schien es, als wären es Tränen der Erleichterung. "Danke, Lea," flüsterte sie. "Das bedeutet mir mehr, als ich sagen kann."

In der Küche war es still, abgesehen vom leisen Ticken der Wanduhr. Lea wusste, dass dieses Gespräch nicht alle Wunden heilen konnte, aber es war ein Anfang. Ein Schritt in Richtung Verstehen, vielleicht sogar Verzeihen. Und als sie ihre Großmutter so ansah, wurde ihr klar, dass diese Stärke, trotz allem weiterzumachen und die Wahrheit zu tragen - das größte Vermächtnis ihrer Familie war.

Kapitel 5 Die Stimmen der Familie

Lea hatte viele Gespräche mit ihrem Großvater geführt, doch in den letzten Tagen hatte sie das Gefühl, dass sie nur einen Teil des Puzzles verstanden hatte. Der Großvater hatte ihr viel über seine Vergangenheit erzählt, doch es gab auch andere Familienmitglieder, deren Perspektiven sie nun besser verstehen wollte. Was wussten sie über die Geschichte ihres Großvaters? Wie sahen sie das Erbe, das er hinterlassen hatte?

Eines Abends saß Lea bei ihrer Mutter am Esstisch, das Abendessen war längst vorbei, doch die Gespräche hatten gerade erst begonnen. Es war der Moment, in dem sie beschlossen hatte, endlich nachzufragen.

„Mama", begann Lea zögernd, „hast du jemals mit Opa über seine Vergangenheit gesprochen?"

Ihre Mutter, die gerade ihren Teller abräumte, blieb plötzlich stehen. Ein flüchtiger Blick ging über ihr Gesicht, und sie setzte sich dann langsam auf den Stuhl gegenüber.

"Was genau meinst du, Lea?" fragte sie vorsichtig, als ob sie versuchte, sich zu erinnern, wie sie auf die Frage reagieren sollte.

"Er hat mir erzählt, dass er ein Nazi war", sagte Lea direkt. „Er hat mir seine Geschichte erzählt, und er hat gesagt, dass er viele Fehler gemacht hat. Ich wollte wissen, ob du etwas darüber weißt."

Ihre Mutter seufzte tief und legte das Besteck auf den Tisch. Es war klar, dass sie sich an diesen Moment erinnert hatte, an die Zeit, als sie selbst noch ein Kind war, als die Geschichte des Großvaters in der Familie kaum ausgesprochen wurde.

"Ich weiß, dass er in seiner Jugend Teil des Regimes war", begann sie vorsichtig. „Es war ein Thema, über das wir nie wirklich gesprochen haben. Es war irgendwie... tabu. Er hat nie viel darüber erzählt, und als du klein warst, wollte ich nicht, dass du dir Sorgen machst. Aber ich wusste immer, dass er von seiner Vergangenheit geprägt war." Lea nickte und spürte, dass hier noch viel mehr unausgesprochen blieb. „Hat er sich geändert? Hat er sich je entschuldigt?"

"Er hat nie wirklich darüber gesprochen, Lea", sagte ihre Mutter langsam. „Ich denke, er hatte nie die Worte, um sich selbst zu verzeihen. Aber du hast recht er hat sich verändert. Nicht sofort, aber nach vielen Jahren. Er hat versucht, ein besserer Mensch zu werden. Aber das ist etwas, das nicht einfach zu erklären ist."

Lea dachte nach. Sie hatte immer gewusst, dass ihr Großvater mit etwas aus der Vergangenheit kämpfte, aber sie hatte nie gewusst, wie tief diese Schuld in der Familie verwurzelt war. Sie fragte sich, ob andere Mitglieder der Familie dieselben Fragen stellten oder ob sie einfach weggeschaut hatten, so wie ihre Mutter es oft getan hatte.

"Und was ist mit dir, Mama?", fragte Lea. „Was denkst du über all das?"

Ihre Mutter schien nach den richtigen Worten zu suchen. "Es ist eine grausame Sache", begann sie.

„Ich liebe deinen Opa, aber ich kann die Taten, die er begangen hat, nicht einfach vergessen. Manchmal habe ich das Gefühl, dass wir in einer Art Lücke leben. Er hat uns nie alles erzählt, und als Familie mussten wir oft mit dem Schweigen leben. Aber ich weiß, dass er es nicht leicht hatte, mit seiner Vergangenheit klarzukommen." Lea wusste, dass es mehr gab, was ihre Mutter nie ausgesprochen hatte. Doch für den Moment war ihr klar, dass die Last des Großvaters nicht nur auf ihm lag, sondern auch auf der Familie, auf ihr, auf ihrer Mutter, und vielleicht auch auf den anderen Verwandten.

Am nächsten Tag entschloss sich Lea, auch mit ihrem Onkel Lukas zu sprechen, der immer wieder in den Gesprächen erwähnt wurde. Er war jünger als ihre Mutter und hatte eine andere Sichtweise auf die Familie und den Großvater.

Lukas saß wie immer vor dem Fernseher, als Lea zu ihm ging. Er war in seinen späten Dreißigern, und sein Gesicht wirkte oft ernst und nachdenklich. Er war derjenige, der in der Familie nie viel über die Vergangenheit gesprochen hatte, doch heute wollte Lea es wissen.

"Onkel Lukas", begann sie, „hast du jemals mit Opa über seine Vergangenheit gesprochen?" Lukas drehte sich von der Fernseherleinwand weg und sah sie aufmerksam an. „Du meinst, was er in seiner Jugend getan hat?", fragte er trocken.

Lea nickte. "Ja. Ich will verstehen, was er getan hat, und wie du es siehst. Er hat mir viel erzählt, aber es fühlt sich so an, als ob niemand je wirklich darüber geredet hat"

Lukas schüttelte den Kopf. "Es ist nicht leicht, darüber zu reden, Lea. Du musst verstehen, dass nicht jeder in der Familie die Dinge so sieht wie du oder deine Mutter. Ich habe nie wirklich versucht, tiefer in die Vergangenheit zu blicken. Ich habe einfach akzeptiert, dass das, was war, nicht rückgängig zu machen ist."

"Aber er hat uns nie alles erzählt", sagte Lea." Warum hast du nie nachgefragt?"

Lukas Gesicht nahm einen ernsteren Ausdruck an. "Weil ich nicht wollte, dass diese Vergangenheit mich weiterverfolgt. Ich habe viel darüber nachgedacht. Und vielleicht ist es einfacher für mich, es einfach zu akzeptieren, wie er ist, mit all seinen Fehlern und all dem, was er getan hat. Er ist immer noch mein Vater, Lea. Aber es ist nicht möglich, die Geschichte zu ändern, nicht wahr?"

Lea nickte, aber eine gewisse Traurigkeit überkam sie. Sie hatte gehofft, dass sie mehr Klarheit finden würde, aber die Wahrheit war komplexer, als sie es sich vorgestellt hatte. Jeder in ihrer Familie hatte seine eigene Sichtweise die Last der Vergangenheit war für alle schwer zu tragen, und sie hatte das Gefühl, dass nicht jeder bereit war, sich den Fragen zu stellen, die sie sich stellte.

„Ich verstehe", sagte Lea leise. „Es ist nicht einfach, das alles zu akzeptieren."

"Nein", antwortete Lukas und sah sie mit einem ernsten Blick an. "Es ist nie einfach. Aber es ist auch Teil der Familie. Wir müssen alle mit dem leben, was passiert ist, auf unsere Weise." Lea hatte nach dem Gespräch mit ihrem Onkel Lukas das Gefühl, dass sie noch nicht genug wusste.

Jeder schien seine eigene Art zu haben, mit der Vergangenheit umzugehen, und ihre Fragen blieben weiterhin offen. Wer konnte ihr wirklich helfen, die Geschichte zu verstehen, die in den Schatten der Familie lag? Sie entschloss sich, noch mit einer weiteren Person zu sprechen mit ihrer Tante Eva, der Schwester ihrer Mutter. Sie war diejenige, die sich immer am meisten mit der Familie verbunden gefühlt hatte, auch wenn sie selten in den Gesprächen über die dunklen Kapitel der Geschichte auftauchte.

Eines Nachmittags, als Lea die Tante in ihrer Wohnung besuchte, fand sie Eva wie immer in ihrer Küche, während sie mit einem Lächeln Tee servierte. „Komm, setz dich", sagte Eva und deutete auf den Stuhl gegenüber. „Was führt dich zu mir?"

Lea setzte sich, und das vertraute Gefühl der Wärme, das sie bei ihrer Tante immer empfand, brachte sie dazu, ihre Fragen endlich auszusprechen. Sie hatte den Mut gefasst, und sie war fest entschlossen, die Antwort zu finden, die sie suchte.

"Tante Eva", begann sie vorsichtig. "Was weißt du über die Zeit, als Opa jung war? Über das, was er im Krieg getan hat?"

Eva, die zunächst die Tasse anhielt, in der sie ihren Tee rührte, legte das Lächeln ab. Sie setzte die Tasse ab und sah Lea mit einem Ausdruck an, der zugleich müde und nachdenklich war.

"Du hast mit deiner Mutter gesprochen, oder?" fragte sie, und ihre Stimme war ernst, fast vorsichtig. „Mit Lukas auch?" Lea nickte. „Ja, aber ich verstehe immer noch nicht alles. Warum hat Opa nie wirklich mit uns darüber gesprochen?"

Eva seufzte.

"Weil es etwas ist, das man nur schwer in Worte fassen kann. Es war eine Zeit voller Lügen, von denen er glaubte, sie wären die Wahrheit. Ich weiß, er hat sich lange Zeit in sich selbst verschlossen. Dein Großvater hatte nie die Möglichkeit, mit seiner Vergangenheit abzuschließen. Als wir Kinder waren, war er einfach... jemand, mit dem man aufpassen musste, über die richtigen Dinge zu sprechen. Er hat uns nicht viel erzählt, und als er älter wurde, war es, als ob er hoffte, wir würden einfach nicht mehr fragen."

"Und du hast nie nachgefragt?", fragte Lea, neugierig auf ihre Tante, die immer so warmherzig, aber auch zurückhaltend war. "Ich wusste, dass er sich schuldig fühlte, Lea", antwortete Eva, ihre Augen blickten in die Ferne, als ob sie sich an vergangene Zeiten erinnerte.

"Aber du musst verstehen, damals, als wir Kinder waren, war alles viel komplizierter. Man wollte sich nicht mit der Vergangenheit beschäftigen. Jeder von uns hatte seinen eigenen Weg, damit umzugehen. Ich war sehr jung, als er begann, sich zu verändern. Aber was er uns nicht erzählt hat, waren oft die Dinge, die ihn gequält haben. Vielleicht war es zu schmerzhaft, uns die ganze Wahrheit zu sagen."

Lea saß da und versuchte, die Worte ihrer Tante zu verstehen. Es war so, als ob jeder in der Familie seinen eigenen Umgang mit der Vergangenheit hatte, mit der Last, die der Großvater trug. Aber was Eva jetzt sagte, ließ Lea etwas klarer sehen.

"Hast du ihm jemals verziehen, Tante Eva?", fragte Lea schließlich. „Hast du ihn jemals gefragt, was er getan hat?"

Eva schaute sie ernst an und nahm einen tiefen Atemzug. " Ich habe ihm nicht direkt vergeben", sagte sie langsam. „Aber ich habe ihn als den Menschen akzeptiert, der er war. Ich glaube nicht, dass er selbst jemals in der Lage gewesen wäre, sich wirklich zu vergeben. Ich habe ihn als Großvater gesehen, als Vater. Aber die Taten, die er begangen hat, und die Dinge, die er in der Vergangenheit erlebt hat, kann ich nicht einfach auslöschen. Das wird niemand können."

Lea war still. Sie konnte den Schmerz und die Zerrissenheit in den Worten ihrer Tante hören. Und irgendwie verstand sie, was sie meinte. Ihre Tante hatte gelernt, mit dem Großvater und seiner Vergangenheit zu leben, ohne wirklich eine Antwort auf die Fragen zu finden, die Lea nun stellte.

"Aber du hast ihm trotzdem vertraut, oder?", fragte Lea, um zu verstehen, wie ihre Tante zu Ihrem Großvater stand. „Ja", antwortete Eva. „Ich habe ihm vertraut, weil er uns gezeigt hat, dass er sich verändert hat. Es ist schwer zu erklären. Manchmal hatte ich das Gefühl, dass wir die Vergangenheit in einem gewissen Maße hinter uns lassen mussten, um weiterzumachen. Und ja, er hat sich verändert. Aber wie du sagst, Lea, es gibt immer noch diese Frage: Wie verändert man sich wirklich?" Lea dachte lange nach. Es gab keine richtigen Antworten, keine klaren Lösungen. Doch je mehr sie mit den verschiedenen Familienmitgliedern sprach, desto mehr wurde ihr bewusst, dass die Vergangenheit nicht nur durch Worte oder Taten verändert werden konnte, sondern auch durch den Weg, den jeder Einzelne wählte, um damit umzugehen. Am Abend zog Lea sich in ihr Zimmer zurück und schloss die Tür hinter sich. Die Dunkelheit des Raumes schien sie zu umarmen, aber sie fühlte keinen Trost darin.

Es war, als ob die Luft schwerer geworden wäre, gefüllt mit unausgesprochenen Worten, die in ihrem Kopf widerhallten. Die Geschichten, die sie gerade gehört hatte, hatten etwas in ihr aufgewühlt, etwas, das sie nicht in Worte fassen konnte - Schmerz, Scham, Wut. Alles auf einmal. Sie setzte sich auf ihr Bett und zog die Knie an die Brust, starrte auf die Wand, ohne wirklich etwas zu sehen. Die Worte ihres Onkels Lukas hallten in ihrem Kopf wider, während sie versuchte, die Bilder zu verdrängen, die sich unaufgefordert in ihrer Vorstellung formten. "Dein Opa war ein stolzer Mann," hatte Lukas gesagt. "Er hat an etwas geglaubt. Aber das verstehst du vielleicht nicht." Die kalte Neutralität in seiner Stimme hatte Lea erschüttert. Wie konnte er so sprechen, so unbeteiligt, über etwas so Grausames?

Ein Kloß bildete sich in ihrem Hals, als die Geschichten sich wie ein Film vor ihrem inneren Auge abspielten. Ihr Großvater, der Uniformen trug, Befehle gab, Menschen einschüchterte. Und dann die Bilder von Lukas, der erzählte, wie er in jungen Jahren ähnliche Ideale vertreten hatte, blind einer Ideologie folgend, die unermessliches Leid über andere gebracht hatte. Es war, als ob die Vergangenheit plötzlich lebendig geworden wäre nicht als abstrakte Geschichte, sondern als eine düstere Wahrheit in ihrer eigenen Familie.

Lea konnte nicht fassen, wie jemand, den sie als liebevollen Großvater kannte, Teil von etwas so Grausamem gewesen sein konnte. Sie erinnerte sich an die Nachmittage, die sie mit ihm im Garten verbracht hatte, an die Geschichten, die er erzählt hatte, die immer harmlos klangen. Nie hatte er angedeutet, was für ein Mensch er gewesen war, welche Entscheidungen er getroffen hatte. Und jetzt, mit einem Schlag, war dieses Bild zerbrochen.

Die Tränen kamen plötzlich und unerwartet. Sie liefen über ihre Wangen, heiß und unkontrollierbar. Lea fühlte sich betrogen nicht nur von ihrem Großvater, sondern von der ganzen Vorstellung, die sie von ihrer Familie gehabt hatte. Alles, worauf sie stolz gewesen war, schien jetzt mit einer dunklen Wolke bedeckt zu sein.

"Wie soll ich das jemals verstehen?", dachte sie. "Wie kann ich das je verzeihen?"

Ein Teil von ihr wollte die Geschichten einfach aus ihrem Kopf verbannen, so tun, als hätte sie nie davon erfahren. Aber ein anderer Teil wusste, dass das unmöglich war. Die Wahrheit war da, greifbar und unnachgiebig, und sie würde Lea nicht loslassen.

Sie griff nach ihrem Notizbuch, das auf dem Nachttisch lag, und öffnete es. Schreiben hatte ihr immer geholfen, ihre Gedanken zu sortieren. Doch diesmal zitterten ihre Hände so sehr, dass sie kaum den Stift halten konnte. Schließlich brachte sie es fertig ein paar Wörter zu Papier zu bringen.

"Mein Opa war ein Nazi. Und ich weiß nicht, wie ich damit leben soll."

Die Worte sahen seltsam aus, fast unwirklich, als ob sie nicht wirklich zu ihrer Welt gehörten. Doch sie waren real, genau wie das Erbe, das sie jetzt mit sich trug. Sie wusste, dass sie eine Wahl hatte: Entweder konnte sie sich von der Schwere der Vergangenheit erdrücken lassen, oder sie konnte versuchen, damit umzugehen für sich selbst, für die Zukunft. Aber wie?

Lea legte das Notizbuch zur Seite und ließ sich zurück auf ihr Bett sinken. Die Stille im Raum war erdrückend. Ihr Atem ging flach, während sie versuchte, den Sturm in ihrem Inneren zu beruhigen. Es würde Zeit brauchen, das wusste sie. Aber eines war klar: Sie konnte nicht einfach weitermachen, als wäre nichts passiert.

Lea lag still auf ihrem Bett, ihre Gedanken ein chaotisches Durcheinander. Sie fühlte sich, als würde sie gegen eine unsichtbare Wand rennen, die sie nicht überwinden konnte. Ihr Großvater, der Mann, der ihr als Kind immer Bonbons zugesteckt und ihr Geschichten von früher erzählt hatte, war ein anderer Mensch gewesen, als sie dachte. Ein Teil von ihr wollte ihn verteidigen, wollte glauben, dass er sich vielleicht gezwungen gefühlt hatte, Teil dieser schrecklichen Ideologie zu sein. Doch dann erinnerte sie sich an die Art, wie Onkel Lukas darüber gesprochen hatte nicht mit Reue, sondern fast mit einem Hauch von Stolz.

Sie setzte sich aufrecht hin und griff nach ihrem Handy. Vielleicht konnte sie irgendwo Antworten finden. Sie begann zu recherchieren: Wie mit der Vergangenheit der eigenen Familie umgehen? Die Suchergebnisse waren vielfältig: Erfahrungsberichte von Nachfahren ehemaliger Täter, Artikel über die Auseinandersetzung mit Schuld und Verantwortung, psychologische Ratschläge. Doch je mehr sie las, desto größer wurde das Loch in ihrem Inneren. Es gab keine einfache Antwort, keinen klaren Weg. Lea schaltete das Handy aus und starrte wieder auf das Notizbuch. „Ich muss verstehen," dachte sie. „Ich muss wissen, wie das passieren konnte."

Plötzlich erinnerte sie sich an ein Buch, das sie vor Jahren in der Schule gelesen hatte. Es ging um die Zeit des Nationalsozialismus, die Grausamkeiten, die geschehen waren, und die Menschen, die trotzdem Widerstand geleistet hatten. Sie suchte es in ihrem Regal und fand es schließlich. Die Seiten fühlten sich schwer an, als sie es aufschlug. Die Worte auf den ersten Seiten, die sie damals nur als Unterrichtsstoff wahrgenommen hatte, trafen sie jetzt wie ein Schlag. Dies war die Welt, in der ihr Großvater gelebt hatte. Dies war die Realität, die er mitgetragen hatte. Lea las, bis ihre Augen brannten. Die Geschichten von Verfolgung, von Menschen, die entrechtet, gequält und ermordet wurden, waren überwältigend. Sie fühlte sich, als würde sie die Luft anhalten, unfähig, den Schmerz loszulassen, der sich in ihrer Brust sammelte.

Dann schloss sie das Buch und legte es vorsichtig zur Seite. „Das ist nur ein Teil der Geschichte," dachte sie. Was ist mit dem anderen? Was hat Opa gefühlt? Was hat ihn dazu gebracht, mitzumachen? War es Angst? Überzeugung? Oder einfach Gleichgültigkeit?"

Ein Gedanke begann, in ihr zu keimen. Sie musste Antworten finden, und die konnte sie nicht allein durch Bücher oder das Internet bekommen. Sie musste mit den Menschen sprechen, die ihn gekannt hatten. Onkel Lukas war ein Anfang, auch wenn sein Ton sie abgeschreckt hatte. Vielleicht gab es andere Verwandte, die mehr wussten waren, und die bereit waren ehrlich zu sein. Der Gedanke, diese Gespräche zu führen, erfüllte sie mit Angst. Was, wenn sie Dinge erfuhr, die sie nicht ertragen konnte? Was, wenn die Wahrheit noch hässlicher war, als sie sich vorstellte? Aber Lea wusste, dass sie nicht weglaufen konnte.

„Wenn ich damit leben will, muss ich verstehen," flüsterte sie leise zu sich selbst.

Am nächsten Morgen nahm sie all ihren Mut zusammen und ging zu ihrer Mutter, die in der Küche saß und Kaffee trank. Sie setzte sich ihr gegenüber, das Herz schlug ihr bis zum Hals. Mama, begann sie zögernd. „Ich muss mit dir über Opa reden. Über das, was ich gestern gehört habe."

Ihre Mutter sah auf, überrascht, aber auch traurig. Es schien, als hätte sie gewusst, dass dieser Moment kommen würde. „Natürlich, Lea," sagte sie leise. „Frag mich, was du wissen möchtest. Ich verspreche, ich werde ehrlich sein." Und so begann Lea, Stück für Stück die Geschichte ihrer Familie zu ergründen. Es war ein schmerzhafter Prozess, voller Widersprüche und unbequemer Wahrheiten. Doch mit jedem Gespräch, mit jedem Buch, das sie las, und mit jedem Gedanken, den sie aufschrieb, begann sie, ein wenig mehr zu verstehen nicht nur über ihren Großvater, sondern auch über sich selbst.

Lea spürte, wie sie von Tag zu Tag etwas stärker wurde, obwohl die Gespräche und die Wahrheit oft schmerzhaft waren. Das Gespräch mit ihrer Mutter hatte vieles ans Licht gebracht, was sie vorher nicht gewusst hatte. Ihre Mutter hatte zögernd erzählt, wie ihr Vater - Leas Großvater nach dem Krieg oft still und verschlossen war. „Er hat nie wirklich darüber geredet, Lea," hatte sie gesagt. „Aber manchmal habe ich ihn nachts schreien gehört. Er hatte Albträume. Als Kind habe ich das nicht verstanden. Aber jetzt glaube ich, dass er wusste, was er getan hatte, und dass es ihn verfolgt hat."

Diese Worte hatten sich in Lea eingebrannt. Es war, als ob sich die Schatten ihres Großvaters immer tiefer in ihre Gedanken legten. Aber mit der Zeit begann sie, diese Schatten nicht mehr nur als etwas Bedrohliches zu sehen. Vielleicht war das Schweigen ihres Großvaters kein Stolz gewesen, sondern Scham. Vielleicht hatte er nicht die Worte gefunden, um sich der nächsten Generation zu erklären. Doch das änderte nichts daran, dass er Teil von etwas gewesen war, das unentschuldbar war.

Lea beschloss, weiter nachzuforschen. Sie wandte sich an einen Historiker, der sich mit der Geschichte der Region und der Rolle einfacher Menschen im Nationalsozialismus beschäftigte. Der Mann, Professor Reiter, empfing sie freundlich und hörte geduldig zu, als sie ihre Fragen stellte.

„Was ich verstehen möchte, Herr Reiter, ist: Warum haben so viele Menschen mitgemacht? Waren sie wirklich alle überzeugt? Oder hatten sie einfach Angst?"

Der Professor nickte, als hätte er diese Frage schon tausendmal gehört. „Es gibt darauf keine korrekte Antwort, Lea. Manche haben aus Überzeugung gehandelt, andere aus Opportunismus. Viele hatten Angst vor den Konsequenzen, wenn sie sich widersetzten. Und dann gab es jene, die einfach weggeschaut haben. Aber was wichtig ist: Jeder hatte eine Wahl. Vielleicht keine einfache, aber eine Wahl". Diese Worte beschäftigten Lea tagelang. Sie begann, sich intensiver mit der Geschichte ihres Großvaters zu befassen, versuchte, ihn nicht nur als Täter, sondern auch als Menschen zu sehen, ohne seine Taten zu entschuldigen.

Sie las seine Briefe, die er an ihre Großmutter geschrieben hatte, fand alte Fotos und Dokumente. Darunter war auch ein altes Tagebuch, das er während des Krieges geführt hatte. Die Seiten waren vergilbt, die Schrift verblasst, aber Lea las jedes Wort mit angehaltenem Atem.

Ein Eintrag blieb ihr besonders im Gedächtnis: „Ich frage mich manchmal, ob das, was wir tun, richtig ist. Aber dann sage ich mir, dass ich keine Wahl habe. Es ist das Vaterland, das zählt. Und wenn ich zweifle, bin ich schwach."

Lea konnte kaum glauben, was sie da las. Es war ein direkter Blick in die Gedankenwelt ihres Großvaters. Die Worte waren kalt, fast mechanisch, aber zwischen den Zeilen spürte sie die Unsicherheit, die er offenbar nie laut auszusprechen gewagt hatte.

Sie legte das Tagebuch zur Seite und fühlte, wie eine neue Frage in ihr aufstieg: „Wenn er damals gezweifelt hat, warum hat er dann nicht gehandelt? Warum hat er weitergemacht?" Es war eine Frage, auf die sie vermutlich nie eine endgültige Antwort finden würde. Aber es war auch der Moment, in dem Lea erkannte, dass es nicht ihre Aufgabe war, ihn zu verurteilen. Ihre Aufgabe war es, aus seiner Geschichte zu lernen und sicherzustellen, dass sie selbst nie wegschaute, wenn Unrecht geschah.

Am Abend setzte sie sich wieder an ihr Notizbuch und schrieb: „Ich werde die Last der Vergangenheit nicht ignorieren, aber ich werde sie auch nicht allein tragen. Ich kann die Geschichte nicht ändern, aber ich kann dafür sorgen, dass sie erzählt wird. Vielleicht liegt genau darin die Verantwortung, die ich übernehmen muss."

Als sie die Worte zu Ende geschrieben hatte, spürte sie, wie eine seltsame Ruhe über sie kam. Es war nicht das Ende ihrer Reise - sie wusste, dass sie noch viel zu lernen und zu verstehen hatte. Aber es war ein Anfang. Ein Anfang, mit der Wahrheit zu leben, ohne sich von ihr erdrücken zu lassen.

Die kalte Jahreszeit hatte Einzug gehalten, und Lea fand sich immer wieder in den stillen Momenten im Garten mit ihrem Großvater. Der Winter hatte den Garten in einen Ort des Schweigens verwandelt, und der Großvater saß oft stumm auf seiner Bank, das Gesicht von der Sonne beschienen, die tief und niedrig stand. Doch Lea wusste, dass es nicht nur die Ruhe war, die sie hierherzog. Es war die Sehnsucht, mehr zu erfahren. Ihre Gespräche hatten begonnen, aber sie waren noch lange nicht abgeschlossen. Sie hatte das Gefühl, dass ihr Großvater noch so viel mehr zu sagen hatte, auch wenn er es nicht immer in Worten fassen konnte.

Eines Tages, als sie wieder zusammen draußen saßen, brach Lea die Stille.

„Opa", begann sie vorsichtig, „glaubst du, dass jemand wirklich mit seiner Vergangenheit abschließen kann?"

Der Großvater sah sie lange an, als ob er versuchte, den richtigen Moment abzupassen, bevor er antwortete. „Das ist eine gute Frage, Lea", sagte er schließlich, seine Stimme leise, fast nachdenklich. „Ich habe lange geglaubt, dass ich mit allem abschließen könnte. Doch die Wahrheit ist, dass die Vergangenheit immer ein Teil von uns bleibt. Sie verändert uns, sie prägt uns, und manchmal ist sie auch das, was uns hindert, wirklich voranzukommen."

Lea nickte, als sie seine Worte auf sich wirken ließ. Sie hatte immer geglaubt, dass die Vergangenheit endgültig sein musste, dass man sich irgendwann davon befreien musste. Aber die Worte ihres Großvaters ließen Zweifel in ihr aufkommen.

„Und was ist mit dem, was du getan hast?", fragte sie vorsichtig. „Kannst du das jemals. wirklich abschließen?" Der Großvater starrte auf seine Hände, die auf seinen Knien lagen. „Ich wünschte, ich könnte dir eine Antwort darauf geben, Lea. Aber die Wahrheit ist, dass ich oft nicht weiß, wie ich mit dem umgehen soll, was ich getan habe. Manchmal habe ich das Gefühl, dass ich mich für all die Jahre, die ich im Dienst eines Systems stand, das so viel Leid gebracht hat, niemals wirklich entschuldigen kann."

Lea spürte die Schwere in seiner Stimme und wartete, bis er weitersprach. „Ich habe viele Jahre gebraucht, um zu verstehen, dass ich nicht nur Verantwortung für die Dinge trage, die ich selbst getan habe", fuhr der Großvater fort. „Sondern auch für all das, was wir als Gesellschaft gemeinsam zugelassen haben. Für die Menschen, die zu Opfern wurden, die keine Stimme hatten. Ich habe mich immer gefragt, ob ich etwas hätte anders machen können."
„Und was hättest du anders gemacht?", fragte Lea, neugierig, aber auch besorgt, dass sie zu viel von ihm verlangte. "Ich weiß es nicht", antwortete er schließlich. "Ich weiß nur, dass die Verantwortung nicht nur auf den Einzelnen zurückzufallen scheint. Die Gesellschaft, die Zeit, die Ideologie sie alle haben mitgespielt. Aber das heißt nicht, dass wir nicht irgendwann eine Wahl treffen können. Und vielleicht hätte ich meine Wahl früher treffen sollen."

Lea dachte an all das, was ihr Großvater ihr bisher erzählt hatte. Sie wusste, dass die Antworten nie einfach wären. Die Fragen, die sie ihm stellte, führten immer wieder zu weiteren tiefen Graben zwischen der Person, die er jetzt war, und der, die er damals war. Doch gleichzeitig merkte sie, dass diese Gespräche ein Weg waren, in dem ihr Großvater sich von den Ketten der Vergangenheit befreien konnte. Vielleicht war der Weg der Vergebung nicht der gleiche für jeden, aber er war für ihn immer noch ein möglicher.

In den folgenden Wochen führte Lea ihre Gespräche weiter, immer wieder, mit demselben behutsamen Ton, mit dem sie begann. Sie fragte nach den Details der Zeit, in der er ein junger Mann gewesen war, nach den Menschen, mit denen er zusammengearbeitet hatte, nach den Entscheidungen, die er getroffen hatte. Doch jedes Gespräch brachte mehr Fragen mit sich.

"Du hast mir immer gesagt, dass du uns nie die ganze Geschichte erzählt hast", sagte Lea eines Nachmittags. „Warum hast du das getan, Opa?"

Der Großvater schaute in die Ferne, seine Augen blickten auf etwas, das nur er sah. „Weil ich nicht wusste, wie ich es erklären sollte. Manche Dinge sind so schwer, dass Worte nicht ausreichen. Es gab Dinge, die ich getan habe, die nicht in Worte zu fassen sind. Und manchmal hatte ich Angst, dass du mich dann nicht mehr als deinen Großvater sehen würdest. Ich hatte Angst, dass du mich nicht mehr lieben würdest."

„Aber ich liebe dich", sagte Lea leise. „Ich will einfach verstehen, was du durchgemacht hast."

Der Großvater legte seine Hand auf ihre. „Es tut mir leid, dass du das überhaupt verstehen musst, Lea. Es tut mir leid, dass du mit diesem Erbe leben musst. Aber ich hoffe, dass du siehst, dass ich versucht habe, mich zu ändern. Dass ich es nie wieder tun würde, was ich damals getan habe."

"Ich weiß", antwortete Lea und ließ sich von der sanften Wärme seiner Hand beruhigen. „Ich weiß, Opa. Aber wir müssen auch die Wahrheit wissen, auch wenn sie schmerzhaft ist."

"Ja", sagte er leise. „Und das ist der Weg. Es gibt keine klare Antwort. Aber vielleicht ist die Wahrheit das, was uns am Ende von allem befreien kann."

Kapitel 6 Die unerzählte Wahrheit

Es war ein kalter Nachmittag, als Lea und ihr Großvater wieder im Garten saßen. Der Winter hatte den Boden gefroren und die Bäume standen kahl gegen den grauen Himmel. Die Ruhe war fast unheimlich, und Lea spürte, dass etwas in der Luft lag, etwas, das ihr Großvater nicht gesagt hatte, aber was sie ahnte. Seit Ihren ersten Gesprächen hatte er viel über die Vergangenheit gesprochen, aber es gab immer noch diese Leerstelle, diese dunklen Ecken, in denen die Wahrheit verborgen zu sein schien. Und sie wusste, dass heute der Tag war, an dem er vielleicht mehr preisgeben würde.

„Opa", begann sie leise, „du hast mir viel über deine Zeit im Krieg erzählt, aber was ist mit den Jahren danach? Wie hast du dich verändert, als der Krieg zu Ende war?"

Der Großvater sah sie lange an, als ob er sich überlegen müsste, wie er die richtigen Worte finden sollte. „Es gab Jahre, Lea, in denen ich einfach nur versucht habe zu überleben", sagte er schließlich. „Nach dem Krieg war es nicht wie in den Filmen, in denen alles plötzlich gut wird. Es war ein langes Ringen mit mir selbst und mit der Welt, die mich umgab. Viele von uns haben versucht, so zu tun, als wäre nichts passiert, als könnte man einfach weitermachen. Aber in mir war alles zerrissen."

Lea spürte, dass er eine Last mit sich trug, die weit über die Zeit des Krieges hinausging. „Was meinst du damit, Opa? Was war so schwer daran, weiterzumachen?"

Er seufzte und wendete seinen Blick ab, als ob er versuchte, sich der Erinnerung zu entziehen.

"Nach dem Krieg war ich einer von vielen, die dachten, sie hätten das Schlimmste überlebt. Aber es gab so viele andere, die aus den Trümmern hervorkamen, mit denen ich nie gerechnet hatte. Ich dachte immer, die wahren Feinde wären da draußen, die anderen, die mit uns gekämpft haben. Aber der wahre Feind war der Schmerz, der in mir war, und die vielen Taten, die ich begangen hatte, die ich nie wirklich verstanden habe."

Lea konnte die Traurigkeit in seiner Stimme hören. Sie hatte nie darüber nachgedacht, dass die Jahre nach dem Krieg für ihren Großvater ebenso schwer gewesen sein könnten. „Und was hast du in diesen Jahren gemacht, Opa? Wie bist du mit dieser Schuld umgegangen?"

„Ich habe versucht, mich zu fügen", sagte er leise, „versucht, ein Leben zu führen, als wäre nichts geschehen. Ich bin gegangen, habe gearbeitet, versucht eine Familie zu gründen. Aber der Krieg hat uns verändert. Und du kannst nicht einfach so tun, als ob all das, was du getan hast, nichts bedeutet. Diese Entscheidungen, die du triffst - sie verfolgen dich, ob du willst oder nicht."

Lea fühlte, wie die Schwere seiner Worte sie durchdrang. "Hast du je mit jemandem über das gesprochen, was du getan hast? Mit einem Therapeuten oder jemandem, der dir helfen konnte?" Der Großvater schüttelte langsam den Kopf. „Nein. Es gab niemanden, mit dem ich darüber sprechen konnte. Damals war das nicht möglich. Wir waren in einer Gesellschaft, die sich nicht mit den wahren Folgen des Krieges auseinandersetzen wollte. Und selbst wenn es jemanden gegeben hätte, der mir geholfen hätte, hätte ich es nicht gewollt.

Du willst keine Hilfe, wenn du weißt, dass du für all das verantwortlich bist. Du versuchst nur, weiterzumachen, zu überleben."

Lea dachte nach. „Aber du hast doch immer versucht, uns zu lieben, Opa. Du hast uns doch gezeigt, dass du ein guter Mensch sein kannst."

"Ja", antwortete er mit einem Hauch von Bitterkeit in seiner Stimme. „Aber was ist, wenn die Dinge, die du tust, nicht mehr rückgängig zu machen sind? Was ist, wenn du so viel Schaden angerichtet hast, dass du niemals wieder Frieden finden kannst? Ich habe nie den Mut gehabt, die Wahrheit zu sagen. Nicht einmal zu dir, Lea. Nicht zu dir und nicht zu deiner Mutter."

"Warum hast du uns nie alles erzählt?", fragte Lea, ihre Stimme war jetzt kaum mehr als ein Flüstern. "Warum hast du uns nicht von all dem erzählt?"

Der Großvater schwieg lange, und Lea dachte, er würde die Frage nicht beantworten. Doch dann sprach er, seine Stimme kaum hörbar.

"Weil ich Angst hatte, Lea. Angst, dass du mich nicht mehr als den Großvater sehen würdest, der dich liebt. Angst, dass du mich dann nicht mehr als den Menschen sehen würdest, der ich heute bin. Die Wahrheit, die ich dir nie erzählt habe, ist, dass ich Menschen getötet habe. Ich habe Menschen verfolgt, ich habe sie gequält. Und es gibt keine Entschuldigung dafür. Du kannst dich nicht einfach von solchen Dingen befreien."

Lea spürte, wie sich eine Kälte in ihr ausbreitete.

Der Großvater, der Mann, den sie immer als liebevollen, schützenden Großvater gekannt hatte, hatte Dinge getan, die sie sich nie hätte vorstellen können. Ihre Gedanken wirbelten, als sie versuchte, das, was er gerade gesagt hatte, zu begreifen.

"Du hast gesagt, du hast dich verändert", flüsterte sie. „Aber wie kann man sich nach so etwas verändern?"

Der Großvater sah sie mit einem Ausdruck an, den sie nie zuvor gesehen hatte - voller Bedauern, Schmerz und einem Hauch von Verzweiflung." Manche Dinge lassen sich nie wirklich verändern, Lea. Aber du kannst versuchen, der Person, die du bist, gerecht zu werden. Du kannst versuchen, das, was du getan hast, nie wieder zu wiederholen. Und das ist alles, was ich tun kann. Es gibt keine Vergebung für das, was ich getan habe. Aber vielleicht kann ich wenigstens ein guter Mensch für dich sein."

Lea war still. Sie konnte die Worte, die er gesagt hatte, nicht vollständig verstehen, aber sie wusste, dass es keine anderen Antworten gab. Die Gespräche, die sie führten, würden nicht nur ihr Leben verändern, sondern auch das Bild, das sie von ihrem Großvater hatte. Es war, als ob sie nach der Wahrheit suchte, aber die Wahrheit ein schwerer, unerträglicher Schatten war, der über allem lag.

Die Tage verstrichen, und Lea fand sich in einem Zustand zwischen Verwirrung und einem seltsamen Gefühl der Klarheit. Was ihr Großvater ihr erzählt hatte, war so anders von dem Bild, das sie bis dahin von ihm hatte. Der Mann, der ihr immer Wärme und Geborgenheit gegeben hatte, war auch der Mann, der in seiner Jugend für unvorstellbare Gräueltaten verantwortlich war.

Sie verbrachte viel Zeit allein in ihrem Zimmer, grübelte über das nach, was sie gehört hatte. Sie hatte die Gespräche mit ihrem Großvater nicht einfach so abgehakt. Die Worte, die er zu ihr gesagt hatte, hatten sich tief in ihr Gedächtnis eingegraben. Lea saß am Fenster, den Blick auf die kahlen Bäume gerichtet, und überlegte, wie sie mit dem umgehen sollte, was sie wusste. Ihre Gedanken kreisten unaufhörlich um die Frage: Kann man jemanden lieben, wenn man weiß, dass er Unvorstellbares getan hat? Kann sie ihren Großvater immer noch lieben, nachdem sie erfahren hatte, wer er wirklich war? In den Wochen, die folgten, sprach sie immer weniger mit ihm. Sie suchte nach einer Antwort in ihren Büchern, suchte Trost in den Geschichten aus der Vergangenheit, die sie so gerne las. Aber die Antworten, die sie dort fand, waren nicht genug, um die Fragen zu stillen, die in ihrem Inneren wucherten. Ihre Welt war nicht mehr so unbeschwert wie früher. Es war nicht nur die Vergangenheit des Großvaters, die sie beschäftigte, sondern auch ihre eigene Verantwortung als Enkelin.

Hatte sie nun das Erbe dieses Wissens übernommen? War sie nun dafür verantwortlich, mit der Wahrheit umzugehen?

Eines Abends, als sie wieder allein in ihrem Zimmer war, nahm Lea ein leeres Blatt Papier und begann zu schreiben. Zuerst versuchte sie, Ihre Gedanken zu ordnen, doch bald schon flossen die Worte ohne Pause. "Manchmal frage ich mich, wie es ist, ein Geheimnis zu bewahren. Ein Geheimnis, das nicht nur mein eigenes ist, sondern auch das meines Großvaters. Aber was, wenn dieses Geheimnis zu gewichtig wird, um es zu tragen? Ich habe meinen Großvater immer geliebt.

Doch jetzt, nach all dem, was er mir erzählt hat, weiß ich nicht, wie ich weiterhin an ihn glauben kann. Wie kann ich ihn noch sehen, ohne die Wahrheit in meinen Inneren zu spüren?"

Lea legte den Stift zur Seite und starrte auf das Papier. Es war, als ob das Schreiben ihr half, das Durcheinander in ihrem Kopf zu ordnen, aber die Antworten kamen noch nicht. Sie wusste, dass sie mit jemandem sprechen musste, aber sie war sich nicht sicher, wer ihr helfen konnte. Ihre Mutter wusste von den Gesprächen, aber sie hatte selbst nie darüber gesprochen.

Vielleicht war es an der Zeit, auch mit ihr zu reden, auch wenn sie wusste, dass es nicht schön werden würde. Am nächsten Tag saßen Lea und ihre Mutter zusammen im Wohnzimmer.

Der Raum war ruhig, nur das gelegentliche Rascheln der Blätter im Wind war zu hören. Lea spürte die Last der Worte, die sie jetzt aussprechen musste. Es war der Moment, in dem sie sich ihrer eigenen Gefühle stellen musste. „Mama", begann sie vorsichtig, „kannst du mir sagen, wie du damit umgehst?" Ihre Mutter sah sie fragend an. „Wie, mit was?"

„Mit Opa", sagte Lea und schob ihre Hand nervös über den Tisch. „Mit dem, was er dir nie erzählt hat. Ich weiß, dass du es auch nie wirklich wissen wolltest, aber... wie kannst du ihm trotzdem vergeben?"

Es war ein Moment der Stille. Die Mutter legte ihre Tasse ab und starrte für einen Augenblick auf den Boden. "Du musst verstehen, Lea", sagte sie schließlich mit sanfter Stimme, "es gibt Dinge, die wir aus der Vergangenheit nicht ändern können. Dinge, die er und viele andere getan haben. Aber wir haben auch eine Wahl, wie wir mit dieser Vergangenheit umgehen. Ich habe ihm vergeben, nicht, weil er es verdient hat, sondern weil ich es tun musste, um mit meinem eigenen Leben weiterzumachen. Aber das bedeutet nicht, dass die Schuld, die er trägt, irgendwann verblasst."

Lea fühlte, wie sich ihr Herz zusammenzog. "Aber ist das genug?", fragte sie, ihre Stimme wurde leiser. „Wie lebt man mit etwas, das nie wieder gut gemacht werden kann?"

„Es wird nie wieder gut gemacht, Lea", sagte ihre Mutter, „aber es geht darum, mit dem weiterzuleben, was wir wissen. Es geht nicht nur um Vergebung, sondern darum, zu akzeptieren, dass wir nicht alles kontrollieren können. Auch nicht die Vergangenheit. Manchmal ist es der Versuch, in der Gegenwart eine bessere Person zu sein."

Lea nickte langsam, doch in ihr blieb ein nagendes Gefühl zurück. Wie konnte sie mit dieser Wahrheit leben? Wie konnte sie weiterhin ein gutes Verhältnis zu ihrem Großvater haben, ohne die Vergangenheit ständig vor Augen zu haben?

Die Gespräche mit ihrer Mutter halfen ihr, einen ersten Schritt zu tun, aber es war klar, dass Lea noch eine Reise vor sich hatte. Eine Reise, in der sie mit sich selbst und ihrem Großvater ins Reine kommen musste. Doch sie wusste, dass sie nicht allein war. Sie hatte ihre Mutter, ihre Familie und die Fähigkeit, sich immer wieder mit den Wunden der Vergangenheit auseinanderzusetzen.

Lea saß wieder an ihrem Schreibtisch, den Stift in der Hand.

In den letzten Wochen hatte sie fast jeden Tag ihre Gedanken niedergeschrieben. Die ersten Seiten waren voll von Fragen, Verwirrung und Schmerz. Doch je mehr sie schrieb, desto mehr stellte sie fest, dass es ihr half, das Durcheinander in ihrem Kopf zu ordnen. Die Worte auf dem Papier waren wie ein Spiegel, der ihr half, sich selbst besser zu verstehen.

"Wie kann ich ihn lieben?", hatte sie geschrieben, „Wie kann ich ihm noch in die Augen sehen, wenn ich weiß, was er getan hat?"

Aber heute war etwas anders. Heute hatte sie nicht nur die Fragen aufgeschrieben, sondern auch die Versuche, sich selbst eine Antwort zu geben. "Vielleicht", schrieb sie, "kann ich nicht die ganze Last seiner Taten tragen. Vielleicht muss ich verstehen, dass ich nicht die Verantwortung für seine Fehler trage. Aber ich kann trotzdem für mich selbst entscheiden, wie ich ihn sehe. Ich kann mich dafür entscheiden, ihn als meinen Großvater zu sehen und nicht nur als das, was er in seiner Jugend war."

Es war ein Anfang, ein winziger Schritt in eine Richtung, die sie noch nicht ganz verstand. Aber das Schreiben half ihr, die Wand zwischen der Vergangenheit und der Gegenwart zu überwinden. Vielleicht konnte sie die zwei Teile. Ihres Großvaters miteinander verbinden - den liebevollen Opa, der ihr immer ein Ohr geschenkt hatte, und den Mann, der in seiner Jugend schreckliche Entscheidungen getroffen hatte.

Lea dachte an ihre Mutter, die ihr gesagt hatte, dass man nicht alles kontrollieren kann. Vielleicht stimmte es. Sie konnte die Vergangenheit ihres Großvaters nicht ändern, aber sie konnte entscheiden, wie sie damit umgehen wollte.

Sie könnte sich von der Schuld erdrücken lassen, oder sie könnte einen Weg finden, die Schwere mit einer gewissen Distanz zu tragen.

Die Gedanken flossen weiter. Sie schrieb und schrieb, als könnte sie durch das Schreiben die Dunkelheit in ihrem Inneren ein kleines Stück mehr erhellen. „Vielleicht", dachte sie, "kann ich ihn eines Tages verstehen. Vielleicht nicht alles, was er getan hat, aber vielleicht den Menschen, der er heute ist."

In den kommenden Tagen begann Lea, ihre Aufzeichnungen zu sortieren. Sie fand, dass es eine Art Struktur gab, die sich langsam herauskristallisierte, eine Geschichte, die sie nicht nur über ihren Großvater, sondern auch über sich selbst und ihre Familie erzählen wollte. Sie schrieb über die Entfremdung, über die Liebe, die trotz allem weiter existierte, und über die Erkenntnis, dass niemand in einem einzigen Moment seines Lebens vollständig definiert ist. Die Vergangenheit prägte uns, aber sie musste nicht das Einzige sein, was zählte.

Es war eine merkwürdige Mischung aus Traurigkeit und Hoffnung, die sie beim Schreiben fühlte. Die Traurigkeit, weil sie sich den dunklen Seiten der Vergangenheit ihres Großvaters stellen musste, und die Hoffnung, weil sie langsam einen Weg fand, diese Wahrheit zu akzeptieren. Vielleicht konnte sie diesen Schmerz in etwas anderes verwandeln. Vielleicht konnte sie durch das Schreiben eine neue Perspektive finden.

Eines Abends, als sie wieder ihre Gedanken niederschrieb, klingelte es an der Tür. Es war ihr Großvater, der sich nach ihr erkundigte. Lea fühlte, wie ihr Herz einen Moment aussetzte.

Es war das erste Mal seit den letzten Gesprächen, dass er sie so direkt aufsuchte, ohne eine Vorwarnung. Vielleicht spürte er, dass etwas in der Luft lag, vielleicht wusste er, dass sie sich verändert hatte.

"Lea, darf ich reinkommen?", fragte er leise, als er in der Tür stand.

Sie nickte und räumte ihre Notizen beiseite. Es war nicht das erste Mal, dass sie mit ihm zusammen war, aber es war das erste Mal, dass sie wusste, dass sie mit ihm über das sprechen musste, was in ihrem Kopf vorging. Das, was sie schrieb, war nun nicht nur ihr innerstes Geheimnis, sondern auch das Thema, das sie irgendwann mit ihm teilen musste.

Der Großvater setzte sich, und für einen Moment herrschte Stille zwischen ihnen. Lea spürte die Schwere der Worte, die sie bald aussprechen würde.

„Opa", sagte sie schließlich und legte den Stift auf den Tisch, „ich habe viel nachgedacht in letzter Zeit. Über das, was du mir erzählt hast, und über alles, was du getan hast. Ich weiß, dass du Schuld auf dich geladen hast, aber ich frage mich... Wie kann ich mit dieser Schuld leben?"

Der Großvater sah sie nachdenklich an. "Das ist nicht einfach", sagte er, „und du musst nicht sofort eine Antwort finden. Aber du kannst dir Zeit nehmen, um zu verstehen, was du fühlst. Niemand erwartet, dass du die Antworten sofort hast."

Lea nickte, aber sie wusste, dass es mehr brauchte als nur Zeit. Es brauchte Akzeptanz und den Mut, sich den eigenen Gefühlen zu stellen. Sie würde weiterschreiben, weiter nachdenken.

Und vielleicht, irgendwann, würde sie in der Lage sein, sich mit der Wahrheit auseinanderzusetzen nicht nur als Enkelin eines Mannes, der unvorstellbare Dinge getan hatte, sondern auch als jemand, der versuchte, seinen eigenen Weg in einer schwierigen Welt zu finden.

"Es tut mir leid, Lea", sagte der Großvater leise, "dass du diese Last tragen musst. Ich weiß, dass du nicht darum gebeten hast."

Lea fühlte sich ein wenig leichter, aber sie wusste, dass der Weg noch lang war. Sie konnte ihm nicht einfach vergeben, nicht sofort. Aber sie hatte ein Stück Frieden in sich gefunden den Frieden, den sie in ihren eigenen Worten und Gedanken fand. Und vielleicht war das der erste Schritt auf dem langen Weg, um mit der Wahrheit und der Vergangenheit zu leben.

Lea hatte sich in den letzten Tagen viel mit den Gedanken auseinandergesetzt, die sie über ihren Großvater hatte. Doch immer noch war ein Gefühl der Unklarheit und des Unausgesprochenen zwischen ihnen. Sie fühlte, dass es etwas gab, das sie beide noch nicht gesagt hatten etwas, dass das Gewicht der Wahrheit ein wenig erträglicher machen konnte.

Und so saß sie eines Nachmittags wieder in Ihrem Zimmer, als sie plötzlich das Gefühl hatte, dass es an der Zeit war, ihn zu fragen: „Opa, gibt es noch mehr?"

Ein paar Tage später, als Lea wieder an ihrem Schreibtisch saß und die Worte über die Vergangenheit in ihrem Tagebuch aufschrieb, hörte sie ein leises Klopfen an der Tür. Es war wieder ihr Großvater.

"Darf ich reinkommen?", fragte er, als er in den Raum trat. Lea nickte und schaute ihn an. In den letzten Wochen war sie oft von ihm weggelaufen nicht körperlich, aber in ihren Gedanken. Sie hatte ihn gemieden, auch wenn er nie wirklich nachhakte. Doch jetzt war er hier, und sie wusste, dass ein weiterer Schritt notwendig war.

"Ich habe nachgedacht", begann der Großvater mit ruhiger Stimme. „Ich weiß, dass ich dir nie die ganze Wahrheit gesagt habe, und dass du viele Fragen hast. Es tut mir leid, Lea. Es tut mir leid, dass ich dich mit dieser Last allein gelassen habe."

Lea sah ihn mit gemischten Gefühlen an. Sie hatte so viele Fragen, aber sie wusste auch, dass sie diese nicht in einem einzigen Gespräch beantworten konnte. Doch der Ton seiner Worte ließ sie innehalten. Es war das erste Mal, dass er sich wirklich und ohne Ausflüchte zu seinen Taten stellte. "Warum hast du es mir nicht früher erzählt?", fragte Lea leise. "Warum hast du mir nicht gesagt, wer du wirklich warst, als du noch jung warst?" Er setzte sich langsam auf den Stuhl gegenüber von ihr, als wüsste er, dass das Gespräch nicht einfach werden würde.

„Ich hatte Angst", antwortete er nach einer Pause. „Angst, dass du mich verurteilen würdest. Und auch, dass du mich nicht mehr als deinen Großvater sehen würdest, sondern nur als das, was ich war. Ich wollte dich nicht mit meiner Schuld belasten, weil ich wusste, dass es nichts mehr gibt, was ich tun könnte, um das ungeschehen zu machen". Lea spürte, wie eine Welle von Emotionen in ihr hochkam. Sie hatte nie erwartet, dass er so direkt und ohne Ausreden sprechen würde. Doch trotzdem war da eine Unsicherheit, eine leise Angst, die sie nicht abschütteln konnte.

"Aber du hast mir nie gesagt, was du wirklich getan hast", sagte sie schließlich. "Du hast mir nie erzählt, was in dir vorging, was du wirklich fühlst."

Der Großvater senkte den Blick und atmete tief ein, „weil ich selbst nicht wusste, wie ich damit leben sollte. Weil ich das Gefühl hatte, dass es meine eigene Strafe war der Verlust von allem, was ich in der Jugend verloren hatte. Und ich wollte dich nicht in meinen eigenen Schmerz hineinziehen."

Lea war still. Sie spürte den Schmerz, den er in seinen Worten verbarg, aber auch die Verantwortung, die er endlich zu tragen begann. Sie hatte immer gewusst, dass er ein Teil dieser Geschichte war und dass sie diese Geschichte irgendwann selbst verstehen musste. Doch je mehr er erzählte, desto mehr wurde ihr klar, dass sie nicht einfach vergeben konnte, nicht sofort, nicht ohne einen tieferen Blick in die Vergangenheit. Aber was sie jetzt hörte, war ein Anfang. „Ich will dir nichts vorwerfen, Opa", sagte sie schließlich, ihre Stimme fest, aber auch von einer ungeheuren Unsicherheit durchzogen. „Ich will nur verstehen. Was hast du damals wirklich gefühlt hast?"

Er sah sie nun mit einem ernsthaften Blick an, als ob er die Antwort nicht leichtfertig geben konnte. "Ich war jung, Lea. Sehr jung. Und ich hatte nie wirklich die Wahl, mich gegen das zu stellen, was mir beigebracht wurde. Die Ideologie, die sich mir damals präsentierte, war wie ein Gewicht, das mich niederdrückte. Ich wollte dazugehören, wollte akzeptiert werden. Und so habe ich Dinge getan, die ich jetzt nicht mehr erklären kann, nicht einmal vor mir selbst. Ich habe anderen Menschen Schmerz zugefügt, weil ich nicht in der Lage war, zu begreifen, wie falsch alles war."

Lea schluckte, spürte, wie die Worte in ihr nachhallten. Doch tief in ihr wusste sie, dass diese Erklärung nicht ausreichte. Es gab keine Entschuldigung für das, was er getan hatte, keine einfache Antwort. Aber sie erkannte auch, dass er eine Form von Reue zeigte, die nicht aus einer schnellen Entschuldigung bestand. Es war die Reue eines Mannes, der sich der Tragweite seines Handelns bewusst geworden war

„Ich möchte dir glauben, Opa", sagte Lea leise, „aber ich muss auch verstehen, warum du so weit gegangen bist. Ich kann dich nicht einfach wieder so sehen wie früher. Du bist nicht der Opa, den ich gekannt habe. Aber du bist auch nicht nur das, was du getan hast. Du bist beides. Und das ist sehr schwer für mich."

Er nickte verständnisvoll. „Ich weiß, dass du mich nicht einfach so sehen kannst, wie du es früher getan hast. Und ich erwarte auch nicht, dass du mir sofort vergibst. Aber ich hoffe, dass du mir eines Tages die Chance gibst, dir zu zeigen, wie tief meine Reue geht. Vielleicht kann ich dir irgendwann ein wenig von dem erklären, was du noch nicht verstehst." Lea fühlte eine Mischung aus Trauer und Erleichterung. Sie wusste, dass es nicht einfach war, für keinen von ihnen. Aber sie spürte auch, dass dies ein erster Schritt war, um das, was zwischen ihnen stand, zu überwinden. Nicht durch einfache Worte, sondern durch das Angebot, sich der Wahrheit zu stellen.

"Ich will es verstehen, Opa. Aber es wird Zeit brauchen. Und vielleicht wird es nie ganz gut, aber vielleicht können wir irgendwann einen Weg finden, miteinander zu leben, trotz allem."

Der Großvater nahm ihre Hand und drückte sie sanft.

"Ich hoffe, dass es so wird, Lea. Ich hoffe, dass es irgendwann Frieden gibt, auch für dich."

Lea nickte, und in diesem Moment fühlte sie sich zum ersten Mal seit langem nicht mehr allein mit der Last der Vergangenheit. Vielleicht würde es noch lange dauern, bis sie alles verstand, was ihr Großvater ihr erzählt hatte. Aber eines war sicher: Der erste Schritt war getan, und es gab noch viele, die folgen mussten.

Kapitel 7 Schritte in die Vergangenheit

Es war ein weiterer grauer Nachmittag, als Lea das Gefühl hatte, dass sie und ihr Großvater einen neuen Abschnitt ihrer Reise durch die Vergangenheit betreten mussten. Nach ihrem letzten Gespräch hatte sich etwas verändert. Die Kluft zwischen ihnen war zwar nicht vollständig überwunden, doch es war ein Anfang. Ein Anfang, der die Möglichkeit eröffnete, dass sie beide sich noch weiter auseinandersetzen konnten.

An diesem Tag stand ihr Großvater in der Tür zu Ihrem Zimmer, wie so oft in letzter Zeit, doch diesmal hatte er ein anderes Gesicht. Es war ein Gesicht, das etwas ernster wirkte, fast schon entschlossener. "Lea", sagte er langsam, "ich möchte dir heute mehr erzählen. Mehr über die Zeit damals. Du hast mir gesagt, dass du alles wissen willst, und ich glaube, es ist an der Zeit, dir mehr zu zeigen. Was du darüber hinaus auch entscheidest, bleibt dir überlassen. Aber es gibt noch so viel mehr, dass du nicht weißt." Lea sah ihn überrascht an. Ihr Großvater war nie jemand gewesen, der viele Worte machte, und schon gar nicht über die schmerzhaften Details seiner Vergangenheit sprach. Doch heute schien er anders. Vielleicht war es der Moment, in dem er sich endgültig von der schützenden Wand seiner Schweigsamkeit befreien wollte.

"Was meinst du, Opa?", fragte Lea, ihre Stimme unsicher, doch zugleich neugierig, was er ihr nun zu erzählen hatte. Es war ein Moment, in dem sie sich nicht nur als Enkelin, sondern auch als jemand sah, der eine Aufgabe hatte: zu verstehen. Er trat langsam ins Zimmer und schloss die Tür hinter sich.

„Es ist eine große Überwindung, über diese Dinge zu sprechen. Aber ich weiß, dass du es verdienst, die ganze Geschichte zu hören. Ich habe viele Fehler gemacht, Lea. Und diese Fehler begleiten mich jeden Tag meines Lebens. Aber ich will dir die Wahrheit sagen, damit du die Wahl hast, was du daraus machst." Lea nickte. „Erzähl mir, was du erlebt hast."

Und so begann er zu erzählen. Nicht in einem einzigen, langen Strom von Worten, sondern in Etappen, die sie in die dunklen Zeiten seiner Jugend zurückführten. Es war die Zeit, als er ein junger Mann war, 18 Jahre alt, voller Ideale und voller Zweifel. Er sprach von der Unterscheidung, die damals in der Gesellschaft gemacht wurde zwischen den Wahren Deutschen und denen, die als minderwertig betrachtet wurden. Er erzählte von der Verführung durch das Gefühl der Zugehörigkeit und des Zwecks, dass die Nationalsozialisten den jungen Männern und Frauen boten.

„Ich war naiv", sagte er leise. „Ich wollte etwas tun. Etwas, das größer war als ich. Als Junge in einer Zeit voller Chaos und Unsicherheit war es einfach, sich etwas einzubilden. Man hat mir beigebracht, dass das, was wir taten, gerecht war, dass es für das Wohl des Volkes war. Ich habe geglaubt, dass wir das Richtige taten. Es war nie nur Politik, es war eine Manipulation der Gefühle". Lea saß da, die Hände im Schoß, und hörte ihm zu. Ihr Herz schlug schneller, und in ihrem Kopf wirbelten die Gedanken. Wie konnte er das damals nicht sehen?

Wie konnte jemand, den sie doch immer geliebt hatte, so in den Strudel dieser Ideologie geraten? Doch sie wusste auch, dass dies nicht einfach war, diese Männer und Frauen waren keine Monster von Anfang an gewesen.

Lea fühlte, wie sich der Knoten in ihrem Bauch langsam löste. Der Großvater sprach mit einer ehrlichen Reue, die sie nicht erwartet hatte. Und ein Bild formte sich in ihrem Kopf.

Es war keine Entschuldigung im traditionellen Sinne es war mehr eine Erklärung, die nicht darauf abzielte, sich von seiner Schuld zu befreien, sondern einen kleinen Teil des Schmerzes zu teilen, den er selbst trug. "Aber Opa", begann Lea zögernd, "was hast du eigentlich damals gedacht, als du die Befehle bekamst? Als du das getan hast, was du getan hast?"

Er seufzte tief und schüttelte den Kopf. "Ich habe nicht wirklich nachgedacht, Lea. Wir haben uns in einer Blase befunden. Es gab keinen Raum für Zweifel, keine Zeit, um zu reflektieren. Alles wurde uns vorgegeben, und du folgtest, ohne wirklich zu wissen, warum. Ich wusste nicht, wie viel Hass da draußen war. Ich dachte, wir bekämpften nur Feinde, die uns bedrohten. Aber wir waren die wahren Feinde. Wir haben Leben zerstört." Lea spürte eine Welle von Mitleid für ihren Großvater, aber auch eine Welle von Enttäuschung. Die Antworten, die sie suchte, waren schwer zu fassen. Wie konnte er sich von dieser Welle der Manipulation so hinreißen lassen? Wie konnte er Teil von etwas werden, das so viel Leid verursachte? „Und dann? Was ist passiert, nachdem du es begriffen hast?"

"Es war nicht sofort", antwortete er. „Ich habe lange gebraucht, um zu begreifen, was wirklich passiert war. Ich war noch jung, als der Krieg vorbei war. Und die Jahre, die danach kamen, waren für mich ein Moment des Umdenkens. Als die Wahrheit ans Licht kam und die Schande sich über uns legte, wusste ich, dass es nicht nur ein Krieg war. Es war eine Vergewaltigung der Menschlichkeit. Und ich war ein Teil davon". Lea spürte, wie sich eine tiefe Traurigkeit in ihr ausbreitete. Ihr Großvater, der Mann, den sie geliebt hatte, hatte in dieser Zeit etwas getan, das sie nie wirklich begreifen konnte.

Es war nicht nur ein Fehler, es war eine ganze Ära, die ihn geprägt hatte, eine Ära, die nie wieder gutgemacht werden konnte.

"Was soll ich jetzt damit machen, Opa?", fragte Lea, ihre Stimme ruhig, aber fest. "Du musst nicht alles verstehen, Lea. Du musst mir nicht sofort vergeben", antwortete er. „Aber vielleicht kannst du irgendwann sehen, dass ich für das, was ich getan habe, für den Schmerz, den ich anderen zugefügt habe, wirklich bereue. Und wenn du willst, dass wir diesen Weg zusammen weitergehen, dann werde ich alles tun, um dir zu helfen, das zu verstehen."

Lea dachte einen Moment nach, dann sah sie ihn an. "Ich werde es versuchen, Opa. Ich werde es versuchen, zu verstehen."

Lea konnte nach dem Gespräch mit ihrem Großvater nicht einfach weitermachen wie zuvor. Die Worte, die er gesprochen hatte, hallten noch lange in ihr nach, und ein Teil von ihr wollte mehr verstehen. Sie wollte wissen, was er in den Jahren vor und während des Krieges erlebt hatte, was ihn beeinflusst hatte, und wie er sich von der Ideologie des Nationalsozialismus hatte vereinnahmen lassen.

Nach Tagen des Nachdenkens, in denen die Bilder, die er ihr beschrieben hatte, in ihrem Kopf immer klarer wurden, entschloss sich Lea, die Sache selbst in die Hand zu nehmen. Es war an der Zeit, selbst nach Antworten zu suchen. Sie wusste, dass sie ihm nicht einfach glauben konnte, ohne mehr zu erfahren. Vielleicht hatte er ihr viel erzählt, aber sie musste die Geschichte auch von anderen Perspektiven verstehen, um ein vollständiges Bild zu bekommen.

An einem Wochenende, als ihre Großeltern zum Einkaufen fuhren, schlich sich Lea in das Arbeitszimmer ihres Großvaters. Er hatte oft von den alten Dokumenten gesprochen, die in seinen Regalen standen, und die er ab und zu durchblätterte, wenn er in Erinnerungen schwelgte. Doch bis jetzt hatte sie nie einen Blick darauf geworfen. Jetzt war sie entschlossen, mehr zu erfahren.

Die Bücherregale waren voller alter Aktenordner, gelber Papiere, einige mit krakeliger Handschrift und andere mit markierten Abschnitten, die von Bedeutung schienen. Es war, als würde er seine Vergangenheit in diesen vergilbten Blättern festhalten, in der Hoffnung, dass niemand sie entdecken würde. Lea zog einen Ordner aus dem Regal und setzte sich an den Schreibtisch.

Die Handflächen schwitzten, als sie die Faszination und die Angst spürte, die in diesem Moment zusammenkamen. Was würde sie finden? Der Ordner war schwer und voll von Zeitungsausschnitten, Briefen und Dokumenten, die sie kaum entziffern konnte. Einige Seiten waren mit Stempeln versehen, die sie nicht verstand, andere schienen verschlüsselt zu sein. Doch dann stieß sie auf ein handgeschriebenes Dokument es war ein Brief, der aus den Kriegsjahren stammte. Sie legte ihn vorsichtig vor sich auf den Tisch und begann zu lesen:

„Liebster Franz, Die Zeiten sind hart, aber wir wissen, dass wir das Richtige tun. Der Kampf geht weiter, und wir müssen stark bleiben. Ich weiß, du hast deine Zweifel, aber wir sind hier, um die Reinheit unseres Volkes zu verteidigen. Denke an die Zukunft, an die Kinder, die wir beschützen müssen. Wenn dieser Krieg zu Ende ist, wird die Welt ein besserer Ort sein. Ich habe dich nie so gebraucht wie jetzt."

Lea stockte. Der Brief war eindeutig von jemandem an ihren Großvater gerichtet, und der Tonfall ließ keinen Zweifel daran, dass er tief in der Ideologie verstrickt war. Es war ein Gefühl der Zugehörigkeit, das sie in seinen Worten spüren konnte, und gleichzeitig ein kaltes, erschreckendes Verständnis, wie Menschen zu den schrecklichsten Taten fähig waren, wenn sie sich von einer Sache blenden ließen.

Doch es war nicht nur dieser eine Brief. Lea fand noch viele weitere. Ein Brief von einem Freund, der von "der großen Sache" sprach und die Bedeutung von Gehorsam und Loyalität betonte. Ein weiteres Dokument, in dem der Großvater eine Art militärische Bestätigung unterzeichnet hatte, und in dem er seine „Eignung" für den Einsatz als Soldat erklärte.

Die Dokumente waren ein schmerzlicher Beweis für das, was ihr Großvater durchgemacht hatte. Lea konnte sich die Konfrontation mit der Realität nicht länger ersparen. Ihre Hände zitterten, als sie weitere Seiten umblätterte. Sie fand eine Reihe von Fotos Gruppenaufnahmen von jungen Männern, die in Uniformen posierten. Ihr Großvater war einer von ihnen. Sie erkannte das junge, unerfahrene Gesicht, das mit Begeisterung in die Kamera schaute, völlig überzeugt von "der guten Sache", der er angeblich diente. Lea schloss die Akte und lehnte sich in ihrem Stuhl zurück. Die Fassungslosigkeit, die sie ergriff, war überwältigend. Wie konnte ihr Großvater, der in ihren Augen immer ein lieber Opa gewesen war, an solch einer dunklen Seite der Geschichte beteiligt gewesen sein? Wie konnte jemand, der sie mit Liebe und Geduld erzogen hatte, mit so einer brutalen Ideologie in Verbindung stehen?

Und was hatte er wirklich von den Menschen gedacht, die unter den Gräueltaten des Regimes litten?

Sie stand auf und begann im Raum auf und abzugehen. Ihr Großvater hatte gesagt, dass er sich verändert hatte, dass er bereute, was er getan hatte. Doch sie wusste, dass es mehr brauchte als Worte. Es brauchte eine echte Auseinandersetzung mit der Vergangenheit - und dafür musste sie noch tiefer in seine Geschichte eintauchen.

In den nächsten Wochen verbrachte Lea ihre Zeit damit, immer wieder die alten Akten durchzugehen. Sie fand noch viele weitere Briefe und Dokumente, die das Bild vervollständigten, das sie von ihrem Großvater hatte. Sie entdeckte, dass er nicht nur in die Nationalsozialistische Bewegung eingetreten war, sondern auch als junger Soldat an einigen der schlimmsten Orte des Krieges gewesen war. Sie fand Berichte über Militäreinsätze, die die Zerstörung ganzer Städte und Dörfer beinhalteten. Sie fand eine handschriftliche Notiz ihres Großvaters, in der er von seinen Erlebnissen im Krieg erzählte, wie er sich oft die Frage stellte, ob das, was er tat, wirklich gerecht war, doch damals hatte er nie den Mut, es zu hinterfragen. Lea spürte, wie sich die Wut in ihr aufbaute. Aber sie spürte auch eine tiefe Traurigkeit. Diese Dokumente waren mehr als nur eine Sammlung von Papieren sie waren die Zeugen einer Vergangenheit, die nie wirklich verschwinden konnte. Ihr Großvater war nicht nur ein Zeuge dieser Geschichte gewesen, er war ein aktiver Teil davon. Die Lücken, die sie zu füllen versuchte, waren nicht nur die Lücken einer verlorenen Geschichte sie waren die Lücken von einem Menschen, der sich nicht nur selbst, sondern auch anderen unermesslichen Schaden zugefügt hatte.

Und doch hatte sie eine Entscheidung getroffen. Sie wollte wissen, was wirklich passiert war, um vielleicht eines Tages mit der Wahrheit umgehen zu können. Lea wusste, dass sie nicht länger in der Dunkelheit über die Vergangenheit ihres Großvaters verharren konnte. Je mehr sie las, desto klarer wurde ihr, dass die Fragen, die sie sich stellte, nicht nur ihn betrafen, sondern auch sie selbst und ihre Familie. Sie wollte mehr erfahren mehr darüber, wie sich die Taten ihres Großvaters auf die Welt ausgewirkt hatten, wie seine Generation mit den Konsequenzen ihres Handelns leben musste und wie sie selbst die Geschichte heute verstehen konnte. Es war an der Zeit, ihre Entdeckungen auf eine breitere Ebene zu stellen.

Zunächst wusste sie, dass sie die Geschichte nicht nur aus den Dokumenten ihres Großvaters herauslesen konnte. Sie brauchte andere Perspektiven, andere Stimmen, die die Vergangenheit aus verschiedenen Blickwinkeln beleuchten konnten. Als sie eines Abends im Internet nach Informationen suchte, stieß sie auf einen Historiker, der sich intensiv mit der Geschichte des Zweiten Weltkriegs und den Auswirkungen des Nationalsozialismus auf die Gesellschaft nach dem Krieg beschäftigte. Seine Bücher und Vorträge waren in vielen Schulen und Bibliotheken bekannt. Lea entschloss sich, ihm zu schreiben. Sie fasste all ihre Fragen zusammen über die Verantwortung von Menschen wie ihrem Großvater, über die Mechanismen, die dazu führten, dass so viele in das grausame System des Dritten Reiches hineingezogen wurden, und über den Weg der Reue und des Verständnisses, der für die Opfer und die Täter gleichermaßen nötig war.

Sehr geehrter Herr Dr. Schwarz, ich habe die letzten Wochen damit verbracht, über die Vergangenheit meines Großvaters nachzudenken. Er war ein Soldat im Zweiten Weltkrieg und war in der Zeit des Nationalsozialismus aktiv. Er hat mir viel darüber erzählt, und auch wenn er sich heute sehr von seiner Vergangenheit distanziert, frage ich mich, wie Menschen wie er in so ein System hineingezogen wurden. Gibt es eine Möglichkeit, das zu verstehen? Ich möchte wissen, was Menschen wie mein Großvater dachten und wie sie sich nach all dem wieder ein Leben aufbauen konnten. Ich hoffe, Sie können mir helfen, diese Fragen zu beantworten.

Mit freundlichen Grüßen, Lea

Erstaunlich schnell erhielt sie eine Antwort. Dr. Schwarz hatte sich die Zeit genommen, ihre Fragen mit Nachdruck zu beantworten und sie zu ermutigen, ihre Nachforschungen weiterzuführen. In seiner Antwort erklärte er, dass die Ursachen für die Beteiligung an solchen Systemen oft vielschichtiger seien, als sie zunächst erscheinen. "Es geht nicht nur um blinden Gehorsam", schrieb er, "sondern auch um die Bedingungen, die dazu führten, dass Menschen in solch eine Ideologie eintauchten. Der Zweite Weltkrieg war nicht nur ein militärischer Konflikt er war auch ein ideologischer Krieg, der die Gesellschaft tiefgreifend veränderte und viele in die Falle von Propaganda und Gruppenzwang führte."

Lea fühlte sich ermutigt und begann, mehr über die gesellschaftlichen und psychologischen Mechanismen zu lesen, die es dem Nationalsozialismus ermöglichten, so viele Menschen zu manipulieren und in seinen Bann zu ziehen.

Sie erfuhr von der systematischen Ausgrenzung und Entmenschlichung von Minderheiten, von den verzerrten Idealen, die das Denken der Zeit bestimmten, und von der Rolle der Medien und der indoktrinierenden Propaganda. Doch was sie am meisten beeindruckte, war die Erkenntnis, dass viele Menschen, die sich damals aktiv beteiligt hatten, wie ihr Großvater, oft nicht in der Lage waren, die volle Tragweite ihrer Taten zu begreifen, bis es zu spät war. Doch Lea wollte nicht nur die historische Perspektive einnehmen sie wollte auch wissen, wie es für die Überlebenden des Krieges war. Sie wusste, dass es in ihrer Stadt noch Überlebende gab, die sich der Zeit des Krieges erinnerten und von den Wunden berichteten, die der Krieg hinterlassen hatte. Sie wollte ihre Geschichte hören. Sie wollte wissen, wie der Schmerz der Opfer in die nachfolgenden Generationen überging und wie sie sich in einer Gesellschaft wiederfanden, die von einer Generation geprägt war, die an der Zerstörung beteiligt war.

Eines Tages entschloss sich Lea, das Gespräch mit einer Frau zu suchen, die in ihrer Nachbarschaft bekannt war und die während des Krieges als Kind in einem Konzentrationslager überlebt hatte. Sie hieß Ruth und war jetzt eine alte Frau, die nur noch selten das Haus verließ. Doch in der Nachbarschaft hatte sie den Ruf, eine der wenigen Überlebenden zu sein, die bereit war, über ihre Erlebnisse zu sprechen.

Lea klopfte an die Tür von Ruths Haus. Sie war nervös, wusste aber, dass es eine Gelegenheit war, zu verstehen, was die Opfer des Krieges durchgemacht hatten und wie sie über die Täter dachten.

Ruth öffnete die Tür und begrüßte sie mit einem sanften Lächeln, das von einem langen Leben voller Geschichten und Schmerz zeugte.

„Guten Tag, Ruth", sagte Lea zögerlich. „Ich bin Lea, ich wollte Sie fragen, ob Sie bereit sind, mir etwas über Ihre Erfahrungen zu erzählen. Es geht um den Krieg..."

Ruths Augen wurden wehmütig, und sie nickte. „Ich habe viele Jahre darüber nachgedacht, was wir durchgemacht haben, und es fällt mir nicht immer leicht, darüber zu sprechen", sagte sie mit einer rauen Stimme. „Aber vielleicht ist es wichtig, dass junge Menschen wie du verstehen, was damals geschehen ist. Was die Menschen ertragen haben und was auch wir, die Überlebenden, von der Vergangenheit mit uns tragen mussten." Lea setzte sich mit Ruth im Wohnzimmer und begann, ihr zuzuhören. Ruth erzählte von den entsetzlichen Tagen im Lager, von der Entmenschlichung, den Todesmärschen und den Momenten, in denen sie sich fragte, ob sie je wieder einen Menschen an ihrer Seite finden würde. Sie sprach von der Gewalt und dem Hunger, den sie in den letzten Jahren des Krieges erlebte, und davon, wie sie als Kind im Schatten des Schreckens aufwuchs. Doch Ruth erzählte nicht nur von der Qual sie erzählte auch von der Hoffnung, die es selbst in den finstersten Zeiten gab. Sie erzählte, wie sie sich mit anderen Überlebenden zusammenschloss, um zu überleben, und wie sie nach dem Krieg versuchte, ihr Leben wiederaufzubauen.

"Und was denken Sie über Menschen wie meinen Großvater?", fragte Lea vorsichtig, als sie die Chance bekam, die Frage zu stellen, die sie schon so lange beschäftigte. "Wie geht man mit der Schuld um?" Ruth überlegte kurz.

„Jeder Mensch trägt seine eigene Last, Lea. Es gibt kein richtiges oder falsches Maß für das, was du mit der Vergangenheit machen kannst. Aber du musst wissen, dass für uns, die Überlebenden, die Wunden nicht einfach heilen. Und ich hoffe, dass du verstehst, dass nicht nur du, sondern auch dein Großvater mit den Folgen leben muss."

Lea nickte. Sie hatte viele Antworten gefunden, aber noch mehr Fragen. Ihre Reise, um die Geschichte ihres Großvaters zu begreifen, hatte gerade erst begonnen.

Lea fühlte, dass sie nicht mehr nur die Geschichte ihres Großvaters entschlüsseln konnte. Der Blickwinkel der Opfer - die Menschen, die vom Krieg und dem Nationalsozialismus am meisten betroffen waren, war ebenso wichtig. Nachdem sie Ruths Erzählungen gehört hatte, wuchs in ihr das Verlangen, noch mehr Perspektiven zu finden, um ein vollständiges Bild der Geschichte zu bekommen. Sie wollte verstehen, wie die Überlebenden mit der Vergangenheit umgingen und wie sie heute über die Menschen dachten, die an den Gräueltaten des Krieges beteiligt waren.

Es war eine unruhige Nacht, als sie beschloss, Ruths Rat zu befolgen und noch mehr von diesen Geschichten zu suchen. Lea wusste, dass es in ihrer Stadt noch weitere Überlebende gab, aber viele von ihnen hatten ihre Geschichten längst für sich behalten. Einige wollten nicht mehr über die schrecklichen Zeiten sprechen, andere waren mit ihrer Vergangenheit zu sehr belastet, um sich zu öffnen. Lea jedoch fühlte, dass es notwendig war, die Menschen zu finden, die ihre Stimmen erhoben. In der Bibliothek stieß sie auf eine Veranstaltung, die von einer Organisation für Kriegsüberlebende organisiert wurde.

Es war eine Zusammenkunft, bei der mehrere Menschen ihre Erinnerungen und Erfahrungen mit der Öffentlichkeit teilen sollten. Lea war entschlossen, daran teilzunehmen, um mehr zu erfahren.

Am Tag der Veranstaltung betrat sie ein kleines, aber gut besuchtes Gebäude im Stadtzentrum. Der Raum war spärlich beleuchtet, und es war ruhig, fast ehrfürchtig. Lea setzte sich in die hintere Reihe und lauschte den Geschichten der Menschen, die nacheinander an das Mikrofon traten. Einige der Sprecher waren jünger, aber die meisten hatten das Alter erreicht, in dem die Erinnerungen am schärfsten waren, als der Krieg immer noch wie ein Schatten über ihrem Leben lag.

Ein Mann, dessen Gesicht von den Jahren gezeichnet war, erzählte von seiner Kindheit als jüdischer Junge, der vor den Nazis fliehen musste. Er hatte in Verstecken und unter falschen Identitäten überlebt. „Ich hatte keine Wahl", sagte er ruhig. „Entweder du überlebst, oder du wirst Opfer eines Systems, das dich vernichten will." Dann trat eine Frau auf die Bühne, die eine ähnliche Geschichte zu erzählen hatte. Sie hatte in einem Lager überlebt, war nach dem Krieg mit den anderen Überlebenden in ein fremdes Land ausgewandert und hatte dort ein neues Leben aufgebaut. Doch die Narben der Vergangenheit trugen sie noch immer, und es war schwer, sie vollständig abzulegen. „Es ist wie ein unsichtbares Band, das dich mit dieser Zeit verbindet", sagte sie. „Manchmal erdrückt es mich, manchmal fühlt es sich wie ein Teil von mir, den ich nie loswerden kann." Lea hörte gespannt zu. Es war beeindruckend, wie diese Menschen die Kraft gefunden hatten, ihre Erlebnisse zu teilen, obwohl der Schmerz in ihren Augen immer noch zu sehen war.

Als die Veranstaltung zu Ende war, gesellte sich Lea zu einer der Sprecherinnen, einer älteren Frau, die nachdenklich vor sich hinblickte. Sie hatte den Krieg als junge Erwachsene erlebt, und ihre Geschichte war tief bewegend gewesen. "Entschuldigen Sie bitte", begann Lea zögerlich, „Ich habe Ihre Erzählung gehört und war sehr berührt. Es tut mir leid, dass Sie all das durchmachen mussten. Ich wollte fragen, ob Sie mir mehr darüber erzählen könnten, wie Sie mit der Vergangenheit leben. Und ob Sie noch an die Menschen denken, die damals so viele schreckliche Dinge getan hab".

Die Frau, die den Namen Hilda trug, drehte sich zu Lea und musterte sie eine Weile. Dann nickte sie langsam. "Ich habe viele Jahre gebraucht, um zu akzeptieren, was geschehen ist", sagte sie mit rauer Stimme. „Es war schwer, die eigenen Eltern zu verlieren, den Bruder, die Freunde. Aber irgendwann, wenn man älter wird, lernt man, dass Rache und Hass nur die eigene Seele zerstören. Es gab Menschen, die sich in die Rolle der Täter drängten, weil sie blind waren oder aus Angst handelten.

Und es gab Menschen, die mit den Folgen von all dem Leben mussten, nicht nur die Opfer, sondern auch die Kinder der Täter."

Lea blickte sie erstaunt an. "Aber ist es nicht schwer, mit der Tatsache zu leben, dass so viele Menschen zu solchen Gräueltaten fähig waren?"

Hilda nickte „Ja, es ist schwer. Aber wenn man nach all den Jahren des Leidens immer noch nur mit Wut und Schmerz zurückschaut, dann gibt es keine Heilung.

Es ist wichtig, sich der Wahrheit zu stellen, und man muss sie verstehen, um zu akzeptieren, dass Menschen in der Lage sind, das Unvorstellbare zu tun - aus einer Mischung von Indoktrination, Angst, Unwissenheit und oft auch dem Willen, einfach zu überleben."

Lea fühlte, wie sich die Worte in ihr einbrannten. Hilda sprach von einer Wahrheit, die Lea noch nicht ganz begreifen konnte, aber sie verstand die Schwere dessen, was gesagt wurde. Täter und Opfer waren oft in einem komplexen Geflecht aus Schmerz, Angst und Verlust miteinander verbunden. Lea spürte, dass es ein tieferes Verständnis brauchte, um diese Geschichte zu begreifen. „Und was ist mit den Kindern der Täter?", fragte Lea vorsichtig. "Was können sie tun?"

Hilda lächelte traurig. "Die Verantwortung liegt bei den Eltern. Aber die Kinder müssen sich stellen, was ihre Eltern getan haben. Sie müssen sich fragen, wie sie mit dem Erbe der Vergangenheit leben wollen. Es ist eine lange Reise, Lea, aber es gibt einen Weg, sich zu versöhnen, sich zu verändern und dafür zu sorgen, dass so etwas nie wieder passiert." Lea nickte, das Gespräch hatte ihr geholfen, viele ihrer Fragen zu verstehen. Doch es war auch klar, dass ihre Reise, die Vergangenheit zu begreifen, gerade erst begonnen hatte.

Lea wusste, dass es irgendwann soweit kommen musste. Ihre Entdeckungen über die Vergangenheit ihres Großvaters, die Gespräche mit Ruth und Hilda, und die vielen Gedanken, die sie sich in den letzten Wochen gemacht hatte, hatten eine Unruhe in ihr ausgelöst. Sie fühlte sich wie jemand, der eine Geschichte zu Ende lesen musste, auch wenn die letzten Seiten schwer zu ertragen waren.

Es war ein ruhiger Nachmittag, als Lea beschloss, das Gespräch zu suchen. Ihr Großvater saß wie immer in seinem Lieblingssessel, das Fenster stand einen Spalt weit offen, und draußen war der Himmel grau und regnerisch. Lea setzte sich auf den Stuhl gegenüber von ihm, sah ihm einen Moment lang in die Augen und begann zu sprechen.

„Opa", sagte sie vorsichtig, "ich habe nachgedacht... über die Dinge, die du mir erzählt hast. Und auch über all die anderen Geschichten die ich gehört habe."

Er legte das Buch, das er gerade las, zur Seite und sah sie aufmerksam an. Es war, als hätte er gewusst, dass dieser Moment kommen würde. Aber er sagte nichts, sondern wartete, dass sie fortfuhr. „Ich habe mit einigen Leuten gesprochen, die den Krieg überlebt haben", fuhr Lea fort. „Und ich habe vieles darüber erfahren, was damals passiert ist nicht nur das, was du mir erzählt hast, sondern auch die Geschichten von denjenigen, die Opfer davon waren. Und ich frage mich..."

Sie zögerte, die Worte fielen schwer. Es war eine Frage, die sie lange gemieden hatte, doch jetzt schien sie notwendig.

"Wie bist du so geworden, Opa? Wie konnte das passieren, dass du ein Teil von all dem warst?" Ihr Großvater blickte sie an, als würde er ihre Worte abwägen. Ein stiller Moment verstrich, in dem sie ihn genau musterte, die feinen Linien in seinem Gesicht, die grauen Haare, die in einem unaufdringlichen, aber klaren Schnitt geschnitten waren. Er hatte in seinem Leben viele Dinge erlebt, doch die Erinnerung an das, was sie ihn gefragt hatte, schien ihn zu treffen.

Ein Hauch von Unsicherheit war in seinen Augen, den Lea zuvor noch nie gesehen hatte.

"Du hast recht", sagte er nach einer Weile, und seine Stimme klang etwas brüchig. „Ich habe dir nie alles erzählt. Und ich denke, ich sollte dir mehr erklären, damit du verstehst, was damals geschehen ist."

Lea nickte, ihre Hände lagen ruhig auf ihrem Schoß, als sie geduldig auf seine Antwort wartete.

"Es tut weh, sich daran zu erinnern", begann er. "Und es ist noch schwieriger, darüber zu sprechen. Aber ich werde es tun, weil du es wissen musst. Es war eine Zeit, in der wir alle beeinflusst wurden von der Propaganda, von der Angst, von der Verwirrung, die um uns war. Ich war jung, Lea. Sehr jung. Es war nicht nur ein Krieg gegen andere Länder. Es war ein Krieg gegen die ganze Gesellschaft, gegen unser eigenes Denken. Jeder, der sich weigerte, dem System zu folgen, wurde ausgeschlossen, bedroht manchmal auch getäuscht."

Er pausierte, als ob er nach den richtigen Worten suchte, und Lea spürte eine schwere Last in der Luft.

'Ich war ein Teil davon, und ich wusste nicht, was ich tat. Ich glaubte an all die Dinge, die man mir beigebracht hatte. Ich dachte, ich würde für das Gute kämpfen, für ein besseres Deutschland. Aber als der Krieg zu Ende war und ich all die Zerstörung sah, verstand ich endlich, was wir angerichtet hatten." Lea fühlte, wie sich eine tiefe Traurigkeit in ihr breit machte, und doch wusste sie, dass sie weiter zuhören musste. Es war der Moment der Konfrontation, der entscheidende Augenblick.

In dem sie endlich die Wahrheit zu hören bekam, die Wahrheit, die sie sich die ganze Zeit über gewünscht hatte.

"Du musst wissen", fuhr ihr Großvater fort, "dass ich nicht stolz darauf bin, was ich getan. habe. Aber ich war nicht der Einzige, der sich in diese Ideologie verstrickte. Viele von uns waren nur ein Zahnrad im Getriebe. Und als ich den wahren Horror begriff die Menschen, die wir gequält, ermordet und ausgerottet haben -. war es zu spät. Ich konnte nicht mehr zurück. Und das hat mich mein ganzes Leben lang verfolgt." Lea saß still da, die Worte ihres Großvaters hallten in ihrem Kopf. Es war ein schmerzhafter Moment, und trotzdem fühlte sie, dass sie ihn verstehen konnte vielleicht nicht vollständig, aber genug, um zu begreifen, wie tief die Wirkung des Krieges und der Ideologie gewesen war, wie sehr diese Ereignisse die Menschen in eine Spirale von Schuld und Reue stürzten, die sie ein Leben lang begleiteten.

"Und was hast du getan, um das zu ändern, Opa?", fragte Lea schließlich, ihre Stimme fest, aber sanft. „Wie hast du dich danach verändert?"

"Ich versuche, ein besserer Mensch zu sein, Lea", antwortete ihr Großvater leise. "Ich versuche, mich zu entschuldigen, soweit es geht. Aber der Weg zur Wiedergutmachung ist lang und steinig. Für manche Dinge gibt es keine Entschuldigung. Ich weiß, dass ich dich mit meiner Vergangenheit konfrontiere, und ich verstehe, wenn du wütend auf mich bist. Aber ich will, dass du weißt, dass ich das nie wieder tun würde. Ich habe gelernt, dass es immer einen Weg gibt, das Gute zu tun, auch wenn man Fehler gemacht hat. Aber dafür muss man sich der eigenen Verantwortung stellen."

Lea senkte den Blick und dachte über seine Worte nach. Sie hatte gehofft, eine einfache Antwort zu finden, eine klare Linie zwischen Schuld und Unschuld, zwischen Täter und Opfer. Doch sie wusste, dass es nicht so einfach war. Der Weg der Reue war ein langer, schwieriger Prozess und auch, wenn ihr Großvater nicht in der Lage war, die Vergangenheit ungeschehen zu machen, so spürte sie doch, dass er sich in gewisser Weise bemühen wollte, sich selbst zu vergeben.

"Ich verstehe, Opa", sagte Lea schließlich. „Und ich werde immer nach Antworten suchen. Aber du hast mir geholfen, einige von meinen zu finden." Ihr Großvater nickte und sah sie mit einem traurigen, aber liebevollen Blick an. Es war ein Moment des Verstehens ein erster Schritt in der langen Reise, die noch vor ihnen beiden lag.

Lea saß nach dem Gespräch mit ihrem Großvater noch eine Weile in der Stille. Es war eine Stille, die sie nicht gewohnt war - nicht die gewohnte, aber angenehme Ruhe, die sie oft in den späten Nachmittagsstunden empfand, sondern eine schwere, drückende Stille, die sie zu erdrücken schien. Ihre Gedanken wirbelten wie ein Sturm in ihrem Kopf. Was bedeutet es, in einer Welt zu leben, in der die Vergangenheit nie wirklich ruhen kann? Wie geht man mit der Schuld der Eltern und Großeltern um? Und vor allem: Was passiert, wenn man selbst ein Teil dieser Geschichte wird?

Lea hatte das Gefühl, dass sie sich in einem Netz aus Verpflichtungen und Erwartungen verfangen hatte. Sie hatte ihren Großvater noch immer lieb, aber die Tatsache, dass er ein Teil dieses finsteren Kapitels der Geschichte war, ließ sie nicht mehr los.

Sie konnte nicht einfach so tun, als wäre nichts gewesen. Sie musste verstehen, wie sich die Vergangenheit in den Leben der Menschen fortsetzte, wie sie sich über Generationen hinweg ausbreitete und schließlich auch sie die nächste Generation beeinflusste.

Es war eine Woche später, als sie die Frage erneut stellte, die sie schon einmal gestellt hatte. Wie hatte ihre Mutter auf die Geschichte reagiert? Was wusste sie eigentlich über das, was ihr Vater im Krieg getan hatte?

An diesem Nachmittag saßen sie im Wohnzimmer, ihre Mutter schälte Äpfel für einen Kuchen, während Lea neben ihr auf dem Sofa saß. Es war ein ruhiger Moment, der nach Alltag roch, nach den gewöhnlichen Dingen des Lebens. Doch Lea konnte sich nicht mehr in diese Normalität zurückziehen. Sie musste wissen, was ihre Mutter dachte. „Mama", begann sie vorsichtig, "hast du gewusst, was Opa im Krieg gemacht hat?"

Ihre Mutter legte das Messer zur Seite und sah sie mit einem durchdringenden Blick an, der Lea den Atem nahm. Es war keine Wut, die sie in ihren Augen sah, sondern etwas anderes vielleicht ein Entsetzen, das mit der Zeit zu einer stillen Akzeptanz geworden war.

„Da haben wir doch schon einmal drüber gesprochen Lea, ich wusste davon, ja", antwortete ihre Mutter leise. "Aber es war nicht das, worüber wir gesprochen haben. Es gab nie eine klare Antwort, Lea. Dein Opa hat nie viel erzählt, und als er mir schließlich die Wahrheit sagte, war ich schon zu alt, um irgendetwas daran zu ändern. Aber du... du bist noch jung. Du kannst die Dinge anders sehen."

Lea spürte, wie ihr Herz schneller schlug. "Also hast du ihm einfach verziehen?"

"Es war nicht einfach zu vergeben, Lea. Es war eine Zeit, in der alle irgendwie in der Falle saßen. Viele haben sich gegen den Strom gestellt, aber viele mussten auch schweigen, um zu überleben." Ihre Mutter fuhr sich mit der Hand durchs Haar. „Dein Opa hat sich verändert. Aber dieser Teil seiner Vergangenheit ist ein Teil von uns allen, auch wenn wir ihn nicht immer sehen wollen."

Lea spürte, wie ein Gefühl von Scham in ihr aufstieg. Es war nicht nur ihr Großvater, der mit der Vergangenheit kämpfte, sondern auch ihre Mutter und auch sie selbst. In irgendeiner Weise waren sie alle an diese Geschichte gebunden. Sie hatte gehofft, eine klare Linie zwischen den Generationen ziehen zu können, aber es war alles viel verworrener und komplexer, als sie es sich je hätte vorstellen können.

"Glaubst du, dass wir jemals wirklich mit dieser Geschichte abschließen können?" fragte Lea schließlich, ihre Stimme zögerlich.

"Ich weiß nicht, Lea", antwortete ihre Mutter nachdenklich. "Vielleicht nicht vollständig. Aber du kannst etwas tun, um sicherzustellen, dass solche Dinge nie wieder passieren. Du kannst die Geschichte verstehen und die Fehler der Vergangenheit im Gedächtnis behalten. Und du kannst Verantwortung übernehmen, in deinem eigenen Leben, für das, was richtig ist." Diese Worte ließen Lea nicht los. Sie hatte nicht nur die Verantwortung, die Vergangenheit ihres Großvaters zu verstehen, sondern auch die Verantwortung, wie sie selbst mit dieser Geschichte umgehen würde.

Ihre Mutter hatte es geschafft, einen Weg zu finden, mit dem Erbe ihrer Familie zu leben, und Lea spürte, dass auch ihr dieser Weg bevorstand.

Doch was bedeutete es, Verantwortung zu übernehmen? Was konnte sie tun, um die Last der Vergangenheit zu tragen, ohne sich selbst zu verlieren? Und vor allem: Was war mit den anderen Familienmitgliedern, den Menschen, die sie liebte? Wie würde sich diese Geschichte auf ihr Leben auswirken?

Die Antworten auf diese Fragen waren nicht leicht zu finden. Es gab keine einfachen Lösungen, keine klaren Antworten. Aber Lea wusste jetzt, dass es nicht nur um das Wissen über die Vergangenheit ging. Es ging darum, wie man mit diesem Wissen lebte, wie man die Verantwortung für das eigene Leben und die Geschichte, die einen umgab, übernahm.

Kapitel 8 Die Verantwortung der Erinnerung

Lea konnte die Worte ihrer Mutter nicht vergessen. „Du kannst Verantwortung übernehmen, in deinem eigenen Leben, für das, was richtig ist." Diese Worte schienen mit jedem Tag, der verstrich, immer bedeutungsvoller zu werden. Es war klar, dass die Vergangenheit, die sie so tief in ihrem Großvater und in ihrer Familie gespürt hatte, auch eine Verantwortung mit sich brachte. Eine Verantwortung, die nicht nur darin bestand, die Geschichte zu kennen, sondern sie aktiv zu bewahren und zu bewahren.

Es war eine neue Erkenntnis, die sich in ihr verfestigte: Wenn die Geschichte der Vergehen nicht erzählt, nicht erinnert und nicht gelernt wurde, dann könnte die Menschheit wieder in die gleichen Fehler stolpern. Sie musste handeln. Lea wusste, dass sie etwas tun musste, um sicherzustellen, dass das Wissen über die Gräueltaten des Krieges, die Ideologie des Nationalsozialismus und das Leid der Opfer nicht in Vergessenheit geriet.

Zunächst begann sie, ihre Gedanken zu ordnen. Sie begann ein Tagebuch zu führen, in dem sie ihre eigenen Reflexionen, die Gespräche mit ihrem Großvater und anderen Zeitzeugen, sowie die Bücher und Artikel, die sie las, festhielt. Es war eine Möglichkeit, die Geschichte zu bewahren und gleichzeitig ihre eigene Haltung dazu zu entwickeln.

Aber Lea wollte mehr tun als nur schreiben. Sie wollte sicherstellen, dass diese Geschichten gehört wurden, dass andere Menschen ebenfalls über die Vergangenheit nachdachten und sich mit ihr auseinandersetzten.

Sie überlegte, ein Projekt zu starten - ein interaktives, dokumentarisches Projekt, das die Geschichten von Überlebenden und Nachkommen von Tätern zusammenbrachte.

Eines Abends setzte sie sich mit ihrem Laptop an den Tisch und begann, eine Website zu entwerfen, die als Plattform für Interviews und persönliche Geschichten dienen sollte. Es sollte ein Ort werden, an dem Menschen ihre Erfahrungen teilen konnten, ein Ort, an dem das kollektive Gedächtnis bewahrt werden konnte. Lea wusste, dass ihre Familie und ihr Großvater Teil eines viel größeren, komplexeren Bildes waren, und sie wollte sicherstellen, dass dieses Bild nicht in den Schatten gestellt wurde.

"Es könnte eine virtuelle Ausstellung werden", dachte sie laut, als sie durch ihre Notizen blätterte. „Ein Archiv von Gesprächen und Erlebnissen. Vielleicht mit Bildern, mit Audiodateien, mit all den Geschichten, die oft vergessen werden."

In den folgenden Tagen interviewte Lea einige Ihrer Mitschüler, darunter auch Ruth. Sie wollten wissen, was die Vergangenheit für die heutige Generation bedeutete. Ruth, die sich immer wieder mit den Schrecken ihrer eigenen Familiengeschichte auseinandersetzte, hatte vorgeschlagen, eine Reihe von Vorträgen und Diskussionen zu organisieren, um die Auseinandersetzung mit der Geschichte lebendig zu halten.

Lea war begeistert. Es war ein langer Prozess, aber sie war entschlossen, ihre eigene Rolle zu finden. Sie fühlte, dass ihre Generation die Verantwortung trug, mit der Geschichte anders umzugehen als Ihre Eltern und Großeltern, und sie wollte dieser Verantwortung gerecht werden.

Zunächst sprach sie mit ihrer Mutter, die sich über das Projekt, das Lea ins Leben rief, wundern sollte. Sie fragte sie, wie sie sich fühlte, dass ihre Tochter sich so intensiv mit der Geschichte auseinandersetzte.

"Mama, ich glaube, das ist wichtig", sagte Lea, als sie ihr ihre Ideen erklärte. „Ich muss diese Geschichten teilen. Nicht nur die Geschichten von Überlebenden, sondern auch die der Kinder und Enkel der Täter. Wir alle sind ein Teil dieser Geschichte." „Aber es ist auch eine belastende Geschichte, Lea", antwortete ihre Mutter. „Es ist nicht einfach, sich der Vergangenheit zu stellen. Du musst vorsichtig sein, wie du damit umgehst. Denn nicht alle sind bereit, diese Erinnerungen wieder aufleben zu lassen."

"Ich weiß, antwortete Lea nachdenklich. "Aber gerade deshalb muss es getan werden. Wir dürfen nicht zulassen, dass solche Dinge in Vergessenheit geraten oder dass sie verfälscht werden. Das ist der einzige Weg, wie wir sicherstellen können, dass so etwas nie wieder passiert." Ihre Mutter nickte, und Lea spürte, wie sich eine gewisse Entschlossenheit in ihr ausbreitete. Sie hatte die Verantwortung, nicht nur ihre eigene Geschichte zu begreifen, sondern auch sicherzustellen, dass sie in die Welt hinausgetragen wurde. Als Lea schließlich ihre erste Interviewreihe veröffentlichte, spürte sie eine Mischung aus Nervosität und Stolz. Die Menschen, die sie interviewt hatte, waren berührt, dass sie ihre Geschichten teilen konnten. Und sie, Lea, hatte das Gefühl, dass sie etwas tat, das größer war als sie selbst etwas, das in der Zukunft weiterleben würde. Die Website begann Aufmerksamkeit zu erregen, und immer mehr Menschen begannen, sich zu melden.

Andere Überlebende, Nachfahren von Tätern, Historiker und Lehrer meldeten sich, um ihre Perspektiven zu teilen. Es war ein wachsendes Netzwerk, das Lea half, ihre Idee in die Tat umzusetzen.

Aber während des Projekts wuchs, wurde Lea klar, dass auch ihre eigene Rolle nicht immer einfach zu tragen war. Ihre Familie hatte sie in diese Geschichte geführt, aber sie selbst musste die Last dieser Geschichte weitertragen. Und das war nicht immer angenehm. Es gab Momente, in denen sie sich fragte, ob sie wirklich genug wusste, ob sie genug tun konnte, um der Geschichte gerecht zu werden.

Doch dann dachte sie an ihren Großvater, an all die Worte, die er ihr gesagt hatte, an die schmerzliche Wahrheit, die er ihr offenbart hatte. Es war eine Wahrheit, die sie nicht vergessen durfte. Eine Wahrheit, die auch in den kommenden Generationen weitergetragen werden musste.

Lea wusste, dass der Weg, den sie eingeschlagen hatte, nicht nur ein einfacher war, um die Vergangenheit zu verstehen oder Geschichten zu teilen. Es war eine tiefere, persönlichere Reise, die sie herausforderte, ihre eigene Haltung zu Fragen der Verantwortung, Schuld und Vergebung zu überdenken. Sie hatte begonnen, sich intensiver mit den moralischen und emotionalen Aspekten der Geschichte auseinanderzusetzen, nicht nur als Beobachterin, sondern als aktive Teilnehmerin Es war eine Auseinandersetzung mit sich selbst und der Verantwortung, die sie in einer Welt trug, in der Erinnerungen an vergangene Gräueltaten weiterlebten.

In den letzten Wochen hatte Lea immer wieder die Frage gestellt:

Wie geht man mit der Verantwortung um, die einem durch die Geschichte auferlegt wird? Besonders in ihrer Familie, in der ihre Großeltern Teil eines sehr dunklen Kapitels der Geschichte waren, spürte sie das Gewicht dieser Verantwortung noch stärker. Sie hatte mit ihrem Großvater über seine Taten gesprochen, aber sie wusste, dass nicht alle diese Geschichte akzeptieren oder die Komplexität der menschlichen Verantwortung verstehen würden. Was, wenn ihr Großvater niemals wirklich die vollständige Reue zeigte? Was, wenn er die Verantwortung nie in vollem Maße übernehmen konnte?

Eines Abends saß Lea allein in ihrem Zimmer und blätterte durch alte Fotografien. Auf einem Bild, das sie von ihrem Großvater gefunden hatte, war er jung, mit einer stolzen Haltung und einem Lächeln, das die Zuversicht eines Mannes ausstrahlte, der für eine Sache kämpfte, an die er glaubte. Doch Lea wusste, dass dieser Mann, der da auf dem Bild lächelte, längst nicht mehr der gleiche war, der heute vor ihr saß. Und auch sie selbst war nicht mehr die gleiche.

Sie dachte an die Worte ihrer Mutter, als sie mit ihr über das Projekt gesprochen hatte. „Du musst vorsichtig sein, wie du damit umgehst." Es war nicht nur das Bewahren der Erinnerung, sondern auch das Ausbalancieren der Verantwortung für das, was geschehen war. Lea fühlte sich nicht nur als eine Stimme der nächsten Generation, sondern auch als jemand, der mit den Konsequenzen der Fehler anderer leben musste. „Was bedeutet Verantwortung wirklich?", fragte sie sich. "Was ist, wenn es keine Antwort gibt?" Lea hatte immer geglaubt, dass Verantwortung in erster Linie eine Frage des Wissens war, wenn man die Vergangenheit verstand, konnte man die richtigen Entscheidungen treffen.

Doch jetzt, in diesem Moment der intensiven Auseinandersetzung mit ihrer eigenen Familie, spürte sie, dass Verantwortung auch eine Frage des Fühlens und des Verstehens war. Verantwortung bedeutete nicht nur, die Geschichte zu kennen, sondern sich mit ihr zu verbinden, sie in die eigene Identität zu integrieren. Verantwortung bedeutete auch, sich die Frage zu stellen, ob und wie man vergeben konnte.

Sie dachte an ihren Großvater und all die Dinge, die er ihr erzählt hatte. Hatte er wirklich Reue gezeigt? Und konnte sie ihm überhaupt vergeben? Wenn sie ehrlich war, war ihre Antwort zwiegespalten. Sie fühlte sich sowohl von ihm enttäuscht als auch von ihm berührt. Ihre Gedanken über Vergebung waren nicht so einfach. Wie sollte man einem Menschen vergeben, der so viele andere Menschen verletzt hatte? Und war es ihre Aufgabe, ihm zu vergeben?

Lea entschied sich, mit ihrer Mutter erneut über dieses Thema zu sprechen. Sie wusste, dass ihre Mutter viele Jahre gebraucht hatte, um mit der Geschichte ihres Vaters umzugehen. Vielleicht konnte sie ihr dabei helfen, ihre eigenen Gefühle der Verantwortung und der möglichen Vergebung zu ordnen.

An einem späten Nachmittag, als sie zusammen am Küchentisch saßen, fragte Lea zögerlich "Mama, was denkst du über Vergebung? Meinst du, dass man einem Menschen wirklich vergeben kann, der so viel Schaden angerichtet hat?„ Ihre Mutter legte das Geschirr beiseite und sah sie ruhig an. Es war der Blick einer Frau, die in der Vergangenheit genauso viele Fragen hatte wie Lea heute. „Vergebung", begann sie, "ist nicht nur ein Wort. Besonders wenn du weißt, dass das, was getan wurde, nie wirklich rückgängig gemacht werden kann.

Aber Vergebung bedeutet nicht, das, was geschehen ist, zu entschuldigen. Es bedeutet, sich von der Last der Wut zu befreien, die einen festhält. Es bedeutet, den Schritt zu tun, weiterzuleben, ohne die Vergangenheit zu vergessen, aber auch ohne von ihr kontrolliert zu werden."

Lea nickte langsam. Sie verstand, was ihre Mutter meinte, aber es fühlte sich richtig an. "Aber was, wenn ich nicht weiß, ob ich vergeben kann? Was, wenn ich mich einfach nur enttäuscht und verletzt fühle?"

„Das ist in Ordnung", antwortete ihre Mutter ruhig. "Es ist okay, nicht sofort zu vergeben. Es ist ein langer Prozess. Du musst dir die Zeit nehmen, die du brauchst. Und du musst dir auch die Frage stellen, was Vergebung für dich bedeutet. Vielleicht ist es für dich noch nicht der Zeitpunkt. Aber eines musst du dir merken: Verantwortung übernehmen bedeutet auch, ehrlich zu dir selbst zu sein, über deine Gefühle und über das, was du brauchst, um weiterzumachen." Lea fühlte sich in diesem Moment von ihrer Mutter verstanden. Sie hatte das Gefühl, dass sie ihr mehr Raum ließ, ihre eigenen Gedanken zu ordnen, anstatt sie zu drängen, eine Antwort zu finden, die es noch nicht gab. In den kommenden Wochen setzte Lea sich immer wieder mit der Frage auseinander. Sie sprach mit Ruth und anderen Freunden, die ähnliche Familiengeschichten hatten. Sie sprachen über die Schuld der Väter und Großväter, über das, was passiert war, und über das, was heute in ihnen weiterlebte. Doch sie stellte schnell fest, dass es keine universelle Antwort auf diese Frage gab. Jede Person trug ihre eigene Last, ihre eigenen Gedanken über Vergebung, Verantwortung und den Umgang mit der Vergangenheit.

Lea wusste, dass Vergebung keine einfache Lösung war. Sie wusste, dass sie es nicht sofort konnte. Aber sie war auch sicher, dass sie es auf ihre eigene Weise finden würde.

Vielleicht war Vergebung nicht das Ziel, sondern der Weg, den sie gehen musste, um sich selbst und ihrer Familie gerecht zu werden. Vielleicht lag die wahre Verantwortung nicht nur in der Frage, wie man vergab, sondern auch darin, wie man mit der Wahrheit lebte, wie man sie in die Zukunft trug.

Lea hatte lange darüber nachgedacht, wie sie das Gespräch mit ihrem Großvater fortsetzen könnte. Die vielen Fragen, die sie nach ihrem ersten Gespräch mit ihm hatte, waren nicht verschwunden. Vielmehr hatte sie das Gefühl, dass sie immer weiterwuchsen und tiefer wurden, je mehr sie sich mit der Geschichte auseinandersetzte Besonders die Themen Vergebung und Verantwortung ließen sie nicht los.

Es war klar, dass sie ihrem Großvater nicht nur die Fragen stellen musste, die sie ihm in der ersten Unterhaltung nicht zugetraut hatte, sondern auch jene, die für sie selbst von Bedeutung waren. Fragen, die ihr eigenes Verständnis von Schuld und Vergebung in Bezug auf die Vergangenheit, die ihre Familie prägte, herausforderten.

An einem Nachmittag, als die Sonne tief stand und die Luft draußen kühl war, entschloss sich Lea, ihren Großvater ein weiteres Mal zu besuchen. Sie hatte das Gefühl, dass dies der richtige Moment war. Ihre Gedanken waren klarer geworden, und sie wusste, dass sie nicht länger warten konnte, um die Fragen zu stellen, die sie quälten. Der Großvater saß wie immer in seinem Sessel, das Fenster leicht geöffnet, sodass die frische Luft in den Raum strömte.

Er hatte ein paar Zeitungen vor sich liegen, die er durchblätterte, als Lea langsam die Tür öffnete. Er blickte auf, als er sie hereinkommen sah, und lächelte leicht.

"Ah, Lea", sagte er mit einer sanften Stimme. „Was führt dich zu mir?"

"Ich wollte mit dir sprechen", antwortete sie, während sie auf den Stuhl gegenüber von ihm zuging und sich setze. Ihr Herz schlug schneller als sonst, als sie sich auf die bevorstehende Unterhaltung vorbereitete. „Über... über das, was du mir erzählt hast. Und über Vergebung."

Der Großvater runzelte die Stirn, doch seine Miene blieb ruhig „Vergebung?" wiederholte er, als ob er das Wort auf der Zunge zergehen ließ. „Vergebung ist ein schweres Thema, Lea. Es ist nicht leicht, solche Dinge einfach zu vergeben, nicht wahr?"

Lea nickte, spürte aber, wie die Schwere des Gesprächs sie beide langsam umhüllte. Sie wollte nicht vorsichtig sein. Sie wollte ehrlich sein, auch wenn das bedeutete, dass sie Fragen stellte, die schmerzhaft und unbequem waren. "Ich habe darüber nachgedacht, Opa", sagte sie schließlich, „und ich verstehe, dass du dir vielleicht selbst nicht alles vergeben kannst. Aber ich muss wissen: Glaubst du, dass du dir je selbst vergeben kannst?"

Der Großvater sah sie lange an, sein Blick wanderte von ihrem Gesicht zu den Händen, die er vor sich auf den Armlehnen des Sessels, ein tiefes Seufzen entglitt ihm, als er über die Frage nachdachte.

"Weißt du, Lea", begann er langsam, "ich habe viele Jahre gebraucht, um überhaupt mit mir selbst ins Reine zu kommen. Aber ich habe nicht nur mir selbst etwas vergeben, ich habe auch der Welt etwas vergeben müssen. Denn was ich getan habe, das war für niemanden gut. Es war eine Zeit voller Hass, voller Lügen und Manipulationen. Ich war ein Teil von etwas, das so furchtbar war, dass es schwer zu begreifen ist."

Lea spürte, wie sich die Worte ihres Großvaters in ihrem Inneren verflochten eine Mischung aus Reue, aber auch aus dem Schmerz, der ihm selbst durch seine Taten entstanden war.

"Aber was bedeutet das, Opa?" fragte Lea mit zitternder Stimme. "Was bedeutet es, sich selbst zu vergeben, wenn du so viel Unheil angerichtet hast? Wie kann man so etwas wirklich wiedergutmachen?"

Der Großvater schloss für einen Moment die Augen, als ob er die Zeit zurückdrehen wollte. "Vielleicht kann man es nicht ganz wiedergutmachen", sagte er leise.

„Es gibt Dinge, die einfach nie wieder gut gemacht werden können. Aber das bedeutet nicht, dass man aufhören sollte, sich selbst zu fragen, was man hätte, anders tun können. Verantwortung für das eigene Leben zu übernehmen, bedeutet auch, dass man sich der Schuld stellt, die man trägt. Aber Reue allein macht noch nichts richtig. Es ist das, was man tut, nachdem man seine Fehler anerkannt hat, was zählt." Lea lauschte aufmerksam, nahm seine Worte tief in sich auf. Sie hatte das Gefühl, dass er ihr etwas offenbart hatte, das sie nicht nur auf seine Vergangenheit, sondern auch auf ihre eigene Betrachtung von Verantwortung und Vergebung anwenden konnte.

„Aber was ist mit mir, Opa? Was ist, wenn ich das Gefühl habe, dass ich mit dieser Geschichte umgehen muss, mit dem, was du getan hast? Wie kann ich damit leben?"

Der Großvater hob eine Hand und legte sie beruhigend auf ihren Arm. "Du musst nicht mit allem alleine zurechtkommen, Lea", sagte er mit sanfter Stimme. "Es ist hart, Verantwortung für Dinge zu tragen, die man nicht selbst getan hat. Aber du kannst lernen, wie du damit umgehst, ohne dich selbst in diesem Schatten zu verlieren. Vergebung bedeutet nicht, dass du alles vergessen musst. Aber du kannst entscheiden, wie du auf diese Vergangenheit reagierst, wie du dich ihr stellst. Du bist nicht verantwortlich für das, was ich getan habe, aber du hast die Möglichkeit, mit deinem Leben anders umzugehen. Du kannst lernen, ohne Hass zu leben, ohne die Fehler der Vergangenheit zu wiederholen." Lea sah ihn lange an, spürte, wie sich in ihrem Inneren eine Welle der Erleichterung und der Erkenntnis ausbreitete. Es war nicht das Gefühl der sofortigen Vergebung, das sie suchte, sondern die Klarheit das sie selbst entscheiden konnte, wie sie mit dieser Geschichte leben wollte. Sie konnte sich mit den Fehlern ihrer Familie auseinandersetzen, ohne sich von ihnen definiert zu fühlen.

„Danke, Opa", flüsterte sie schließlich. "Danke, dass du mir das sagst. Ich glaube, ich verstehe jetzt besser, wie Verantwortung funktioniert. Und vielleicht auch, wie Vergebung funktioniert. Es ist nicht einfach. Aber vielleicht ist es genau diese Auseinandersetzung, die einem hilft, weiterzukommen." Der Großvater nickte und lächelte leicht, ein Ausdruck von Zufriedenheit und einem stillen Frieden, der ihn in diesem Moment durchzog. „Es tut mir leid, Lea", sagte er leise. „Es tut mir leid für alles, was ich getan habe."

Lea nahm seine Hand in ihre, und obwohl sie immer noch das Gewicht der Geschichte spürte, wusste sie, dass sie nicht nur als Enkelin, sondern auch als Teil der nächsten Generation ihre eigene Verantwortung für die Zukunft tragen würde.

Lea hatte das Gefühl, dass sie noch nicht ganz am Ende ihrer Reise war. Obwohl sie mit ihrem Großvater über die Themen Verantwortung und Vergebung gesprochen hatte, wusste sie, dass es noch so viel mehr zu erfahren gab. Ihre Fragen waren nicht verschwunden - sie waren gewachsen, tiefer und komplexer geworden.

Es war, als ob sie durch das Gespräch ein weiteres Türchen geöffnet hatte, hinter dem noch viele andere Antworten und Unsicherheiten auf sie warteten.

Am nächsten Wochenende, als der Großvater in seinem Sessel saß und den Nachmittag mit einem Buch verbrachte, entschied sich Lea, erneut zu ihm zu gehen.

Es war ruhig im Haus, und der sanfte Klang des Windes, der durch die Bäume draußen strich, schien die passende Atmosphäre für ein weiteres Gespräch zu bieten.

„Opa?", fragte sie, als sie in das Wohnzimmer trat. Der Großvater sah auf und nickte, als er sie bemerkte. "Setz dich doch, Lea. Wie geht es dir?" „Gut", antwortete sie und setzte sich. Sie fühlte sich etwas nervös, aber zugleich auch entschlossen. „Ich wollte nochmal mit dir reden. Über Verantwortung. Und wie es weitergeht." Der Großvater legte das Buch zur Seite und nickte verständnisvoll. "Was beschäftigt dich denn, meine Kleine?"

Lea zögerte einen Moment.

„Du hast mir gesagt, dass Verantwortung bedeutet, sich der eigenen Fehler bewusst zu werden und die Konsequenzen zu tragen. Aber wie lebt man damit weiter? Wie geht man mit den Gefühlen um, die danach kommen?"

Der Großvater atmete tief ein, als ob er die Schwere der Frage verstand. "Es gibt keine klare Antwort darauf, Lea. Verantwortung zu tragen, bedeutet nicht nur, sich die Fehler einzugestehen, sondern auch, sich den Gefühlen zu stellen, die damit verbunden sind. Schuld, Scham, Bedauern... Diese Gefühle sind belastend, aber sie gehören zur Wahrheit, die du dir selbst eingestehst. Aber es geht darum, wie du dich entscheidest, mit diesen Gefühlen. umzugehen. Du kannst sie nicht einfach wegdrücken. Du musst lernen, mit ihnen zu leben." „Aber wie lebt man damit? Wie kannst du jemals wirklich in Frieden sein, wenn du so viele schreckliche Dinge getan hast?", fragte Lea. Ihre Stimme war leise, fast zögerlich."Wie kommst du mit all dem klar?"

Der Großvater nahm einen Moment lang eine nachdenkliche Haltung ein. Er starrte aus dem Fenster und schien in Gedanken zu versinken. Dann, langsam, drehte er sich zu ihr um und sagte: „Ich weiß nicht, ob ich jemals wirklich Frieden finden werde, Lea. Vielleicht ist es auch nicht das Ziel, Frieden zu finden. Vielleicht geht es vielmehr darum, weiterhin zu versuchen, das Richtige zu tun. Die Vergangenheit wird mich immer begleiten, aber sie definiert mich nicht. Es geht darum, was du in der Gegenwart tust wie du dich heute entscheidest."

Lea fühlte sich, als ob sich eine Last von ihren Schultern nahm. Diese Worte gaben ihr eine gewisse Klarheit.

Sie verstand, dass die Verantwortung nicht nur darin lag, sich seiner Taten bewusst zu sein, sondern auch darin, in der Gegenwart zu leben und bewusst Entscheidungen zu treffen, die das Richtige widerspiegelten. Vielleicht konnte man den Frieden nicht erzwingen, aber man konnte versuchen, in der Gegenwart eine Haltung zu entwickeln, die einen Schritt in diese Richtung darstellte.

„Ich denke, ich verstehe", sagte Lea schließlich. „Es geht nicht darum, die Fehler zu vergessen oder zu verbergen, sondern darum, sie zu erkennen und dann zu versuchen, in der Gegenwart zu leben, ohne sie immer wieder neu zu machen."

Der Großvater nickte mit einem nachdenklichen Lächeln. „Ja, genau. Es geht nicht um Verdrängung. Es geht um Verantwortung und darum, aus der Vergangenheit zu lernen. Es geht darum, dass du dir die Freiheit nimmst, nicht in der Vergangenheit gefangen zu sein."

Lea fühlte, dass ein tieferer Frieden in ihr selbst wuchs. Sie wusste, dass dies ein fortlaufender Prozess sein würde, der nicht über Nacht abgeschlossen sein konnte, aber sie fühlte sich erleichtert, diese Erkenntnis zu haben. Sie konnte mit der Vergangenheit leben, sie anerkennen, ohne sich von ihr zu erdrücken. "Opa, hast du jemals das Gefühl gehabt, dass du dich nicht genug verändert hast? Dass du nicht genug getan hast?" Der Großvater schloss die Augen und dachte nach. "Ja, das Gefühl kenne ich. Ich frage mich oft, ob ich genug tue, ob ich genug gelernt habe. Aber auch hier geht es nicht darum, sich selbst zu bestrafen, sondern darum, ständig zu versuchen, es besser zu machen. Ich habe viele Fehler gemacht, und ich werde nie alle wieder gutmachen können.

Aber ich kann jetzt versuchen, ein besserer Mensch zu sein. Und das ist vielleicht alles, was ich tun kann."

Lea nickte nachdenklich. Die Gespräche mit ihrem Großvater hatten ihr geholfen, mehr über Verantwortung und Vergebung zu lernen, als sie es je für möglich gehalten hatte.

Und sie wusste, dass sie diesen Weg der Auseinandersetzung mit der Vergangenheit weiterhin gehen würde nicht nur für sich selbst, sondern auch für ihre Familie.

„Danke, Opa", sagte sie leise. „Ich glaube, ich weiß jetzt, wie ich mit der Verantwortung umgehen kann."

Der Großvater legte seine Hand sanft auf ihre und lächelte. "Es ist gut, dass du diese Fragen stellst, Lea. Du wirst noch viel lernen, aber du bist auf dem richtigen Weg. Und ich bin stolz auf dich."

Lea fühlte sich leichter, als sie das Zimmer verließ. Sie wusste, dass ihre Reise noch nicht zu Ende war, aber sie hatte das Gefühl, dass sie einen wichtigen Schritt gemacht hatte. Verantwortung zu übernehmen, hieß nicht, die Vergangenheit zu vergessen, sondern sie anzuerkennen und zu lernen, wie man in der Gegenwart richtig handelt.

Kapitel 9 Die Entwicklung eines Projektes

Nachdem Lea die Gespräche mit ihrem Großvater geführt hatte, fühlte sie sich inspiriert, mehr über Verantwortung und Vergebung zu lernen und dieses Wissen mit anderen zu teilen. Es war, als ob ein inneres Bedürfnis in ihr gewachsen war, das Thema nicht nur für sich selbst zu verstehen, sondern auch anderen zu helfen, diese schwierigen, oft schmerzhaften Konzepte zu begreifen und einen eigenen Zugang dazu zu finden.

In den kommenden Tagen setzte sie sich an ihren Schreibtisch und begann, ihre Gedanken zu ordnen. Sie wollte ein neues Projekt entwickeln, das anderen Menschen die Möglichkeit geben würde, sich mit der Vergangenheit auseinanderzusetzen, Verantwortung zu übernehmen und zu erkennen, wie Vergebung ein Teil der Heilung sein konnte. Sie dachte an all die Fragen, die sie selbst gehabt hatte, an die Ängste und das Unverständnis, die sie empfunden hatte, als sie die Geschichte ihres Großvaters erfahren hatte. Vielleicht konnte sie anderen helfen, diese Hürden zu überwinden und einen eigenen Weg zu finden.

Lea überlegte, wie sie ihr Projekt strukturieren sollte. Es musste etwas sein, das sowohl persönlich als auch universell war, etwas, das Menschen dazu ermutigte, sich mit ihrer eigenen Geschichte auseinanderzusetzen und Verantwortung für ihr Handeln zu übernehmen. Sie beschloss, es als eine Mischung aus Tagebuch, Interviews und kreativen Übungen zu gestalten. Lea entschied, dass sie ihre Gedanken in Form eines Tagebuchs festhalten wollte. Doch es sollte mehr sein als nur ihre eigenen Überlegungen. Sie wollte das Tagebuch zu einem interaktiven Projekt machen, das auch anderen half, ihre eigenen Gedanken zu Papier zu bringen.

In den ersten Kapiteln des Tagebuchs schrieb Lea über ihre eigenen Erfahrungen - ihre Gespräche mit ihrem Großvater, ihre Gefühle der Verwirrung und des Zweifels, aber auch die Momente der Klarheit, die sie gefunden hatte. Sie stellte Fragen, die sie sich selbst gestellt hatte, und ließ Platz für die Antworten, die sie im Laufe des Projekts finden würde.

Ein wichtiger Teil des Tagebuchs war die Frage nach Verantwortung. Lea schrieb:

"Was bedeutet es, Verantwortung für das eigene Handeln zu übernehmen? Wie erkenne ich meine Fehler? Und was mache ich, nachdem ich sie erkannt habe?"

Sie fügte leere Seiten hinzu, auf denen die Leser ihre eigenen Gedanken und Antworten niederschreiben konnten. Jeder sollte für sich selbst herausfinden, was Verantwortung für sie bedeutete. Die zweite Idee: Interviews mit anderen Menschen.

Lea wollte auch herausfinden, wie andere Menschen das Thema Verantwortung und Vergebung betrachteten. Also machte sie sich auf den Weg, um mit verschiedenen Menschen zu sprechen. Sie fragte ihre Mutter, Ruth, aber auch andere Menschen, die sie kannte, und stellte ihnen ähnliche Fragen, die auch sie sich gestellt hatte.

"Was bedeutet Verantwortung für dich? Gibt es Dinge in deiner Vergangenheit, für die du noch immer Verantwortung trägst? Wie gehst du mit Vergebung um?" Lea nahm die Gespräche auf und transkribierte sie, um sie später in ihr Projekt einzufügen. Sie wollte die verschiedenen Perspektiven einfließen lassen und zeigen, dass jeder seinen eigenen Umgang mit Verantwortung und Vergebung finden musste.

Besonders das Gespräch mit Ruth beeindruckte sie. Ruth sprach über ihre Erfahrungen als Tochter eines Mannes, der in den 50er Jahren seine Verantwortung nicht wahrgenommen hatte, und wie sie jahrelang mit den Gefühlen von Enttäuschung und Schmerz zu kämpfen hatte.

„Vergebung ist nicht immer ein Akt der Versöhnung mit der anderen Person, Lea". sagte Ruth. „Es kann auch ein Akt der Versöhnung mit sich selbst sein. Du musst lernen, loszulassen, um nicht in der Vergangenheit zu bleiben."

Lea konnte nicht anders, als diese Worte zu fühlen. Sie wusste, dass sie auch einen Teil dieses Prozesses durchmachte - das Loslassen von Dingen, die sie nicht ändern konnte, um Platz für die Zukunft zu schaffen.

Die dritte Idee: Kreative Übungen und Reflexionen

Um das Thema Vergebung weiter zu vertiefen, fügte Lea auch kreative Übungen in ihr Projekt ein. Sie wollte, dass jeder, der das Projekt las, die Möglichkeit hatte, mit den Themen auf eine persönliche und kreative Weise umzugehen.

Eine Übung, die sie entwickelte, forderte die Teilnehmer auf, einen Brief zu schreiben nicht an jemanden, den sie verletzt hatten, sondern an sich selbst. In diesem Brief sollten sie sich für die Fehler, die sie gemacht hatten, entschuldigen und sich selbst vergeben. Lea dachte, dass es wichtig war, den Lesern zu helfen, sich mit der eigenen Verletzlichkeit auseinanderzusetzen, ohne sofort eine Antwort von der anderen Seite zu erwarten. Sie schrieb: Vergebung beginnt nicht immer mit dem anderen manchmal beginnt sie mit dir selbst.

„Schreibe einen Brief an dich selbst und sage dir, was du dir verzeihen musst. Was kannst du tun, um die Verantwortung für dein eigenes Handeln zu übernehmen?"

Lea fügte diese Übungen und Reflexionen in ihr Tagebuch ein und gab den Lesern Raum, ihre eigenen Antworten zu finden.

Nachdem Lea ihre ersten Ideen aufgeschrieben hatte, entschloss sie sich, das Projekt auch ihrer Klasse vorzustellen. Sie wollte sehen, wie Ihre Mitschüler auf das Thema reagierten und ob sie vielleicht auch an dem Projekt teilnehmen wollten. Da sie sonst eher eine sehr ruhige Schülerin war, fiel es ihr nicht leicht die Sache vor der ganzen Klasse anzugehen.

Während des Unterrichts, als die Lehrerin über das Thema Verantwortung sprach, hob Lea die Hand und bat um ein paar Minuten Zeit, um ihr Projekt vorzustellen. Mit zitternder Stimme begann sie zu erklären, warum sie dieses Projekt ins Leben gerufen hatte und was sie sich erhoffte. Sie erzählte von den Gesprächen mit ihrem Großvater, von den Gedanken und Fragen, die sie beschäftigt hatten, und warum sie das Thema Verantwortung und Vergebung so wichtig fand.

"Ich glaube, jeder von uns hat in irgendeiner Form Verantwortung zu tragen. Und jeder von uns muss sich irgendwann fragen, was wir tun, wenn wir Fehler machen. Wie gehen wir mit der Vergangenheit um? Und können wir uns selbst und anderen vergeben?" Als sie geendet hatte, sah sie sich in der Klasse um. Einige ihrer Mitschüler schauten sie mit neugierigen Blicken an, andere schienen nachdenklich. Lea hatte das Gefühl, dass sie etwas Wichtiges angestoßen hatte, auch wenn sie noch nicht genau wusste, wie die anderen reagieren würden.

„Ich möchte, dass jeder von euch mitmacht", sagte sie schließlich. „Schreibt eure Gedanken auf, macht die Übungen, wenn ihr wollt. Es geht nicht darum, perfekte Antworten zu finden, sondern darum, überhaupt nachzudenken."

Die Lehrerin nickte zustimmend. „Ich denke, es ist eine großartige Idee, Lea. Das Thema ist wichtig, und ich ermutige euch alle, daran teilzunehmen."

Lea fühlte sich stolz, als sie sich wieder setzte. Es war der erste Schritt, ihr Projekt mit anderen zu teilen, und sie hatte das Gefühl, dass sie etwas Sinnvolles auf die Beine gestellt hatte.

Kapitel 10 Die Ergebnisse und das Reflektieren des Projektes

Nachdem Lea ihr Projekt mit ihrer Klasse geteilt hatte, war sie gespannt auf die Rückmeldungen ihrer Mitschüler. Es war ein neuer Schritt für sie, ihre persönlichen Gedanken und Fragen zu Verantwortung und Vergebung mit anderen zu teilen. Sie wusste, dass nicht jeder die gleichen Erfahrungen gemacht hatte, aber sie hoffte, dass ihr Projekt den Raum eröffnen würde, über schwierige Themen nachzudenken, die oft zu wenig angesprochen wurden.

In den Tagen nach der Vorstellung nahm Lea sich vor, das Feedback ihrer Mitschüler zu sammeln. Sie hatte jedem von ihnen eine Kopie des interaktiven Tagebuchs gegeben, das sie entwickelt hatte. Jeder sollte die Übungen ausprobieren und ihre Gedanken zu den Fragen aufschreiben.

Einige der Mitschüler hatten ihr direkt gesagt, dass sie das Projekt interessant fanden, während andere eher zögerlich reagiert hatten. Doch Lea wollte die Antworten nicht sofort beeinflussen, sie war neugierig, wie die anderen mit den Themen umgehen würden.

Die Rückmeldungen:
In der Woche nach der Vorstellung ihres Projekts sprach Lea mit einigen ihrer Mitschüler. Sie bat sie, ihre Gedanken zu teilen und zu reflektieren, was sie durch das Projekt gelernt hatten. Anna, eine Mitschülerin, die normalerweise nicht besonders viel mit Lea sprach, hatte das Tagebuch intensiv genutzt. Sie berichtete, dass sie nach dem Schreiben des Briefes an sich selbst gemerkt hatte, wie viele unerledigte Gefühle sie mit sich herumtrug. Besonders das Thema Vergebung hatte sie nachdenklich gemacht.

"Ich habe nie wirklich über Vergebung nachgedacht", sagte Anna, "Aber als ich den Brief geschrieben habe, wurde mir klar, dass ich mir selbst oft nicht verzeihe. Ich hoffe, dass ich irgendwann Frieden mit mir selbst schließen kann." Tom, der immer als der „Klassensprecher und Anführer" in der Gruppe galt, gab zu, dass er das Projekt zunächst als etwas „seltsam" empfand. Aber nachdem er das Tagebuch gelesen und die Übungen gemacht hatte, änderte sich seine Haltung.

„Es ist irgendwie seltsam, darüber zu sprechen", sagte er. "Aber das mit der Verantwortung hat mich echt getroffen. Es ist einfach, andere für alles verantwortlich zu machen, aber die eigenen Fehler zuzugeben, ist was anderes. Ich will jetzt mehr darüber nachdenken, wie ich mein Verhalten ändern kann."

Mia, eine Freundin von Lea, hatte ebenfalls das Tagebuch bearbeitet, und sie erzählte, wie sie sich mit ihrer eigenen Schuld auseinandergesetzt hatte „Ich habe nie wirklich verstanden, warum ich mich so schuldig fühle, für Dinge, die schon lange zurückliegen. Aber dieses Projekt hat mir geholfen, darüber nachzudenken, dass Vergebung nicht nur vom anderen abhängt. Es geht auch darum, sich selbst zu vergeben und die Verantwortung zu übernehmen."

Lea war überrascht und gleichzeitig erleichtert. Es war mehr Reflexion und Offenheit entstanden, als sie ursprünglich erwartet hatte. Die Mitschüler, die anfangs unsicher oder skeptisch waren, hatten sich auf das Projekt eingelassen und es ernst genommen. Es war ein Zeichen dafür, dass das Thema viel tiefer ging, als sie zunächst gedacht hatte.

Die Reflexionen der Lehrerin:

Nach dem Feedback von ihren Mitschülern suchte Lea auch das Gespräch mit ihrer Lehrerin, die das Projekt ebenfalls gelesen hatte. "Lea, ich finde, das ist wirklich ein bemerkenswertes Projekt", sagte Frau Schröder, als sie zusammensaßen. „Du hast nicht nur etwas geschaffen, das zum Nachdenken anregt, sondern du hast auch einen Raum geöffnet, in dem sich die Schüler mit sehr schwierigen und persönlichen Themen auseinandersetzen können." Lea fühlte sich von der Anerkennung bestärkt, auch wenn sie wusste, dass das Thema nicht bei jedem gleichermaßen ankam. „Es ist ein Thema, das mich schon lange beschäftigt", sagte sie nachdenklich. „Ich wollte einfach wissen, was die anderen darüber denken. Wie gehen sie mit Verantwortung um? Und was denken sie über Vergebung?"

Frau Schröder nickte. "Es ist eine wichtige Auseinandersetzung. Und ich denke, du hast das sehr gut gemacht. Du hast den Schülern einen Einstieg gegeben, den sie nicht erwartet hätten. Das ist nicht immer einfach. Ich hoffe, du machst weiter mit solchen Projekten" Lea nickte und fühlte sich in ihrem Vorhaben bestärkt. Die Rückmeldungen der anderen hatten ihr gezeigt, dass sie auf dem richtigen Weg war, und sie wollte diesen Weg weitergehen.

Lea war entschlossen, das Projekt weiterzuentwickeln. Sie wollte nicht nur das Thema Verantwortung und Vergebung mit ihren Mitschülern besprechen, sondern auch ein breiteres Publikum erreichen.

Sie überlegte, wie sie das Projekt auch außerhalb der Schule präsentieren könnte vielleicht als eine Art Ausstellungsprojekt oder sogar als Vortrag bei einer Jugendveranstaltung oder einer Diskussionsrunde. Doch bevor sie das Projekt weiter ausbaute, wollte Lea noch mehr darüber erfahren, was ihre Mitschüler wirklich über Verantwortung und Vergebung dachten. Sie entschloss sich, eine kleine Umfrage zu erstellen, in der sie gezielte Fragen stellte, um ein besseres Bild davon zu bekommen, wie ihre Mitschüler zu diesen Themen standen.

Sie wollte wissen, was sie aus dem Projekt mitgenommen hatten und ob sie etwas verändert hatten, nachdem sie darüber nachgedacht hatten.

Die Umfragefragen, die sie stellte:

1. Was bedeutet Verantwortung für dich?

2. Hattest du schon einmal das Gefühl, dass du Verantwortung für eine Situation übernehmen musstest? Wie bist du damit umgegangen?

3. Was bedeutet Vergebung für dich? Glaubst du, dass man sich selbst und anderen vergeben kann?

4. Wie hat das Projekt dir geholfen, deine eigene Haltung zu Verantwortung und Vergebung zu überdenken?

Lea wusste, dass sie noch nicht alle Antworten hatte, aber sie fühlte sich bereit, weiter an Ihrem Projekt zu arbeiten. Sie wollte weiterhin mit ihren Mitschülern über schwierige, aber wichtige Themen sprechen und einen Raum schaffen, in dem alle ihre Gedanken und Gefühle äußern konnten.

Vielleicht war das der erste Schritt, um in ihrer eigenen Generation eine größere Auseinandersetzung mit Verantwortung, Vergebung und der Vergangenheit zu fördern. Nachdem Lea die Rückmeldungen ihrer Mitschüler gesammelt und ihre eigenen Reflexionen darüber gemacht hatte, wusste sie, dass ihr Projekt etwas war, das mehr Aufmerksamkeit verdiente. Es war nicht nur ein Schulprojekt, sondern ein Thema, das sie persönlich beschäftigte und das auch andere dazu anregen konnte, über Verantwortung und Vergebung nachzudenken. Sie hatte bereits viel über die Bedeutung von Verantwortung gelernt sowohl von ihrem Großvater als auch von den Gesprächen mit Ihren Mitschülern und Lehrern.

Jetzt wollte sie noch einen Schritt weiter gehen und ihr Projekt einem größeren Publikum präsentieren. Vielleicht könnte sie nicht nur ihre Klasse erreichen, sondern auch andere Jugendliche und Erwachsene, die ähnliche Fragen und Herausforderungen in ihrem Leben hatten.

Der Plan: Eine Schulveranstaltung
Lea überlegte sich einen Plan. Sie würde eine Schulveranstaltung organisieren, bei der sie nicht nur ihr Projekt vorstellte, sondern auch andere einlud, ihre Gedanken und Erfahrungen zu teilen. Sie sprach mit ihrer Lehrerin Frau Schröder und schlug ihr vor, das Thema Verantwortung und Vergebung in Form einer Diskussionsrunde zu präsentieren. Frau Schröder war sofort begeistert und unterstützte Lea dabei, ihre Idee umzusetzen. Die Veranstaltung sollte nicht nur ein Vortrag sein. Lea wollte eine interaktive Diskussion führen, bei der jeder mitmachen konnte. Sie wollte ihre Mitschüler, aber auch andere Klassen und Lehrer einladen.

Dabei war es ihr wichtig, dass nicht nur sie im Mittelpunkt stand, sondern dass auch andere Stimmen gehört wurden.

„Wir könnten eine Art, Offene Diskussion machen", schlug Lea vor. „Jeder, der möchte, kann etwas zu Verantwortung und Vergebung sagen. Ich könnte meine Erfahrungen teilen, aber auch meine Mitschüler und Lehrer dazu einladen, ihre Perspektiven einzubringen. Wir könnten auch einige Übungen aus meinem Projekt ausprobieren." Frau Schröder stimmte zu. „Das klingt großartig, Lea. Und ich bin sicher, dass viele Schüler sich gerne daran beteiligen werden. Ich werde dir helfen, alles zu organisieren."

Die Vorbereitung waren aufwendig, aber Lea war entschlossen. Sie stellte eine kleine Gruppe von Mitschülern zusammen, die ihr bei der Organisation helfen sollten. Sie kümmerten sich um die Einladungen, die Raumgestaltung und die Werbung für das Event.

Lea selbst arbeitete an einem kurzen Vortrag, indem sie die wichtigsten Punkte ihres Projekts erklärte und ihre eigenen Gedanken zu Verantwortung und Vergebung teilte.

Sie plante auch, die Ergebnisse der Umfrage zu präsentieren, die sie zuvor durchgeführt hatte, um zu zeigen, wie ihre Mitschüler über die Themen dachten. Lea wollte sicherstellen, dass jeder die Möglichkeit hatte, aktiv teilzunehmen sei es durch eine Frage, eine Antwort oder einfach durch das Teilen von Gedanken. Die Nacht vor der Veranstaltung verlief für Lea zum größten Teil schlaflos. Sie wälzte sich von einer Seite auf die andere. Sie zweifelte sogar an sich. " Ist es wirklich der richtige Weg, es auf diese Weise öffentlich zu machen?"

Sie hatte ein komisches Gefühl im Bauch. "Was wenn einige Leute das Gefühl haben ich würde alte Wunden aufreißen."

Zwei Stunden bevor der Wecker klingelte, fiel Lea endlich in einen unruhigen Schlaf.

Kapitel 11 Der große Tag

Als der Tag der Veranstaltung endlich anbrach, war Lea nervös, aber auch aufgeregt. Der Raum war gut vorbereitet, Tische und Stühle standen in einem Kreis, und auf einem Tisch in der Mitte lagen Kopien des interaktiven Tagebuchs und die Umfrageergebnisse, die Lea gesammelt hatte. Es gab eine kleine Präsentation, und Lea hatte einige der kreativen Übungen aus ihrem Projekt vorbereitet, um sie gemeinsam mit den Teilnehmern durchzuführen.

Die Veranstaltung begann mit Leas kurzer Einführung. Sie erzählte von ihrem Großvater, der ihr seine Geschichte erzählt hatte, und erklärte, wie das Projekt zustande gekommen war. Dabei betonte sie, dass es nicht darum ging, Lösungen für alle Probleme zu finden, sondern vielmehr darum, in einer offenen. Diskussion zu lernen und sich gegenseitig zu unterstützen. „Es geht darum, Verantwortung zu übernehmen für das, was wir tun, und für das, was wir nicht tun", sagte Lea. "Und es geht darum, uns selbst und anderen zu vergeben. Aber Vergebung ist nicht immer einfach. Wir müssen darüber nachdenken, wie wir mit der Vergangenheit umgehen und wie wir unsere Fehler erkennen."

Lea stellte dann die Ergebnisse der Umfrage vor. Sie las einige der Antworten vor, die sie von ihren Mitschülern erhalten hatte, und erklärte, wie unterschiedlich die Perspektiven auf Verantwortung und Vergebung waren. Es war spannend, die verschiedenen Ansichten zu hören, und Lea bemerkte, dass viele der Teilnehmer sich damit beschäftigten, wie sie Verantwortung übernehmen und Vergebung in ihr eigenes Leben integrieren konnten.

Interaktive Übungen
Nach dem Vortrag lud Lea die Teilnehmer ein, an einigen Übungen teilzunehmen, die sie in ihr Tagebuch aufgenommen hatte.

Eine der Übungen war die „Brief-an-sich-selbst"-Übung. bei der die Teilnehmer aufschrieben, was sie sich selbst vergeben wollten und welche Verantwortung sie für ihre eigenen Taten übernehmen wollten.

Die Stimmung war nachdenklich, und Lea konnte sehen, wie die anderen in sich gingen und über ihre eigenen Erfahrungen nachdachten. Einige Mitschüler hatten Tränen in den Augen, als sie ihren Brief vorlasen, andere waren ruhig und schrieben konzentriert.

Es war eine sehr intime und bewegende Atmosphäre, die die Teilnehmer dazu ermutigte, sich mit schwierigen, aber wichtigen Themen auseinanderzusetzen. Lea war überrascht, wie offen und ehrlich viele Ihrer Mitschüler waren. Sie hatte gedacht, dass das Thema zu schwer oder unangenehm wäre, aber stattdessen merkten sie, wie wichtig es war, über Verantwortung und Vergebung zu sprechen nicht nur, um Fehler zu erkennen, sondern auch, um zu heilen.

Am Ende der Veranstaltung bat Lea alle Teilnehmer, ihr Feedback zu geben. Sie wollte wissen, wie das Projekt und die Übungen auf sie gewirkt hatten und ob sie etwas aus der Diskussion mitnehmen konnten.

Die meisten Rückmeldungen waren positiv. Viele der Mitschüler sagten, dass sie das Gefühl hatten, mehr Verantwortung für ihr eigenes Leben zu übernehmen und sich mit Ihrer eigenen Vergangenheit auseinanderzusetzen.

Einige gaben zu, dass sie noch nie wirklich über Vergebung nachgedacht hatten und dass die Übungen ihnen geholfen hatten, zu verstehen, wie wichtig dieser Prozess war.

"Ich habe das Gefühl, dass ich jetzt endlich anfangen kann, mir selbst zu vergeben", sagte Anna. „Ich habe immer gedacht, ich müsste perfekt sein, aber das ist nicht der Fall. Man muss auch Fehler machen dürfen."

Tom, der anfangs skeptisch war, gestand, dass er in der Diskussion viel gelernt hatte. "Ich habe nie wirklich über Verantwortung nachgedacht, Lea. Aber ich merke, wie viel man dabei über sich selbst lernen kann." Lea fühlte sich stolz, aber auch dankbar. Die Veranstaltung war ein Erfolg, und sie hatte mehr erreicht, als sie sich erhofft hatte. Sie hatte einen Raum geschaffen, in dem Menschen miteinander reden konnten, ohne Angst vor Verurteilung oder Kritik.

Lea hatte das Gefühl, dass sie nach der Schulveranstaltung eine neue Perspektive auf das Thema Verantwortung und Vergebung gewonnen hatte. Es war eine tiefgreifende Erfahrung, mit ihren Mitschülern über Themen zu sprechen, die oft unangetastet blieben.

Aber in den Tagen nach dem Event begann Lea zu realisieren, dass sie noch viel mehr zu lernen hatte sowohl über sich selbst als auch über ihren Großvater.

Obwohl das Projekt und die Diskussionen ihr geholfen hatten, mehr über Verantwortung und Vergebung zu verstehen, spürte Lea, dass ihre Reise noch nicht abgeschlossen war.

Es gab immer noch viele Fragen, die in ihr aufkamen, besonders über die Geschichte ihres Großvaters und die Auswirkungen seiner Vergangenheit. Die Erkenntnis, dass der Großvater in seiner Jugend ein Nazi gewesen war, hatte sie nicht losgelassen, und sie fühlte, dass sie noch mehr über seine Perspektive erfahren musste.

Vielleicht würde dies ihr noch helfen, die Konzepte von Verantwortung und Vergebung in einem weiteren Kontext zu begreifen.

Lea entschied sich, erneut mit ihrem Großvater zu sprechen, um mehr über seine Vergangenheit zu erfahren. Sie hatte zwar schon viele Details aus den ersten Gesprächen herausgehört, aber sie wollte tiefer in das Thema einsteigen, vor allem in die Frage, wie er heute mit seiner Verantwortung umging und ob er sich selbst vergeben konnte.

Es war ein regnerischer Nachmittag, als sie zu ihm ging. Der Großvater saß wie immer in seinem alten Lehnstuhl, das Fenster war angelehnt, und der Geruch von Kaffee lag in der Luft. Lea setzte sich ihm gegenüber und zog das Tagebuch hervor, das sie für ihr Projekt genutzt hatte.

„Opa", begann sie, „ich habe nachgedacht. Über Verantwortung, über Vergebung... und über dich. Ich möchte mehr verstehen, was du damals gedacht hast, als du in dieser Zeit gelebt hast. Und wie du heute darüber nachdenkst."

Der Großvater sah sie eine Weile schweigend an, als würde er die richtigen Worte suchen. Schließlich seufzte er tief. „Lea, das ist ein schwieriges Thema. Ich habe viele Fehler gemacht, und nicht jeder Fehler lässt sich einfach verzeihen. Aber eines habe ich gelernt. Man muss die Verantwortung für das, was man getan hat, übernehmen. Und Vergebung sowohl für sich selbst als auch für andere ist der einzige Weg, Frieden zu finden."

Lea spürte, wie sich der Raum mit einer Mischung aus Trauer und Verständnis füllte. Sie wollte mehr wissen, aber sie wusste, dass das Gespräch Zeit und Geduld erfordern würde.

"Kannst du mir mehr erzählen? Was genau hast du getan, und wie hast du dich damit heute abgefunden?" Der Großvater nahm einen tiefen Schluck aus seiner Tasse und begann zu erzählen. Es war eine Geschichte von jugendlicher Naivität, von Überzeugungen, die er nie hinterfragt hatte, und von der Tatsache, dass er in den Strudel der Ideologie hineingezogen worden war, ohne zu erkennen, was für ein Unrecht er anrichtete.

„Ich war jung, Lea, gerade mal 18. Und ich wollte dazugehören. Die Menschen um mich herum, die Kollegen und Freunde, sie alle haben das Gleiche geglaubt. Es war eine Zeit, in der wir uns selbst und unser Land verteidigten, so dachten wir zumindest."

Lea hörte aufmerksam zu. Ihr Großvater sprach nicht mit Schuldgefühlen oder Versuchen, sich zu rechtfertigen.

Vielmehr klang seine Stimme ruhig, als er die Wahrheit seiner Vergangenheit zugab eine Vergangenheit, die er bis zu diesem Moment in den Tiefen seines Inneren begraben hatte.

"Es war erst viel später, als ich die wahren Auswirkungen dessen erkannte, was wir damals getan haben. Ich habe Dinge getan, die ich heute nicht mehr rückgängig machen kann. Menschen wurden verletzt, Familien zerstört... und ich habe dazu beigetragen, ohne es wirklich zu begreifen."

Lea spürte, wie ihr Herz schwer wurde. Sie wusste, dass der Großvater seine Verantwortung für seine Taten erkannt hatte, aber sie konnte nicht umhin, sich zu fragen: Konnte er sich selbst jemals wirklich vergeben? Hatte er jemals Frieden mit seiner Vergangenheit gefunden? "Ich frage mich oft, ob ich mir selbst vergeben kann", fuhr der Großvater fort. „Ich habe Fehler gemacht, und die wiegen schwer. Aber ich habe auch versucht, aus meinen Fehlern zu lernen und Verantwortung für mein Leben zu übernehmen. Ich versuche, ein besserer Mensch zu werden, auch wenn ich weiß, dass das nie genug sein wird, um das zu tilgen, was ich angerichtet habe."

Lea saß still und dachte nach. Es war schwer, sich vorzustellen, wie ihr Großvater in dieser Zeit gedacht und gehandelt hatte, aber gleichzeitig spürte sie eine tiefe Menschlichkeit in seinen Worten.

Die Verantwortung, die er übernahm, und seine Bereitschaft, sich mit der Schuld auseinanderzusetzen, machten sie nachdenklich. Doch noch immer hatte sie das Gefühl, dass Vergebung ein komplexeres Thema war. "Also", fragte Lea nach einer langen Pause, „glaubst du, dass es je genug ist? Dass man sich selbst wirklich vergeben kann?"

Der Großvater nickte langsam. „Ich glaube nicht, dass man je ganz von der Schuld befreit wird. Aber es geht darum, sich der Verantwortung zu stellen und den Mut zu haben, die Fehler anzuerkennen. Nur dann kann man Frieden finden, nicht unbedingt mit der Vergangenheit, aber mit sich selbst."

Lea spürte eine Welle der Erkenntnis. Sie wusste nun, dass Vergebung nicht ein einfaches Vergessen war, sondern ein langsamer, schmerzhafter Prozess, der von der Bereitschaft zur Verantwortung und zur Selbstreflexion abhängt.

Es war ein langer Weg. der niemals enden würde, aber er war der Einzige, der zu echter Heilung führen konnte. Lea wusste, dass sie noch nicht alle Antworten hatte. Sie konnte ihrem Großvater nicht einfach vergeben und vielleicht würde sie das nie tun. Aber sie konnte verstehen, wie komplex und tief das Thema der Verantwortung war. Vergebung war ein schweres Thema, und jeder Mensch musste seinen eigenen Weg finden, damit umzugehen.

Sie stand auf und ging zu ihrem Großvater, legte ihm eine Hand auf die Schulter und sagte:

"Danke, Opa. Danke, dass du mit mir so offen gesprochen hast. Ich denke, es wird mir helfen, weiter nachzudenken, nicht nur über dich, sondern auch über mich und das, was Verantwortung wirklich bedeutet." Der Großvater nickte und lächelte leicht. "Ich hoffe, du findest deinen Frieden, Lea. Ich hoffe, du kannst alles verstehen, was du noch nicht verstehst."

Lea verließ das Zimmer und fühlte sich, als hätte sie einen weiteren Schritt in ihrer Reise gemacht eine Reise, die sie noch nicht abgeschlossen hatte, aber die sie weiterführen wollte.

Sie wusste, dass der Weg von Verantwortung und Vergebung ein langer war, aber sie war entschlossen, ihn zu gehen, so schwierig er auch sein mochte.

Lea hatte das Gefühl, dass sie nur an der Oberfläche gekratzt hatte. Die Worte ihres Großvaters, die seine Verantwortung und sein Bemühen um Vergebung ausdrückten, waren wichtig gewesen, aber etwas in ihr verlangte nach mehr.

Sie spürte, dass noch viel mehr in ihm verborgen war Dinge, die er lange nicht ausgesprochen hatte, Dinge, die schwerer waren, als er bis jetzt geteilt hatte.

Sie blieb sitzen, den Blick auf ihren Großvater gerichtet. „Opa", sagte sie vorsichtig, "du hast mir gesagt, dass du versuchst, ein besserer Mensch zu werden, aber was genau hast du getan, als du so jung warst? Was war es, was du in dieser Zeit gemacht hast, und wie hast du dich dabei gefühlt?" Der Großvater sah sie einen Moment lang an, als ob er abwägen wollte, ob er weitererzählen. sollte. Die Stille zog sich zwischen ihnen, und Lea konnte die Unsicherheit und den Schmerz in seinem Blick spüren. Dann, mit einem tiefen Seufzen, begann er zu sprechen, diesmal langsamer, als ob er die Worte abwägen wollte, bevor er sie aussprach.

„Es war nicht nur das, was ich geglaubt habe", begann er. „Es waren auch die Dinge, die ich getan habe. Ich habe Dinge gesehen, die ich nie hätte sehen dürfen. Dinge, die so grausam und so unmenschlich waren, dass ich mich oft frage, wie ich je so etwas tun konnte. Ich war ein Teil davon, Lea. Ein Teil dieser... dieser Entmenschlichung."

Lea spürte, wie sich der Raum zwischen ihnen mit der Schwere seiner Worte füllte. Ihre Fragen wurden immer drängender, aber sie wusste, dass dies kein Gespräch war, das man überstürzen durfte.

„Ich war damals in einer Einheit, die mit den Verhaftungen und der Deportation von Menschen beauftragt war. Wir nahmen Menschen aus ihren Häusern, aus ihren Familien, ohne zu wissen, wohin sie gingen. Und ich... ich habe nicht widersprochen. Ich war ein Teil davon. Ich habe gesehen, wie sie weggeschafft wurden, wie sie in die Züge gepfercht wurden, ohne jemals wiederzukehren."

Lea fühlte einen Kloß in ihrem Hals, als sie die Details in den Worten ihres Großvaters hörte.

Sie hatte immer gewusst, dass sein Leben in der Zeit des Nationalsozialismus schrecklich gewesen sein musste, aber die Grausamkeit, die er beschrieb, war etwas, das sie nicht in ihrer Vorstellung begreifen konnte.

"Und das Schlimmste, Lea... das Schlimmste war, dass ich keine Frage gestellt habe. Niemand von uns hat wirklich gefragt, was wir taten. Wir haben es einfach getan, weil es von uns erwartet wurde. Wir haben uns von den Befehlen leiten lassen, ohne uns Gedanken darüber zu machen, wer dabei litt. Ohne zu wissen, was wir wirklich verursachten.

Manchmal frage ich mich, wie ich die Gesichter der Menschen, die wir aus ihren Häusern holten, wieder vergessen konnte. Ich sehe sie immer noch... in meinen Träumen, in meinen Gedanken. Und ich frage mich, ob ich je einen Frieden finden kann, wenn ich diese Gesichter immer wieder sehe."

Lea konnte kaum atmen. Sie hatte sich nie wirklich vorstellen können, wie es gewesen sein musste, in einer solchen Zeit zu leben. Aber jetzt hörte sie die Worte ihres Großvaters und konnte sich die Bilder in ihrem Kopf ausmalen.

Die zerbrochenen Familien, die Angst und die Qual, die er in seiner Jugend mitverursacht hatte. "Es tut mir leid, Lea. Es tut mir leid für alles", sagte er leise, und für den Bruchteil einer Sekunde dachte Lea, dass er weinen würde. Aber er hielt sich zusammen, seine Augen blickten in die Ferne, als ob er die Vergangenheit, die er nie ganz ablegen konnte, noch immer vor sich sah.

Lea dachte an all die Fragen, die in ihr aufkamen an den Wunsch, den Schmerz und die Schuld zu begreifen. Aber sie wusste auch, dass sie in diesem Moment nicht wirklich eine Antwort hatte, auf die sie eine klare, einfache Reaktion finden konnte.

Diese Grausamkeit war zu tief, zu unergründlich, als dass sie sie einfach mit einem einzigen Satz beantworten konnte.

Eine plötzliche Übelkeit überkam sie. Sie lief so schnell wie möglich ins Badezimmer, und übergab sich zwei Mal.

Sie wusch sich am Waschbecken den Mund aus und schaute in den Spiegel. „Oh mein Gott, worauf habe ich mich da nur eingelassen?" Sie zweifelte gerade daran, ob sie das psychisch überstehen könnte. Als sie wieder zu ihrem Großvater an den Tisch trat, sagte sie schließlich, „Opa", ihre Stimme vorsichtig und leise, „glaubst du, dass du für das, was du getan hast, jemals vollständig verantwortlich gemacht werden kannst? Wie kann man sich jemals dafür entschuldigen?"

Er seufzte tief, und sein Blick war traurig, fast müde. „Ich weiß es nicht, Lea. Ich weiß nicht, ob man sich jemals für das, was wir gemacht haben, vollständig entschuldigen kann. Ich glaube nicht, dass es reicht, sich nur zu entschuldigen. Aber ich habe mein Leben lang versucht, etwas Gutes zu tun, um die Taten von damals irgendwie wiedergutzumachen, ich weiß, dass das nicht genug ist. Aber es ist alles, was ich tun kann. Ich versuche, die Verantwortung zu übernehmen, und ich hoffe, dass irgendwann jemand, der meine Geschichte hört, etwas daraus lernen kann."

Lea setzte sich aufrecht hin, ihr Kopf schwirrte von den Worten und Gedanken, die ihr durch den Kopf gingen. Sie verstand, dass es nicht nur um die Vergangenheit ging, sondern auch um die Bedeutung der Verantwortung, die bis in die Gegenwart und Zukunft reichte. Ihr Großvater hatte sich mit seinen Fehlern konfrontiert, auch wenn er wusste, dass er sie nicht ungeschehen machen konnte.

„Ich denke, es ist gut, dass du darüber sprichst, Opa", sagte sie nach einer Weile. „Ich glaube, es hilft dir und auch mir, mehr zu verstehen. Ich weiß nicht, ob ich jemals wirklich begreifen werde, was du durchgemacht hast. Aber ich möchte es versuchen." Der Großvater nickte langsam und legte die Hand auf Leas. "Es ist schwer, Lea. Und du musst dir Zeit nehmen, das zu verstehen. Aber das Wichtigste ist, dass du nie vergisst, dass Verantwortung mehr ist als Worte. Es geht darum, zu handeln, zu lernen und sich zu bemühen, das Richtige zu tun - nicht nur für sich selbst, sondern auch für andere." Lea nickte, während die Worte ihres Großvaters in ihr nachklangen. Sie wusste, dass sie sich noch auf eine lange Reise begeben würde, um all das, was sie gehört und gelernt hatte, zu verarbeiten.

Aber dieser Moment, dieser Austausch mit ihrem Großvater, war der Anfang. Der Anfang, Verantwortung und Vergebung auf eine Weise zu begreifen, die sie nie für möglich gehalten hätte.

Lea hatte das Gefühl, dass die Schwere der Worte ihres Großvaters den Raum noch immer erfüllte. Sie spürte, dass er noch nicht ganz fertig war, dass da noch mehr war, das er teilen wollte, um das Bild seiner Vergangenheit zu vervollständigen.

Es war, als ob er auf den richtigen Moment wartete, um tief in sein Innerstes zu blicken, zu den schmerzhaften Erinnerungen, die er vielleicht so lange wie möglich verborgen hatte.

"Lea", begann er mit brüchiger Stimme, "es gibt noch mehr, was ich dir sagen muss. Ich habe dir vielleicht nur einen kleinen Teil der Wahrheit erzählt, aber es gibt etwas, das noch immer in mir lastet. Etwas, das ich nie wirklich jemandem erzählt habe, weil ich selbst nie genau wusste, wie ich es erklären soll."

Lea schaute ihn aufmerksam an, während ihr Herz schneller schlug. Wieder dachte Lea nur, Oh Gott, bitte ich glaube ich ertrage nicht noch schlimmeres. Sie hatte schon in den ersten Gesprächen gespürt, dass der Großvater viel mehr auf dem Herzen hatte, als er zunächst bereit war, zu teilen. Doch jetzt schien er sich zu öffnen, als ob er spürte, dass seine Geschichte eine größere Bedeutung hatte nicht nur für ihn, sondern auch für sie. „Es war nicht nur die Deportation der Menschen oder das, was wir im Auftrag des Regimes. getan haben", fuhr der Großvater fort. „Es war noch viel schlimmer, als du dir vorstellen kannst. Ich habe nicht nur als ein unschuldiger Beobachter zugesehen. Ich war ein direkter Teil des Terrors."

Lea hielt den Atem an, als sie bemerkte, wie sich die Atmosphäre um sie veränderte. Sie hatte nie erwartet, dass er noch so viele Details enthüllen würde. Was er nun sagte, würde sie wohl für immer in ihren Gedanken tragen.

„Es gab einen bestimmten Tag, den ich nie vergessen kann. Es war während des Krieges, als die Verfolgung der Juden immer brutaler wurde. Ich war damals in einer Einheit, die mit der 'Säuberung' von Dörfern beauftragt war, die als feindlich galten. Wir haben nicht nur Männer und Frauen verhaftet, sondern auch Kinder. Und...", er hielt inne, als würde ihm das Wort im Hals stecken bleiben. „Und wir haben sie nicht nur abgeführt. Wir haben sie mit unseren eigenen Händen umgebracht." Lea sah, wie der Großvater die Augen schloss, als würde er sich von den Bildern in seinem Kopf zu distanzieren versuchen. Aber sie wusste, dass er nie ganz von ihnen würde loskommen können.

"Ich erinnere mich an ein kleines Mädchen. Sie war vielleicht vier Jahre alt, und sie war mit ihrer Mutter gefangen genommen worden. Wir brachten sie in einen der Lager, wo die anderen schon auf den Transport warteten. Ihre Mutter versuchte, sie zu trösten, aber es war nicht viel, was wir tun konnten. Wir standen da, Lea. Wir standen da und sahen zu, wie das Mädchen sich in den Armen ihrer Mutter anklammerte, als sie erkannten, was kommen würde. Und dann... dann gab der Kommandant einen Befehl. Die Mutter, die so verzweifelt versuchte, Ihre Tochter zu beschützen, wurde vor ihren Augen erschossen."

Lea fühlte, wie ihr Körper sich versteifte, als die Bilder, die er beschrieb, in ihrem Kopf auftauchten. Es war eine ungeheure Grausamkeit, die sie sich nie hätte vorstellen können.

Sie wollte wegsehen, sie wollte sich wieder übergeben, wollte den Gedanken verdrängen, aber der Großvater sprach weiter.

"Das Kind schrie, Aber niemand hörte es. Wir alle standen da und machten nichts. Wir hielten uns an die Befehle, ohne nachzudenken. Und dieses Mädchen... Lea, ich kann ihr Gesicht nicht vergessen. Ich habe ihr Lächeln gesehen, bevor sie auf dem Transporter verschwand. Ich habe ihre Augen gesehen, voller Angst und ohne Hoffnung, und ich habe nichts getan, um sie zu retten. Nichts."

Lea spürte wieder Tränen in ihren Augen brennen. Der Schmerz, den ihr Großvater in diesem Moment durchlebte, war greifbar, und sie hatte das Gefühl, dass sie selbst Teil der Geschichte wurde, die er erzählte.

Die Menschlichkeit war verloren gegangen in diesem Moment, und die Grausamkeit hatte gesiegt.

„Ich weiß, dass du dich fragst, warum ich das nie zuvor erzählt habe", fuhr der Großvater fort, "aber es gibt Dinge, die man nicht aussprechen kann. Dinge, die man selbst nie wirklich begreifen kann, wie es möglich war, so zu handeln. Ich habe versucht, das alles zu vergessen, aber es geht nicht. Es kommt immer wieder hoch, besonders in den ruhigen Momenten wie diesen, wenn ich allein bin. Du fragst dich vielleicht, warum ich dir all das erzähle. Aber vielleicht ist es der einzige Weg, wie ich hoffen kann, das, was ich getan habe, irgendwie wiedergutzumachen." Lea schluckte schwer und legte eine Hand auf die ihres Großvaters.

Sie wusste nicht, was sie sagen sollte. Wie konnte sie irgendeine Antwort darauf finden? Sie hatte nie jemanden getroffen, der solche Qualen durchlebt hatte, und es war unvorstellbar, dass jemand so etwas hätte tun können.

Ihr Großvater schlug die Hände vors Gesicht, und schluchzte aus ganzem Herzen. Doch gleichzeitig wusste sie, dass ihr Großvater in diesem Moment die Verantwortung für seine Taten übernahm auf eine Weise, die nicht nur seine Vergangenheit, sondern auch seine Zukunft prägte.

„Opa", flüsterte sie schließlich, "es tut mir leid, dass du das durchmachen musstest. Aber ich verstehe jetzt, dass du versuchst, dich für das, was passiert ist, zu verändern. Du hast Verantwortung übernommen, und das ist mehr, als viele Menschen jemals tun würden. Ich... ich weiß nicht, ob ich jemals den richtigen Weg finden werde, mit dem umzugehen, was du mir erzählt hast. Aber ich werde immer versuchen, mich daran zu erinnern, was du mir gesagt hast. Dass Verantwortung mehr ist als nur Worte. Es geht darum, die richtigen Entscheidungen zu treffen und zu lernen."

Der Großvater nickte, er nahm die Hände vom Gesicht, das von Tränen überzogen war, ein schwaches Lächeln auf den Lippen. „Es gibt keine einfachen Antworten, Lea. Und ich weiß, dass du noch viele Fragen haben wirst. Aber es ist wichtig, dass du nie aufhörst zu fragen, nie aufhörst Verantwortung zu suchen und zu verstehen."

Lea zog sich von ihm zurück und dachte an alles, was sie gehört hatte. Es war, als wäre ein neuer Teil der Geschichte ihres Großvaters enthüllt worden ein düsterer, schmerzhafter Teil.

Aber sie wusste, dass sie nicht einfach wegsehen konnte. Sie würde weiter fragen, weiter lernen und weiter nach Antworten suchen. Denn in den Geschichten, so schmerzhaft sie auch sein mochten, lag die Wahrheit und in der Wahrheit lag die Möglichkeit der Veränderung.

Die Tage vergingen, doch der Moment, in dem Lea ihrem Großvater so nahegekommen war, blieb ihr im Gedächtnis. Immer wieder dachte sie an die Schrecklichkeiten, die er beschrieben hatte, und sie wusste, dass sie nicht einfach so darüber hinweggehen konnte.

Es war nicht nur seine Vergangenheit, die sie zu verstehen versuchte, sondern auch ihre eigene Haltung zu den Dingen, die er ihr offenbart hatte. Sie fühlte sich auf eine Weise, als ob sie die Last von etwas Altem, das nie vergessen werden konnte, mittrug.

An diesem Abend saß sie wieder bei ihm, in der kleinen, verstaubten Stube, die immer nach Pfefferminzbonbons und alten Büchern roch. Der Großvater schien ruhig, aber Lea wusste, dass hinter seiner Fassade die Erinnerungen weiterhin brodelten. Sie konnte sehen, dass er nach wie vor versuchte, sich mit der Schuld auseinanderzusetzen, die er trug. Und sie war sich sicher, dass noch nicht alles gesagt war.

"Opa", begann sie vorsichtig, "du hast mir erzählt, was du getan hast, aber was ich immer noch nicht verstehe, ist, warum du damals nicht widerstanden hast. Warum hast du nie einen anderen Weg gesucht, etwas anderes getan?"

Der Großvater sah sie an, als ob er sich die Antwort auf diese Frage schon viele Male selbst gestellt hatte.

Er holte tief Luft und lehnte sich in seinem Sessel zurück, als ob er sich in der Zeit zurückversetzen wollte.

"Es gibt Dinge, die du erst im Rückblick wirklich begreifen kannst, Lea", sagte er leise. „Zu jener Zeit war ich so in die Ideologie eingebunden, dass ich den Unterschied zwischen richtig und falsch kaum mehr erkannte. Ich war überzeugt, dass ich für ein höheres Ziel kämpfte. Für die Heimat, für das Volk'. Diese Worte waren so eingebrannt in unseren Köpfen, dass sie uns die Realität verzerrten. Und als junge Männer, die in einem Krieg standen, hatten wir Angst. Angst vor dem, was passieren würde, wenn wir uns widersetzten. Angst vor den Konsequenzen."

Lea nickte nachdenklich, auch wenn sie wusste, dass diese Antwort sie nicht wirklich beruhigte. Sie konnte sich nicht vorstellen, wie es gewesen sein musste, sich in einem solchen System zu verlieren. Doch je mehr sie darüber nachdachte, desto mehr begannen ihr die Ungeheuerlichkeiten von damals klar zu werden und die Frage, wie es möglich war, dass so viele Menschen sich in eine solche Logik einfügen konnten. "Aber du hast doch die Möglichkeit gehabt, anders zu handeln. Du hättest dich wehren können, oder?" Der Großvater schloss kurz die Augen und nickte dann langsam. "Ja, das hätte ich können. Aber der Druck war enorm. Es war nicht nur die Angst vor den Konsequenzen, wenn man sich dem Regime widersetzte. Es war auch die Tatsache, dass du dich ganz allein fühlst, wenn du den Mut aufbringst, gegen die Strömung zu schwimmen. Alle um dich herum glaubten an das, was dir beigebracht wurde. Du hattest Freunde, die deine gleichen Werte teilten. Es war einfach, sich einzureihen und den Kurs zu halten.

Und irgendwann fängt man an zu glauben, dass man wirklich das Richtige tut. Man denkt, dass man Teil eines größeren Ganzen ist, das etwas Bedeutsames schafft. So war es zumindest bei mir. Die Selbstzweifel kamen später, als der Krieg längst vorbei war."

Lea legte ihre Hände in ihrem Schoß zusammen und dachte nach. "Aber warum hast du dann nie wieder nach etwas anderem gesucht, Opa? Warum hast du nicht versucht, diese Schuld, dieses Wissen zu verarbeiten? Warum hast du dich nicht früher dafür entschieden, darüber zu sprechen?"

Der Großvater warf einen langen Blick auf seine Enkelin. „Ich denke, es war die Angst. Die Angst, die Wahrheit zu erkennen. Die Angst, sich selbst als Teil des Bösen zu begreifen. Es war einfacher, mit der Schuld zu leben und sie zu ignorieren. Vielleicht habe ich auch geglaubt, dass ich nicht genug wert war, um darüber zu sprechen. Dass niemand mir glauben würde. Dass niemand verstehen könnte, wie ich mich fühlte. Es war die Angst, von dir und von anderen für das verachtet zu werden, was ich getan habe. Und das hat mich zurückgehalten, Lea. Jahre lang."

Lea spürte, wie sich ein schwerer Kloß in ihrem Hals bildete. Ihre Fragen waren wie ein Berg gewachsen, und obwohl sie wusste, dass der Großvater in den letzten Jahren versucht hatte, sich mit seinen Fehlern auseinanderzusetzen, war sie sich auch bewusst, dass sie ein unvorstellbares Leid nicht einfach durch Worte auflösen konnte. "Opa", sagte sie schließlich, "wenn du die Möglichkeit hättest, die Vergangenheit ungeschehen zu machen, würdest du es tun?"

Der Großvater sah sie lange an, als ob er nach der richtigen Antwort suchte. "Wenn ich könnte, ja", sagte er nach einer Pause. "Ich würde alles tun, um das rückgängig zu machen. Aber ich weiß, dass es das nicht gibt. Wir können die Vergangenheit nicht ändern. Aber wir können uns bemühen, etwas Gutes zu tun, solange wir noch leben. Und vielleicht nur vielleicht können wir dann irgendwann das Gefühl haben, dass wir nicht völlig verloren sind."

„Und was ist mit der Vergebung, Opa? Glaubst du, du kannst dir selbst vergeben?"

„Ich hoffe es", sagte der Großvater, während er die Hände auf den Tisch vor sich legte. „Aber das ist etwas, das ich jeden Tag mit mir herumtrage. Ob ich mir selbst vergeben kann? Vielleicht nicht. Aber vielleicht kann ich mich wenigstens bemühen, anderen zu helfen, damit so etwas nie wieder passiert." Lea dachte über seine Worte nach. Sie konnte seine Qualen nicht direkt nachfühlen, aber sie verstand, dass sein Weg der Versöhnung nicht leicht war.

Es war ein Prozess, der nie abgeschlossen sein würde, ein Ringen mit der Vergangenheit und der Verantwortung.

„Ich verstehe, Opa", sagte sie schließlich. „Es ist schwer, mit so viel Schuld zu leben. Aber ich glaube, es ist gut, dass du mit mir darüber sprichst. Vielleicht hilft es dir, und vielleicht hilft es mir auch, zu verstehen."

Der Großvater nickte dankbar. „Es tut gut, dass du zuhörst, Lea. Und ich hoffe, dass du niemals das Gefühl hast, dich selbst zu verlieren egal wie groß der Druck von außen ist. Denn es gibt immer einen Weg, das Richtige zu tun."

Lea schaute ihn an und spürte einen Moment der Verbundenheit. Sie wusste, dass ihre Reise, diese Geschichte zu begreifen, noch lange nicht zu Ende war.

Aber in diesem Moment hatte sie das Gefühl, dass sie auf dem richtigen. Weg war einen Weg, der von Fragen und Antworten, von Zweifeln und Erkenntnissen geprägt war. Und das war der Anfang.

Ein paar Tage waren vergangen, seit Lea und ihr Großvater das letzte Mal über seine Vergangenheit gesprochen hatten. Lea spürte, dass ihre Fragen immer größer wurden, je mehr sie über das erfuhr, was er erlebt hatte. Es war, als würde sie ein Puzzle zusammensetzen, dessen Bild immer düsterer wurde.

Doch Lea wusste auch, dass sie weitermachen musste. Es war nicht nur wichtig für sie selbst, sondern auch für ihren Großvater, der vielleicht zum ersten Mal in seinem Leben die Chance hatte, alles auszusprechen.

An einem regnerischen Nachmittag, als die Tropfen gegen das Fenster prasselten, setzte sich Lea wieder zu ihrem Großvater. Er hatte eine alte Decke über seine Beine gelegt und blickte gedankenverloren aus dem Fenster. Sie zögerte kurz, dann brach sie die Stille.

„Opa, darf ich dich noch etwas fragen?" Er drehte den Kopf zu ihr und nickte. Seine Augen, in denen eine seltsame Mischung aus Erschöpfung und Erleichterung lag, schienen bereit für das, was kommen würde.

"Du hast mir erzählt, dass du in eine Einheit eingezogen wurdest und dass du Dinge getan hast, die du bereust. Aber...", sie hielt kurz inne, um die richtigen Worte zu finden, "gab es nie einen Moment, in dem du gezweifelt hast? Einen Moment, in dem du dachtest: Das, was wir tun, ist falsch'?"

Der Großvater schloss für einen Moment die Augen, als ob er in die Vergangenheit zurückreisen würde. Dann begann er langsam zu sprechen.

'Es gab solche Momente", sagte er schließlich. "Aber sie waren flüchtig. Ich erinnere mich an einen besonders deutlichen Augenblick. Es war Winter, und wir hatten die Aufgabe, eine Gruppe von Menschen zu bewachen, die in einem Waldlager festgehalten wurden. Sie waren halb verhungert, hatten keine richtigen Kleider, nur Lumpen. Es war eisig kalt, und viele von ihnen hatten Erfrierungen. Ich stand dort, mit meiner Uniform und meinem Gewehr, und sah ihnen zu. Da war ein alter Mann in der Gruppe, der versuchte, ein Kind zu wärmen. Das Kind weinte vor Kälte, und der Mann hielt es so fest, als ob er es mit seiner bloßen Liebe retten könnte."

Er hielt inne, und Lea sah, dass seine Hände zitterten. "In diesem Moment", fuhr er leise fort, „fragte ich mich: Warum tue ich das? Warum stehe ich hier und bewache Menschen, die nichts getan haben, außer zur falschen Zeit am falschen Ort zu sein? Es war ein Gefühl, das ich nicht lange zuließ. Ich wusste, dass, wenn ich zu viel darüber nachdachte, ich zusammenbrechen würde.

Also verdrängte ich es. Ich zwang mich, an die Propaganda zu glauben, an die Lügen, die uns erzählt wurden. Es war einfacher, das zu tun, als sich der Wahrheit zu stellen."

Lea spürte, wie schwer ihm die Worte fielen. Sie konnte sich kaum vorstellen, wie es gewesen sein musste, sich gegen die eigene Moral zu stellen, nur um zu überleben. Doch sie wusste, dass sie die Geschichte vollständig hören musste, auch wenn es wehtat.

"Hast du jemals versucht, jemandem zu helfen?" fragte sie vorsichtig.

Der Großvater sah sie an, und in seinem Blick lag ein tiefer Schmerz.

„Einmal", sagte er. "Ein einziges Mal. Es war in einem Dorf, das wir besetzt hatten. Eine Frau, vielleicht Mitte dreißig, kam zu mir und bat mich um Hilfe. Sie hatte zwei kleine Kinder und wollte nicht, dass sie auf den Transport geschickt werden. Sie kniete vor mir, Lea. Sie flehte mich an. Und für einen kurzen Moment dachte ich, ich könnte etwas tun. Ich könnte sie verstecken, ihnen helfen, zu entkommen. Aber dann...."

Er schluckte schwer. "Dann kamen meine Kameraden, und ich wusste, dass ich beobachtet wurde. Also tat ich nichts. Ich drehte mich um und ließ sie dort stehen. Ich weiß nicht, was aus ihr und ihren Kindern wurde, aber ich kann mir denken, was passiert ist." Lea schluckte nun auch schwer, als sie die Traurigkeit in seiner Stimme hörte. Es war eine Traurigkeit, die aus einer Mischung aus Schuld und Ohnmacht entstanden war. Sie wollte ihn fragen, warum er nicht mehr Mut gehabt hatte, aber sie wusste, dass es keine einfache Antwort darauf gab. „Ich habe oft darüber nachgedacht, was ich hätte, anders machen können", fuhr der Großvater fort.

"Aber damals... damals war ich. ein Feigling, Lea. Ich war zu ängstlich, um mich zu widersetzen. Und jedes Mal, wenn ich an die Frau und ihre Kinder denke, spüre ich diese Angst wieder. Sie hat mich nie verlassen."

Lea legte vorsichtig ihre Hand auf seine. "Opa, ich glaube, dass du damals gefangen warst. Gefangen in einer Welt, die dich dazu gebracht hat, Dinge zu tun, die gegen dein eigenes. Gewissen gingen. Aber jetzt hast du die Möglichkeit, darüber zu sprechen. Vielleicht kannst du dadurch ein Stück von dem wieder gutmachen, was passiert ist."

Der Großvater sah sie an, und für einen Moment schien es, als ob er lächelte. "Vielleicht hast du recht, Lea. Vielleicht ist das der erste Schritt. Aber es ist so gut wie unmöglich, sich selbst zu vergeben. Und ich weiß nicht, ob ich jemals genug tun kann, um das, was ich getan habe, auszugleichen."

Lea nickte. Sie wusste, dass die Wunden, die er trug, nicht einfach heilen würden. Aber sie spürte auch, dass die Gespräche zwischen Ihnen ein Anfang waren, ein Weg, die Vergangenheit zu verstehen und vielleicht ein kleines Stück Hoffnung für die Zukunft zu finden.

Kapitel 12 Auf der Suche nach anderen Zeitzeugen

Die Gespräche mit ihrem Großvater hatten Lea verändert. Sie fühlte sich, als hätte sie ein Fenster in eine dunkle Vergangenheit geöffnet eines, dass sie nicht mehr schließen konnte.

Doch je mehr sie erfuhr, desto mehr Fragen drängten sich ihr auf. Ihr Großvater hatte von seinen Erfahrungen erzählt, aber was war mit den anderen? Wie hatten sie die Zeit erlebt? Und hatten sie vielleicht eine andere Perspektive auf die Dinge?

Lea wusste, dass sie mehr wissen wollte, nein, mehr wissen musste. Sie wollte verstehen, wie es war, Teil eines solchen Systems zu sein, und ob die Geschichten. anderer Menschen ihrem Großvater ähnelten.

Eines Abends, als ihr Großvater im Sessel vor sich hindöste, nahm Lea wieder die alten Briefe und Dokumente zur Hand, die sie in der Kiste gefunden hatte. Sie hatte sie alle schon einmal überflogen, aber diesmal suchte sie gezielt nach Namen oder Hinweisen auf andere Personen, die mit ihrem Großvater in Kontakt gestanden hatten.

Nach einer Weile fand sie einen Brief, der an einen Mann namens Wilhelm Stein gerichtet war. Die Schrift war alt und verblasst, aber die Adresse am oberen Rand war noch lesbar.

Wilhelm Stein so hieß er also. Lea fragte sich, ob dieser Mann noch lebte und ob er bereit wäre, mit ihr zu sprechen. Sie schrieb die Adresse in ihr Notizbuch, auch wenn sie wusste, dass sie veraltet sein könnte.

Am nächsten Tag nahm sie sich die Telefonbücher vor, durchstöberte Online-Verzeichnisse und fragte sogar in der Stadtbibliothek nach. Es dauerte Stunden, aber schließlich fand sie eine neue Spur: Wilhelm Stein lebte offenbar in einem Pflegeheim am anderen Ende der Stadt.

Das erste Treffen

Lea war nervös, als sie vor dem Pflegeheim stand. Sie hatte nicht gewusst, wie schwer es sein würde, einfach jemanden anzusprechen, der vielleicht eine ähnliche Vergangenheit wie ihr Großvater hatte.

Was, wenn er nicht mit ihr reden wollte? Was, wenn er sie abwies? Oder noch schlimmer was, wenn er immer noch an die Ideologie von damals glaubte?

Doch sie hatte keine Wahl. Sie musste es versuchen. Mit klopfendem Herzen betrat sie das Heim und fragte an der Rezeption nach Herrn Stein. Die Pflegerin dort war freundlich, schien aber überrascht, dass ein junges Mädchen wie Lea nach ihm fragte. Wilhelm Stein? Oh, der redet kaum noch mit jemandem. Aber wenn Sie möchten, können Sie es versuchen. Er sitzt meistens in der Bibliothek." Lea bedankte sich und ging den langen Flur entlang. In der Bibliothek fand sie schließlich einen alten Mann, der an einem Tisch saß und in einem Buch blätterte.

Seine Hände zitterten leicht, und seine Augen waren müde, aber er wirkte wachsam, als Lea sich ihm näherte. „Entschuldigen Sie, sind Sie Herr Stein?" fragte sie zögernd. Der Mann sah auf und musterte sie. „Ja", sagte er schließlich. „Wer will das wissen?"

"Mein Name ist Lea", sagte sie, während sie Ihre Stimme so fest wie möglich hielt. "Ich bin die Enkelin von Hans Müller. Ich glaube, Sie kennen ihn."

Der Name schien etwas in Wilhelm Stein auszulösen. Seine Augen verengten sich, und er lehnte sich zurück. „Hans Müller", murmelte er. „Ja, ich erinnere mich. Was willst du von mir, Mädchen?"

Lea holte tief Luft. "Ich möchte mit Ihnen über die Vergangenheit sprechen. Über das, was Sie und mein Großvater erlebt haben. Ich versuche, zu verstehen, was damals passiert ist."

Für einen Moment sagte Wilhelm nichts. Dann nickte er langsam. „Setz dich", sagte er. "Wenn du wirklich wissen willst, wie es war, dann werde ich dir erzählen, was ich weiß. Aber ich warne dich es wird dir nicht gefallen."

Wilhelm begann zu erzählen, und seine Stimme klang rau und brüchig, als ob er lange nicht mehr so viel gesprochen hatte.

„Ich war ein einfacher Soldat", begann er. „Wie dein Großvater. Wir waren jung, dumm und voller Angst. Aber ich war nicht so wie er. Hans, er hatte immer Zweifel. Er hat nie ganz in das gepasst, was die anderen von uns verlangt haben. Ich dagegen... ich habe es getan. Alles, was man mir aufgetragen hat. Ohne nachzudenken."

Lea sah ihn an und spürte, wie sich ihr Magen zusammenzog. „Was haben Sie getan?" fragte sie vorsichtig.

Wilhelm sah sie an, und seine Augen schienen dunkler zu werden. "Alles. Ich war in einer Einheit, die für sogenannte Säuberungsaktionen zuständig war. Wir zogen von Dorf zu Dorf und sammelten Menschen ein, die als, unerwünscht' galten. Ich habe sie auf LKWs geladen. Ich habe dafür gesorgt, dass sie keine Möglichkeit hatten zu fliehen. Und ja.... manchmal habe ich geschossen. Wenn jemand Widerstand leistete. Oder einfach, weil ich es musste." Lea schluckte schwer. „Warum?" flüsterte sie. "Weil ich nicht sterben wollte", sagte Wilhelm schlicht. "Weil ich Angst hatte, dass ich der Nächste wäre, wenn ich mich weigere. Und weil ich zu feige war, etwas anderes zu tun. Das ist die Wahrheit, Mädchen. Keine Ausrede, keine Beschönigung. Nur Angst und Feigheit."

Leas Erkenntnis:

Als Lea das Pflegeheim später verließ, fühlte sie sich schwer und bedrückt. Wilhelms Geschichte war anders als die ihres Großvaters, aber auch erschreckend ähnlich. Beide hatten Dinge getan, die sie nie vergessen würden, aber die Beweggründe waren unterschiedlich.

Während ihr Großvater gezögert und innerlich gehadert hatte, schien Wilhelm sich fast kampflos in die Dunkelheit fallen gelassen zu haben.

Doch Lea wusste, dass sie noch nicht aufhören konnte. Es musste noch mehr Menschen geben, die bereit waren zu sprechen. Und sie war entschlossen, ihre Geschichten zu hören, nicht nur, um ihren Großvater besser zu verstehen, sondern auch, um die Wahrheit über diese Zeit zu erfahren.

Nach ihrem Gespräch mit Wilhelm Stein fühlte sich Lea zwar erschöpft, doch gleichzeitig wuchs ihre Entschlossenheit. Sie hatte erkannt, dass jede Geschichte ein Puzzlestück war, das dazu beitrug, das große Bild dieser dunklen Vergangenheit zu verstehen.

Also setzte sie ihre Suche nach weiteren Personen fort.

Mit Hilfe der Dokumente aus der alten Kiste ihres Großvaters entdeckte sie noch zwei Namen: Friedrich Lenz und Erna Wagner. Beide waren offenbar in derselben Einheit wie ihr Großvater gewesen oder hatten zumindest Kontakt zu ihm gehabt. Lea machte sich daran, mehr über sie herauszufinden.

Lea fand heraus, dass Friedrich Lenz in einer kleinen Wohnung in einem Vorort lebte. Er war fast 100 Jahre alt, lebte aber noch allein. Sie klingelte an der alten, abblätternden Tür und wartete, während sie sich vorstellte, wie dieser Mann wohl aussehen und sprechen würde.

Die Tür öffnete sich schließlich, und ein gebrechlicher Mann mit einem Stock stand vor ihr. Seine Augen waren hell, aber sein Gesicht war tief von Falten durchzogen.

"Was willst du?" fragte er ohne Umschweife, als er Lea sah.

"Herr Lenz? Ich heiße Lea Müller. Mein Großvater, Hans Müller, war damals in Ihrer Einheit. Ich möchte über die Vergangenheit sprechen. Könnten Sie mir etwas über Ihre Erlebnisse erzählen?" Friedrichs Blick wurde hart, fast feindselig. "Hans Müller? Der Idealist? Ich erinnere mich an ihn. Aber warum kommst du hierher? Was glaubst du, was ich dir erzählen werde?"

"Ich will verstehen, was damals passiert ist", sagte Lea fest. „Mein Großvater hat mir einiges erzählt, aber ich möchte auch andere Perspektiven hören." Friedrich musterte sie lange, dann ließ er sie schließlich in die Wohnung. Der Geruch von alten Möbeln und Papier lag in der Luft. Sie setzte sich auf einen alten Sessel, während Friedrich sich langsam auf einen Stuhl sinken ließ.

"Du willst also wissen, wie es war?" begann er schließlich mit scharfer Stimme. "Es war die Hölle. Aber nicht so, wie dein Großvater es dir erzählt hat. Hans war immer ein Träumer. Er dachte, er könnte sich irgendwie aus der Sache rauswinden, ohne die Konsequenzen zu tragen. Aber ich? Ich habe nie geglaubt, dass wir eine Wahl hatten. Wir waren Soldaten. Soldaten gehorchen Befehlen."

„Aber... Sie hätten doch auch Widerstand leisten können", warf Lea ein. Friedrich lachte bitter. „Widerstand? Mädchen, du verstehst nicht, was das bedeutete. Widerstand war ein Todesurteil. Nicht nur für dich, sondern für deine Familie, deine Freunde, jeden, der dir nahestand. Wir waren keine Helden. Wir waren keine Monster. Wir waren Menschen, die überleben wollten. Und dafür tut man Dinge, die man nie vergessen kann."

Lea fühlte einen Kloß im Hals. „Gibt es etwas, das Sie besonders bereuen?" fragte sie vorsichtig.

Friedrich schwieg lange. Dann sagte er leise: „Alles." Als Lea wieder zu Hause war, musste sie dieses Treffen erstmal verarbeiten. Aber sie konnte einfach nicht ruhig bleiben. Sie wollte noch weitere Personen befragen. Und genau das tat sie auch.

Nämlich Erna Wagner mit einer ganz anderen Sichtweise. Erna Wagner lebte in einem Pflegeheim in einer anderen Stadt. Sie war die einzige Frau, deren Name in den Dokumenten auftauchte.

Lea war gespannt und nervös, denn sie wusste nicht, ob eine Frau, die Teil des Systems gewesen war, vielleicht eine andere Perspektive haben könnte.

Als Lea Erna zum ersten Mal sah, war sie überrascht. Die alte Dame sah freundlich und zerbrechlich aus, mit einem weichen Lächeln, als Lea sich vorstellte. Doch als sie erklärte, warum sie hier war, verschwand das Lächeln sofort.

„Ach, die Vergangenheit", sagte Erna mit einem Seufzen. „Warum will ein junges Mädchen wie du so etwas wissen?"

"Weil ich verstehen will", sagte Lea. „Ich habe mit meinem Großvater gesprochen, und er hat mir von seinen Erlebnissen erzählt. Aber ich glaube, dass jeder eine andere Sicht auf die Dinge hat. Ich möchte Ihre hören."

Erna nickte langsam und setzte sich aufrecht hin. „Nun, wenn du es wirklich hören willst, werde ich es dir erzählen. Aber ich warne dich, die Wahrheit ist hässlich." Erna erzählte von ihrer Rolle als Schreibkraft in einer Kommandantur. Sie hatte Befehle getippt, Listen geführt und Berichte bearbeitet. „Ich habe nie jemanden getötet", sagte sie. „Aber ich habe dabei geholfen, die Menschen zu finden, die es wurden. Ich habe die Listen erstellt, die darüber entschieden, wer weiterleben durfte und wer nicht. Damals dachte ich, dass ich nur meinen Job mache. Heute weiß ich, dass das eine Lüge war."

"Haben Sie je versucht, etwas zu ändern?" fragte Lea. „Ich war jung", sagte Erna. „Ich war ehrgeizig und wollte Karriere machen. Ich habe nicht darüber nachgedacht, was meine Arbeit bedeutete. Erst als ich sah, was mit den Menschen passierte, die wir verschickten, wurde mir klar, dass ich mitschuldig war. Aber da war es zu spät. Ich hatte Angst, dass, wenn ich etwas sage, ich selbst auf einer Liste landen würde."

Erna sah Lea an, und in ihren Augen lag eine tiefe Traurigkeit. "Dein Großvater und ich, wir waren Teil eines Systems, das größer war als wir. Aber das entschuldigt nichts. Ich hätte damals den Mut finden müssen, nein zu sagen. Aber ich habe es nicht getan. Und das ist etwas, mit dem ich leben muss."

Als Lea später in ihrem Zimmer saß und über die Geschichten von Friedrich und Erna nachdachte, wurde ihr klar, dass diese Erlebnisse alle Facetten einer Wahrheit zeigten, die zu komplex war, um sie einfach zu bewerten. Jeder dieser Menschen hatte Entscheidungen getroffen Entscheidungen, die sie geprägt hatten und die sie bis heute verfolgten.

Doch Leas Reise war noch nicht vorbei. Sie hatte noch weitere Namen auf ihrer Liste und wusste, dass sie noch mehr hören musste, bevor sie die Vergangenheit wirklich verstehen konnte.

Kapitel 13 Leas innere Kämpfe

Nach den Begegnungen mit Wilhelm Stein, Friedrich Lenz und Erna Wagner fühlte sich Lea wie ein Pendel, das ständig zwischen unterschiedlichen Emotionen hin- und herschwang.

Auf der einen Seite war da die Erleichterung, dass sie endlich ein klareres Bild von der Vergangenheit bekam. Auf der anderen Seite spürte sie ein wachsendes Gewicht auf ihrer Brust ein bedrückendes Gefühl der Verantwortung.

Sie konnte die Geschichten nicht einfach vergessen. Sie waren jetzt ein Teil von ihr. Immer wieder durchlebte sie die Erzählungen, vor allem die Worte ihres Großvaters, die durch die Perspektiven der anderen noch schärfer wurden.

Ihr Großvater hatte von seinen inneren Kämpfen erzählt, von seinen Versuchen, nicht alles mitzumachen. Wilhelm Stein hatte von Angst gesprochen, von der Unfähigkeit, Widerstand zu leisten.

Friedrich Lenz hatte alle Entscheidungen mit der Ausrede von Befehlen gerechtfertigt, und Erna Wagner hatte bereut, dass sie nie hinterfragte, was sie tat.

Lea fragte sich: War Schuld immer so klar, wie es in Büchern und Filmen dargestellt wurde? War es wirklich so einfach, Menschen in Täter und Opfer zu unterteilen? Je mehr sie darüber nachdachte, desto mehr fühlte sie, wie diese Fragen in sie hineinwuchsen wie Dornen. Lea war Tod müde, das alles war eine anstrengende Geschichte, die ihr wirklich an die Substanz ging. Sie legte sich auf ihr Bett und fiel in einen tiefen traumlosen Schlaf.

Eines Abends, während sie mit ihrer Mutter am Küchentisch saß, platzte Lea plötzlich mit ihren Gedanken heraus. "Mama, ich weiß wir haben schon häufiger darüber gesprochen, aber wusstest du, dass Opa... dass er... ein richtiger Nazi war, also ich meine was er alles getan hat?"

Ihre Mutter, die gerade Tee einschenkte, hielt mitten in der Bewegung inne. „Ich habe es geahnt", sagte sie nach einer Weile. „Du weißt er hat nie darüber gesprochen, aber in unserer Familie gab es immer dieses... Schweigen. Warum fragst du das plötzlich so genau?" Lea erzählte ihr noch einmal von den Gesprächen mit dem Großvater, von den Briefen und den Besuchen bei den anderen Zeitzeugen. Ihre Mutter hörte ihr aufmerksam zu, aber ihre Stirn legte sich in tiefe Falten.

"Lea", sagte sie schließlich, "es ist wichtig, dass du dich damit beschäftigst. Aber du bist noch jung. Vielleicht ist das alles.... zu viel für dich?"

„Nein!" Lea schüttelte den Kopf. „Es ist wichtig. Es fühlt sich an, als müsste ich das machen. Nicht nur für mich, sondern auch für Opa. Und für all die Menschen, die damals gelitten haben."

Ihre Mutter sah sie lange an, dann legte sie eine Hand auf Leas Schulter. "Dann solltest du weitermachen. Aber vergiss nicht, dass du auch Jemanden zum Reden brauchst. Du musst das nicht alles allein tragen." Lea begann, ein weiteres Tagebuch zu führen. Sie schrieb die Geschichten, die ihr erzählt worden waren, so detailliert wie möglich auf. Manchmal fügte sie ihre eigenen Gedanken hinzu, manchmal ließ sie die Erzählungen einfach so stehen.

Das Schreiben half ihr, die Dinge zu ordnen, aber es brachte auch neue Fragen auf.

- Warum hatten so viele Menschen zugesehen, ohne etwas zu tun?

- Hätte sie selbst den Mut gehabt, Widerstand zu leisten?

- War ihr Großvater ein schlechter Mensch oder nur ein Mensch, der Fehler gemacht hatte?

Das Tagebuch wurde zu ihrem Zufluchtsort. Sie schrieb darin, wenn sie nicht schlafen konnte, wenn sie die Bilder der Erzählungen nicht mehr loswurde, oder wenn sie einfach das Gefühl hatte, dass ihre Gedanken sie zu überwältigen drohten.

In der Schule war Lea nach wie vor eher zurückhaltend, doch eines Tages ließ sie im Geschichtsunterricht eine Bemerkung fallen, die ihre Lehrerin aufhorchen ließ. Die Klasse sprach über den Zweiten Weltkrieg und die Rolle von Mitläufern im Nationalsozialismus.

"Manchmal sind Mitläufer auch Opfer", sagte Lea leise.

Einige ihrer Mitschüler warfen ihr verwirrte Blicke zu, doch die Lehrerin sah sie interessiert an. "Das ist ein kontroverser Gedanke, Lea", sagte sie. „Möchtest du das erklären?" Lea spürte, wie ihr Herz schneller schlug. Sie überlegte, ob sie es wirklich wagen sollte. Doch dann sprach sie noch einmal über das, was sie von ihrem Großvater und den anderen Zeitzeugen gehört hatte, ohne zu viel zu verraten. Sie erzählte von der Angst, von der Macht des Systems, von den Entscheidungen, die Menschen unter unmenschlichem Druck treffen mussten.

Nach dem Unterricht kam die Lehrerin zu ihr und sagte: „Das, was du erzählt hast, Lea, ist wichtig. Du hast einen Weg gefunden, Geschichte lebendig zu machen. Vielleicht solltest du überlegen, ob du das, was du weißt, mit anderen teilst."

Die Worte der Lehrerin ließen Lea nicht los. Sie fragte sich, ob sie wirklich so weit gehen sollte, ihre Erkenntnisse mit anderen zu teilen. Vielleicht in Form eines Vortrags, eines Artikels oder sogar eines **Buches**?

Aber gleichzeitig fühlte sie sich noch nicht bereit. Sie musste die Geschichten erst ganz verstehen, bevor sie sie mit anderen teilen konnte.

Doch eines war klar: Die Vergangenheit ihres Großvaters hatte ihr Leben verändert. Sie fühlte sich, als hätte sie eine Aufgabe, eine Verantwortung übernommen. Sie wollte nicht, dass die Geschichten der Vergangenheit vergessen wurden weder die grausamen noch die menschlichen.

In den Wochen, die folgten, zog sich Lea immer mehr in sich zurück. Sie sprach nur selten über das, was sie erlebte und erfuhr, selbst mit ihrer Mutter. Stattdessen suchte sie Zuflucht in Büchern, Tagebucheinträgen und endlosen Gedankenspielen. Sie wollte die Puzzleteile zusammensetzen, die ihr Großvater und die anderen Zeitzeugen ihr gegeben hatten, aber je mehr sie darüber nachdachte, desto komplexer erschien ihr das Bild.

Ein Besuch in der Bibliothek sollte ihr helfen alles besser zu verstehen.

Lea begann, sich intensiver mit der Geschichte des Nationalsozialismus zu beschäftigen.

Sie verbrachte Stunden in der Bibliothek, wo sie Bücher über die Zeit las, Biografien, Augenzeugenberichte, aber auch Analysen über die Psychologie von Tätern und Mitläufern. Sie suchte nach Antworten auf Fragen, die sie selbst nicht klar formulieren konnte.

In einem der Bücher fand sie ein Zitat, das sie besonders berührte:

"Niemand wird als Monster geboren. Die Umstände, Entscheidungen und Ängste machen Menschen zu dem, was sie werden."

Lea schrieb diesen Satz in ihr Tagebuch. Es schien das auszudrücken, was sie zunehmend fühlte, dass Schuld und Menschlichkeit oft untrennbar miteinander verbunden waren.

Eines Tages, als sie wieder bei ihrem Großvater war, entschied sich Lea, ihn auf eine Frage anzusprechen, die sie nicht losließ. Sie saß auf dem alten Sessel in seinem Wohnzimmer, das von der Nachmittagssonne erleuchtet wurde, während er schweigend in seinem Sessel saß.

„Opa", begann sie vorsichtig, „glaubst du, dass du ein schlechter Mensch warst? Damals, meine ich." Er sah sie lange an, seine Augen schwer von der Last der Erinnerung. "Das frage ich mich jeden Tag, Lea", sagte er schließlich. „Ich habe Dinge getan, auf die ich nicht stolz bin. Dinge, die falsch waren. Aber ob das bedeutet, dass ich ein schlechter Mensch bin... Ich weiß es nicht."

"Aber du hattest doch eine Wahl, oder?" fragte Lea, ihre Stimme zitterte leicht.

„Ja und nein", antwortete er nachdenklich. „Ich hatte eine Wahl, aber die Konsequenzen der falschen Wahl waren damals so unvorstellbar, dass ich mich nicht traute, sie zu treffen. Ich habe mich dafür entschieden, zu gehorchen, um zu überleben. Aber ich wusste, dass das, was ich tat, falsch war. Ich wusste es in jeder Sekunde."

Lea sah ihn an, und plötzlich wurde ihr klar, dass er genauso mit dieser Schuld lebte, wie sie mit ihren Fragen kämpfte. Er trug sie wie eine Last, die nie leichter wurde, egal wie viele Jahrzehnte vergangen waren.

Auf Anraten ihrer Geschichtslehrerin beschloss Lea, eine Gedenkstätte für die Opfer des Holocaust zu besuchen. Es war ein kalter, grauer Tag, als sie durch die Reihen von Gedenksteinen und Ausstellungen ging. Sie sah Fotos von Menschen, die in den Konzentrationslagern gelitten hatten, las Briefe von Opfern und hörte Audioaufnahmen von Überlebenden.

Eine Geschichte blieb besonders in ihrem Kopf: die einer jungen Frau, die Tagebuch geführt hatte, bevor sie deportiert wurde. Die Einträge waren voller Hoffnung, trotz der Dunkelheit um sie herum.

Lea konnte die Parallelen zu ihrem eigenen Tagebuch nicht ignorieren und fragte sich, wie jemand inmitten so viel Grauenvoller Hoffnung bewahren konnte. Am Ende ihres Besuchs setzte sie sich auf eine Bank und ließ die Eindrücke auf sich wirken. Zum ersten Mal wurde ihr wirklich bewusst, wie viel Leid die Entscheidungen ihres Großvaters und seiner Generation verursacht hatten. Es war ein schwerer Gedanke, aber auch ein notwendiger.

In den folgenden Wochen arbeitete Lea intensiv daran, die Erkenntnisse aus den Erzählungen, den Büchern und ihrem Besuch in der Gedenkstätte in Einklang zu bringen.

Sie begann zu verstehen, dass Menschen wie ihr Großvater keine Helden und keine reinen Monster waren. Sie waren kompliziert genauso wie das Leben selbst.

Lea fragte sich, wie sie diese Erkenntnisse in ihrem eigenen Leben anwenden konnte. Was würde sie tun, wenn sie jemals in einer Situation wäre, in der sie zwischen Gehorsam und Moral wählen müsste? Würde sie mutiger sein als die Menschen, deren Geschichten sie gehört hatte? Oder war Mut etwas, das nur in der Theorie leicht erschien?

Langsam begann Lea, ihre Gedanken zu ordnen und klarer zu sehen. Sie wusste, dass sie nicht alles verstehen konnte, vielleicht nie. Aber sie war entschlossen, ihre Geschichte eines Tages zu erzählen, nicht um zu verurteilen, sondern um andere zum Nachdenken zu bringen. Doch vorerst beschloss sie, noch weiter zu lernen. Es gab noch so viele unbeantwortete Fragen, und Lea wollte nichts überstürzen.

Die Geschichten, die sie gehört hatte, waren ein Geschenk, auch wenn sie schwer zu tragen waren. Sie wollte sicherstellen, dass sie sie respektvoll behandelte. Lea war noch nicht bereit, die Geschichten, die sie gehört hatte, loszulassen. Sie wollte tiefer Graben, mehr verstehen nicht nur über die Vergangenheit, sondern auch über sich selbst. Sie begann, sich auf neue Weise mit den Erlebnissen ihres Großvaters und der anderen auseinanderzusetzen. Ihre innere Reise brachte sie an Orte, die sie zuvor nicht zu betreten gewagt hatte.

Eines Nachmittags, während sie wieder im Haus ihres Großvaters war, entdeckte Lea ein altes Fotoalbum, das aber diesmal nicht auf dem Dachboden versteckt war, sondern in einem Regal im Wohnzimmer verstaubte. Sie hatte es schon einmal gesehen, aber nie durchgeblättert. Diesmal zog es sie magisch an.

Als sie die Seiten öffnete, sah sie Bilder ihres Großvaters als jungen Mann, lachend in einer Gruppe von Soldaten, in Uniformen, die sie sofort erkannte. Auf einem anderen Bild hielt er ein Gewehr in der Hand, die Mütze schief auf dem Kopf. Die Gesichter der Männer um ihn herum strahlten Kameradschaft aus, doch Lea spürte beim Anblick der Fotos einen Knoten im Magen.

Am Ende des Albums fand sie ein Bild, das sie besonders berührte. Es zeigte ihren Großvater mit einer Frau und zwei kleinen Kindern. Er hielt eines der Kinder auf dem Arm, während das andere an seiner Hand stand.

Lea fragte sich, wer diese Menschen waren. War das seine Familie, bevor er ihre Großmutter kennengelernt hatte? Hatte er in der Kriegszeit jemanden verloren?

"Das war meine erste Familie", sagte eine Stimme hinter ihr. Lea fuhr erschrocken herum ihr Großvater stand im Türrahmen. Sein Blick war ernst, aber auch voller Trauer.

"Was ist mit ihnen passiert?" fragte Lea vorsichtig.

"Sie sind gestorben", sagte er leise. "Bei einem Bombenangriff, während ich an der Front war. Ich habe sie nie wieder gesehen. Als ich zurückkam, war nur noch Asche übrig."

Lea schluckte schwer. Das Bild ihres Großvaters wurde immer komplizierter. Er war nicht nur Täter gewesen, er war auch Opfer von Verlust und Schmerz. Sie legte das Foto zurück ins Album und schloss es vorsichtig.

Lea beschloss, mit ihrer Geschichtslehrerin, Frau Weber, über ihre Gefühle und Fragen zu sprechen. Frau Weber war immer offen für Diskussionen und hatte Lea schon öfter ermutigt, kritisch nachzudenken.

"Frau Weber", begann Lea, während sie nach dem Unterricht im Klassenzimmer blieb, "wie kann man jemanden beurteilen, der Dinge getan hat, die falsch waren, aber der selbst auch so viel verloren hat?"

Frau Weber sah sie nachdenklich an. "Das ist eine der schwierigsten Fragen, Lea. Es ist leicht, von außen zu urteilen, vor allem mit dem Wissen, das wir heute haben. Aber wenn man versucht, sich in die Lage der Menschen damals zu versetzen, wird vieles komplizierter. Es gibt keine einfache Antwort. Was macht dir daran am meisten zu schaffen?"

"Ich weiß nicht, ob ich meinen Großvater lieben oder hassen soll", sagte Lea ehrlich. „Er war Teil von etwas Schrecklichem, aber er war auch mein Opa. Und ich sehe, dass er darunter leidet."

„Vielleicht musst du ihn gar nicht lieben oder hassen", sagte Frau Weber sanft. „Vielleicht reicht es, ihn zu verstehen. Das bedeutet nicht, dass du alles, was er getan hat, gutheißen musst. Aber es könnte dir helfen, mit deinen Gefühlen umzugehen."

Einige Tage später besuchte Lea erneut Friedrich Lenz. Sie hatte noch Fragen zu seinem Verhältnis zu ihrem Großvater. Als sie klingelte, öffnete diesmal nicht Friedrich die Tür, sondern ein jüngerer Mann.

"Sind Sie Friedrichs Enkelin?" fragte der Mann und lächelte traurig. „Ich bin sein Neffe, Peter. Mein Onkel ist vor drei Tagen gestorben."

Lea war geschockt. Obwohl sie Friedrich nur einmal getroffen hatte, fühlte sie sich, als hätte sie ihn gekannt. Sie fragte Peter, ob sie kurz mit ihm reden könne. Er lud sie ein, ins Haus zu kommen.

Während sie bei Tee und Keksen saßen, erzählte Peter, dass Friedrich in seinen letzten Tagen viel über seine Vergangenheit gesprochen hatte.

"Er hat mir von Ihnen erzählt", sagte Peter. "Er meinte, Sie hätten ihm Fragen gestellt, die ihn zum Nachdenken gebracht haben. Er hat gesagt, dass er sich durch Sie irgendwie erleichtert fühlte." Lea spürte Tränen in ihren Augen. Sie hatte nicht gewusst, dass ihre Fragen eine solche Wirkung hatten. Es gab ihr das Gefühl, dass ihre Suche nicht umsonst war.

Durch all diese Begegnungen und Erfahrungen begann Lea langsam, die Geschichte ihres Großvaters in ein größeres Bild einzuordnen. Sie erkannte, dass er nur ein kleiner Teil eines Systems gewesen war, das unvorstellbares Leid verursacht hatte und dass es keine einfachen Antworten auf die Fragen von Schuld und Verantwortung gab. Lea fühlte, dass sie selbst auch eine Verantwortung hatte: die Verantwortung, das, was sie gelernt hatte, nicht zu vergessen.

Sie wollte sicherstellen, dass die Geschichten der Vergangenheit nicht nur in Geschichtsbüchern, sondern auch in den Herzen der Menschen lebendig blieben.

Doch bevor sie diesen Schritt gehen konnte, musste sie sich selbst verzeihen dafür, dass sie anfangs so naiv gewesen war, und dafür, dass sie manchmal noch immer nicht wusste, was sie fühlen sollte. Sie wusste, dass sie Zeit brauchte, um weiter zu wachsen.

Lea wusste auch, dass es noch eine Perspektive gab, die ihr fehlte: die der Opfer. Ihre bisherigen Gespräche und Recherchen hatten sich fast ausschließlich auf Täter und Mitläufer konzentriert. Sie wollte verstehen, wie es für die Menschen war, die unter dem Regime gelitten hatten.

Durch ihre Geschichtslehrerin Frau Weber erfuhr sie, dass in ihrer Stadt gelegentlich. Überlebende des Holocaust an Schulen sprachen. Lea fragte ihre Lehrerin, ob es möglich sei, mit einem Überlebenden zu sprechen. Nach einigem Nachfragen stellte Frau Weber den Kontakt zu David Stern her, einem 88-jährigen Mann, der als Kind in einem Konzentrationslager gewesen war.

Lea war nervös, als sie zum Altenheim ging, in dem David Stern lebte. Sie hatte Angst, dass Ihre Fragen ihn verletzen könnten oder dass er sie abweisen würde. Doch als sie in den Aufenthaltsraum trat, wurde sie von einem freundlich lächelnden Mann mit schneeweißem Haar begrüßt. "Du musst Lea sein", sagte er. Seine Stimme war sanft, aber sie trug eine Tiefe, die Lea sofort spürte.

„Ja, Herr Stern", antwortete sie schüchtern. "Vielen Dank, dass Sie sich die Zeit nehmen."

David Stern winkte ab. "Die Vergangenheit zu teilen, ist das Wenigste, was ich tun kann. Was möchtest du wissen?"

Lea erzählte ihm kurz von ihrer Familie und ihrer Suche nach Antworten. Sie war ehrlich darüber, dass ihr Großvater ein Nazi gewesen war. David Stern blieb ruhig, doch in seinen Augen war ein Schatten zu erkennen.

„Das ist mutig von dir, Lea", sagte er schließlich." Viele Menschen würden versuchen, so etwas zu verbergen. Du hingegen stellst dich der Wahrheit. Das ist wichtig."

Davids Geschichte

David begann, von seiner Kindheit zu erzählen. Er war acht Jahre alt gewesen, als seine Familie nach Auschwitz deportiert wurde. Sein Vater und seine ältere Schwester waren direkt nach der Ankunft ermordet worden. Er und seine Mutter hatten die Selektion überlebt, aber sie wurden getrennt. „Ich habe meine Mutter nie wieder gesehen", sagte er leise. „Aber ich habe überlebt. Nicht, weil ich besonders stark war, sondern weil ich Glück hatte."

David erzählte von den Grausamkeiten, die er erlebt hatte, von der ständigen Angst und dem Hunger, von den Schlägen und der Kälte. Doch er sprach auch von den kleinen Akten der Menschlichkeit, die ihm geholfen hatten, durchzuhalten ein Stück Brot, das ein Mitgefangener heimlich mit ihm teilte, oder ein Lageraufseher, der ihm einmal zugenickt hatte, anstatt ihn zu schlagen. Lea hörte aufmerksam zu. Sie spürte, wie die Erzählungen Davids sie tief berührten. Sie sah die Welt für einen Moment durch seine Augen, und es war erschreckend, wie anders sie war.

Nach einer langen Pause fragte Lea zögernd: "Herr Stern, wie... wie sehen Sie Menschen wie meinen Großvater? Menschen, die Teil des Systems waren?"

David dachte einen Moment nach, bevor er antwortete. "Weißt du, Lea, das ist eine schwierige Frage. Ich habe lange Zeit jeden gehasst, der eine Uniform getragen hat. Aber mit den Jahren habe ich verstanden, dass Hass mich nicht weiterbringt. Es gibt einen Unterschied zwischen Verantwortung und Schuld. Dein Großvater war vielleicht verantwortlich für das, was er getan hat, aber er war auch ein Produkt seiner Zeit. Es liegt an uns, zu verhindern, dass solche Zeiten je wiederkommen."

"Glauben Sie, dass Menschen sich ändern können?" fragte Lea.

David nickte. „Ja, das glaube ich. Und ich glaube, dass es Menschen wie dich braucht, um sicherzustellen, dass wir aus der Vergangenheit lernen. Solange wir uns erinnern, gibt es Hoffnung."

Nach ihrem Treffen mit David Stern fühlte sich Lea, als hätte sich ein weiterer Schleier gelüftet. Sie hatte die Geschichten ihres Großvaters und der anderen Zeitzeugen immer aus einer Täterperspektive betrachtet. Jetzt verstand sie besser, was ihre Entscheidungen für die Menschen bedeutet hatten, die darunter gelitten hatten.

Doch anstatt sie zu verurteilen, fühlte sie Mitgefühl nicht nur für die Opfer, sondern auch für die Täter, die mit ihrer Schuld leben mussten. Sie begann zu verstehen, dass es nicht darum ging, Schuld zu leugnen oder zu relativieren, sondern darum, die komplexen Zusammenhänge der Geschichte zu erkennen.

Ein Brief an ihren Großvater

Lea entschied sich, ihrem Großvater einen Brief zu schreiben. Sie wollte ihre Gedanken ordnen. und ihm zeigen, dass sie nicht nur seine Vergangenheit sah, sondern auch den Menschen, der er heute war.

In dem Brief schrieb sie:

Lieber Opa, ich habe lange darüber nachgedacht, was du mir erzählt hast, und ich habe viele Fragen gestellt an andere Menschen, an mich selbst, und an die Geschichte. Es fällt mir nicht leicht, alles zu verstehen, was passiert ist, und ich weiß, dass du auch nicht alles verstehen kannst.

Aber ich möchte, dass du weißt, dass ich dich nicht hasse. Ich sehe, dass du bereust, was du getan hast, und ich glaube, dass du ein guter Mensch bist, der damals Fehler gemacht hat. Fehler, die nie wieder passieren dürfen.

Ich bin dankbar, dass du mir die Wahrheit gesagt hast. Ich werde mein Bestes tun, um diese Wahrheit nicht zu vergessen und um dafür zu sorgen, dass sie weitergegeben wird.

Deine Lea

Kapitel 14 Die Reise geht weiter

Lea war noch nicht am Ende ihrer Reise angelangt. Sie wusste, dass es noch viel zu lernen gab und dass sie noch nicht alle Antworten hatte. Aber sie fühlte, dass sie auf dem richtigen Weg war.

Einige Wochen nach ihrem Treffen mit David Stern erlebte Lea etwas, das sie nachhaltig erschütterte. Sie hatte sich entschieden, noch einmal die Gedenkstätte zu besuchen, die sie zuvor gesehen hatte. Diesmal wollte sie tiefer in die Ausstellungen eintauchen und mehr über einzelne Schicksale erfahren.

In einer Ecke der Gedenkstätte entdeckte sie eine interaktive Ausstellung, die persönliche Gegenstände von Opfern zeigte. Es gab Schuhe, Koffer und Kleidungsstücke, aber auch Briefe, Tagebücher und Zeichnungen. Lea blieb vor einer kleinen Glaskiste stehen, in der ein Stoffhase lag, alt, abgenutzt, mit einem aufgestickten Namen: „Miriam".

Daneben war ein Zettel angebracht, der die Geschichte von Miriam erzählte, einem sechsjährigen Mädchen, das mit ihrer Familie deportiert worden war. Sie hatte den Stoffhasen bei ihrer Ankunft im Lager abgegeben, weil ihr befohlen wurde, ihr Gepäck abzugeben. Kurz danach war sie von ihren Eltern getrennt worden. Laut den Aufzeichnungen war Miriam wenige Wochen später gestorben, vermutlich an Unterernährung oder Krankheit. Lea konnte die Tränen nicht zurückhalten. Sie stellte sich Miriam vor, ein kleines Mädchen mit leuchtenden Augen, das nicht verstand, warum ihr Stoffhase weggenommen wurde oder warum sie plötzlich allein war.

Die Vorstellung schnürte ihr die Kehle zu. Sie fragte sich, ob ihr Großvater Miriam jemals gesehen hatte. Hatte er in der Nähe solcher Kinder gestanden, als sie in die Lager gebracht wurden?

Hatte er weggesehen, als sie weinten, oder war er einer von denen gewesen, die Befehle erteilten? Die Fragen brannten in ihrem Kopf, und für einen Moment fühlte sie sich, als würde sie selbst an Miriams Stelle stehen.

Nach ihrem Besuch in der Gedenkstätte konnte Lea mehrere Tage lang nicht sprechen. Sie zog sich in ihr Zimmer zurück und schrieb seitenlange Einträge in ihr Tagebuch, um ihre Gedanken zu ordnen. Doch keine Worte schienen auszureichen, um die Traurigkeit und Wut auszudrücken, die sie fühlte.

Eines Abends setzte sie sich mit ihrem Großvater zusammen. „Opa", sagte sie leise, "hast du je daran gedacht, wie es für die Kinder war? Für die kleinen Mädchen wie Miriam, die nicht verstanden, was mit ihnen passiert?"

Sein Gesicht verfinsterte sich. "Ich habe sie gesehen, Lea", sagte er mit zitternder Stimme. "Ich habe sie gesehen, und ich habe nichts getan. Das werde ich mir nie vergeben können." Lea sah, wie schwer diese Worte ihm fielen, doch sie brachten ihr keine Erleichterung. Es war, als ob die Traurigkeit, die sie in der Gedenkstätte gespürt hatte, nun Teil von ihr war. Sie konnte sie nicht mehr loslassen.

Nach diesem Erlebnis wurde Lea klar, dass sie ihre Erkenntnisse nicht länger für sich behalten konnte. Sie spürte, dass es nicht nur darum ging, ihre eigene Familie zu verstehen, sondern auch darum, andere Menschen für die Bedeutung der Vergangenheit zu sensibilisieren.

„Vielleicht gibt es andere, die auch Fragen haben", schrieb sie in ihr Tagebuch. „Vielleicht gibt es andere Enkelinnen und Enkel, die nicht wissen, wie sie mit der Schuld ihrer Großeltern umgehen sollen. Wenn ich meine Geschichte erzähle, kann ich ihnen vielleicht helfen, Antworten zu finden." Doch der Gedanke, damit an die Öffentlichkeit zu gehen, machte Lea Angst. Würden die Menschen sie verurteilen, weil ihr Großvater ein Nazi gewesen war? Würden sie ihre Familie hassen? Oder würde ihre Geschichte etwas bewirken können? Lea wusste, dass sie diesen Weg langsam gehen musste. Zunächst wollte sie mit ihrer Lehrerin und anderen Vertrauenspersonen darüber sprechen, wie sie ihre Erfahrungen am besten teilen konnte. Sie wollte sicherstellen, dass ihre Botschaft nicht nur die Vergangenheit ans Licht brachte, sondern auch eine Brücke in die Gegenwart schlug.

Lea beschloss, einen Vortrag in ihrer Schule zu halten. Sie wollte den anderen Schülern nicht nur von ihrem Großvater erzählen, sondern auch von den Geschichten, die sie gehört hatte von David Stern, von Friedrich Lenz und von Miriam. Sie wollte zeigen, wie komplex die Geschichte war und warum es wichtig war, sich mit ihr auseinanderzusetzen. Frau Weber unterstützte sie bei der Vorbereitung. "Es wird nicht einfach sein, Lea", sagte sie. "Aber ich glaube, dass deine Geschichte wichtig ist. Sie kann anderen helfen, zu verstehen, dass Geschichte nicht nur Schwarz und Weiß ist."

Lea schrieb einen Entwurf für ihren Vortrag. Sie begann mit den Worten:

"Mein Opa war ein Nazi. Das zu sagen, fühlt sich immer noch schwer an. Aber ich habe gelernt, dass wir die Vergangenheit nicht ignorieren können, wenn wir die Zukunft besser machen wollen."

Leas Entscheidung, ihre Geschichte zu teilen, war ein großer Schritt. Sie wusste, dass sie auf Widerstand stoßen könnte, aber sie spürte auch, dass sie etwas Bedeutendes tun würde.

Nach ihrer Entscheidung, ihre Geschichte zu teilen, verbrachte Lea viel Zeit damit, ihre Gedanken zu ordnen und ihre Gefühle zu reflektieren. Sie hatte das Gefühl, dass sie erst vollständig verstehen musste, was sie selbst fühlte, bevor sie es mit anderen teilen konnte.

Sie begann, regelmäßig in ihr Tagebuch zu schreiben, nicht nur über die Fakten, die sie gelernt hatte, sondern auch über ihre inneren Kämpfe Eines Abends, während sie über Miriam und die anderen Kinder nachdachte, schrieb sie:

"Manchmal fühle ich mich so, als würde ich die Last von etwas tragen, das viel größer ist als ich. Es ist, als ob ich all die Trauer und Schuld der Vergangenheit in mir spüre. Aber ich weiß, dass ich nicht weglaufen kann. Ich muss diese Last tragen, weil jemand sie tragen muss."

Diese Erkenntnis gab Lea eine neue Stärke. Sie verstand, dass es keine einfachen Antworten gab, aber dass das Fragenstellen und Verstehen-wollen selbst ein wichtiger Teil der Heilung war für sie und vielleicht auch für andere.

Während Lea ihre Gedanken sortierte, sprach sie immer wieder mit ihren Eltern über ihre Pläne. Sie waren zunächst besorgt, dass Lea sich zu sehr mit der Vergangenheit belasten könnte, aber sie erkannten auch, wie wichtig es ihr war.

"Du bist mutig, Lea", sagte ihre Mutter eines Abends. „Ich hätte nie den Mut gehabt, mich so intensiv mit unserer Familiengeschichte auseinanderzusetzen. Aber ich bin froh, dass du es tust."

Ihr Vater war skeptischer. "Du musst wissen, dass es Menschen geben wird, die dich angreifen, Lea", sagte er. „Es gibt Leute, die die Vergangenheit leugnen, und andere, die uns vielleicht verurteilen werden, nur weil dein Großvater ein Nazi war."

„Ich weiß, Papa", antwortete Lea. „Aber genau deshalb muss ich das tun. Wenn niemand darüber spricht, werden die Geschichten vergessen. Und wenn sie vergessen werden, passiert es vielleicht wieder."

Ihre Eltern unterstützten sie schließlich, wenn auch zögerlich. Sie halfen ihr, Materialien zu sammeln und eine Präsentation vorzubereiten, und sie boten ihr an, bei ihrem ersten Vortrag dabei zu sein.

Eines Tages entschied sich Lea, mehr über die historischen Hintergründe ihres Großvaters und seiner Einheit herauszufinden. Sie ging in ein Archiv, das in der Nähe ihrer Stadt lag, und beantragte Zugang zu Dokumenten aus der Zeit des Zweiten Weltkriegs. Der Archivleiter, ein älterer Mann mit einer Brille, war beeindruckt von ihrer Entschlossenheit. "Es ist nicht oft, dass so junge Menschen Interesse an der Vergangenheit zeigen", sagte er. "Was genau suchst du?"

"Ich möchte verstehen, was mein Großvater getan hat",
antwortete Lea. "Er hat mir vieles erzählt, aber ich möchte die
Fakten überprüfen und sehen, was in den offiziellen
Aufzeichnungen steht."

Der Mann führte sie zu einer Reihe von Akten und half ihr, die
relevanten Dokumente zu finden. Lea verbrachte Stunden damit,
Berichte zu lesen, die Details über Einsätze und Aktivitäten der
Einheit ihres Großvaters enthielten.

Sie fand Berichte über Deportationen, über den Aufbau von
Lagern und über die systematische Vernichtung von Menschen.

Eines der Dokumente enthielt die Namen von Soldaten, die für
bestimmte Aktionen verantwortlich waren. Der Name ihres
Großvaters tauchte nicht in den Berichten über direkte Gewalt
auf, aber er war als Teil einer Einheit aufgeführt, die für die
Bewachung eines Transportzuges zuständig gewesen war.

Es war eine Erkenntnis, die Lea sowohl erleichterte als auch
belastete, er war vielleicht nicht direkt an Mordaktionen beteiligt
gewesen, aber er hatte dazu beigetragen, das System am Laufen
zu halten.

Nach ihrem Besuch im Archiv setzte sich Lea allein in einen Park
und ließ die Eindrücke auf sich wirken. Sie fühlte sich leer und
überwältigt zugleich. Die Dokumente hatten vieles bestätigt,
was ihr Großvater erzählt hatte, aber sie hatten auch eine neue
Dimension der Verantwortung aufgezeigt.

"Was mache ich mit all diesen Informationen?" fragte sie sich.
„Wie kann ich sicher sein, dass ich die Wahrheit erzähle, ohne
jemanden zu verletzen?"

Sie dachte an David Sterns Worte über Verantwortung und Schuld. Vielleicht war ihre Aufgabe nicht, eine endgültige Wahrheit zu finden, sondern Fragen zu stellen und andere dazu zu bringen, selbst nachzudenken. Sie schrieb in ihr Tagebuch:

„Ich werde niemals alle Antworten haben, aber vielleicht ist das okay. Vielleicht geht es nicht darum, die Vergangenheit zu lösen, sondern sie zu verstehen, so gut es geht, und sicherzustellen, dass die Geschichten weiterleben."

Die Vorbereitung auf den ersten Vortrag:

Lea begann, ihre Erfahrungen in eine Form zu bringen, die sie mit anderen teilen konnte. Sie schrieb und überarbeitete ihren Vortrag immer wieder, bis sie das Gefühl hatte, dass er ihre Gedanken und Gefühle wirklich widerspiegelte.

Sie entschied, dass sie nicht nur über die Vergangenheit sprechen wollte, sondern auch darüber, wie diese sie verändert hatte. Sie fügte Passagen ein, in denen sie ihre inneren Kämpfe beschrieb, und sie sprach offen über die Trauer, die sie empfand, als sie von den Opfern erfuhr.

Es ist wichtig, dass die Menschen sehen, dass die Geschichte nicht nur etwas ist, das in Büchern steht, schrieb sie. „Ich habe echte Menschen getroffen damals und heute."

Am Abend vor ihrem ersten Vortrag saß Lea in ihrem Zimmer und dachte darüber nach, was vor ihr lag. Sie war nervös, aber auch entschlossen. Sie wusste, dass sie nicht perfekt sein musste. Es ging nicht darum, alle Antworten zu haben oder alle Fakten zu kennen. Es ging darum, ihre Geschichte zu teilen und andere dazu zu bringen, über ihre eigene Vergangenheit nachzudenken.

"Ich mache das nicht nur für mich", sagte sie zu sich selbst. „Ich mache das für Miriam. Für David. Für meinen Großvater. Und für alle, die sich fragen, wie wir aus der Geschichte lernen können."

Mit diesen Gedanken schloss sie ihre Augen und bereitete sich darauf vor, ihre Geschichte mit der Welt zu teilen.

Lea beschloss, mit Frau Weber zu sprechen, bevor sie ihren Vortrag hielt. Frau Weber war für Lea nicht nur eine Lehrerin, sondern auch eine Art Mentorin geworden. Sie hatte Leas Interesse an der Vergangenheit gefördert und ihr geholfen, die richtigen Fragen zu stellen. Lea fand sie in der Bibliothek der Schule, wo sie sich zwischen alten Büchern über den Zweiten Weltkrieg und Tagebüchern von Überlebenden vertieft hatte.

„Frau Weber, hätten Sie einen Moment Zeit?" fragte Lea zögerlich.

Die Lehrerin legte das Buch beiseite und sah Lea mit einem aufmunternden Lächeln an. „Natürlich, Lea. Worum geht es?"

Lea setzte sich und begann, über ihre Zweifel zu sprechen. „Ich frage mich, ob ich das wirklich tun sollte. Was, wenn ich es nicht richtig mache? Was, wenn ich jemanden verletze oder die Menschen denken, ich wolle meinen Großvater in ein besseres Licht rücken?" Frau Weber nickte nachdenklich. „Das sind berechtigte Fragen, Lea. Aber ich denke, du hast schon einen wichtigen Schritt getan, indem du dich überhaupt mit diesen Themen auseinandersetzt. Es geht nicht darum, perfekt zu sein. Es geht darum, deine Stimme zu erheben und zu zeigen, dass du bereit bist, aus der Geschichte zu lernen. Und weißt du was? Die Tatsache, dass du dir so viele Gedanken machst, zeigt, dass du das Richtige tust."

"Aber wie gehe ich damit um, wenn Menschen mich oder meine Familie verurteilen?"

Frau Weber legte eine Hand auf Leas Schulter. „Es wird immer Menschen geben, die urteilen. Aber es gibt auch viele, die zuhören und verstehen wollen. Konzentriere dich auf die, die bereit sind, deine Botschaft zu hören. Und denk daran: Geschichte ist nicht nur Schwarz und Weiß. Du bietest eine Perspektive, die zeigt, wie komplex die Dinge sein können."

Lea fühlte, dass sie auch David Stern noch einmal sehen musste. Sie wollte ihm erzählen, was sie vorhatte, und um seinen Rat bitten.

Als sie ihn im Altenheim besuchte, saß er in einem gemütlichen Sessel und schaute aus dem Fenster. Als er Lea sah, lächelte er. „Lea! Wie schön, dich zu sehen. Was bringt dich her?"

Lea setzte sich neben ihn und begann, ihm von ihrem Vortrag zu erzählen. „Ich möchte über meinen Großvater und die Geschichten, die ich gehört habe, sprechen. Aber ich habe Angst, dass ich etwas falsch mache oder dass es nicht genug ist."

David Stern schwieg einen Moment, bevor er sagte: „Lea, als ich das erste Mal vor Menschen über meine Erfahrungen gesprochen habe, hatte ich auch Angst. Ich habe gezweifelt, ob meine Geschichte wichtig genug ist oder ob ich die richtigen Worte finde. Aber dann habe ich verstanden, dass jede Geschichte wichtig ist, weil sie Teil eines größeren Ganzen ist."

Er sah Lea an, seine Augen ernst, aber warm. "Du tust etwas Mutiges. Du stellst dich der Wahrheit, auch wenn sie weh tut. Und das ist mehr, als die meisten Menschen jemals tun. Mach dir keine Sorgen, perfekt zu sein. Sei einfach ehrlich. Das reicht."

„Glauben Sie, dass ich wirklich etwas bewirken kann?" fragte Lea.

David Stern lächelte. „Ich glaube, dass du das schon getan hast. Und ich glaube, dass du noch viel mehr bewirken wirst."

Das vielleicht wichtigste Gespräch führte Lea noch am gleichen Tag mit ihrem Großvater. Sie wusste, dass es für ihn schwer war, dass sie seine Vergangenheit ansprechen wollte, und sie wollte sicherstellen, dass er sich nicht verraten fühlte.

Sie setzte sich mit ihm in den Garten, wo er oft saß, um die Ruhe zu genießen. „Opa, ich muss mit dir reden, begann sie vorsichtig."

Er sah sie an, seine Augen voller Sorge. "Geht es um den Vortrag?"

Lea nickte. "Ja. Ich möchte, dass du weißt, dass ich nicht vorhabe, dich zu verurteilen oder bloßzustellen. Ich will nur zeigen, was ich gelernt habe von dir, von David Stern, von allem, was ich gelesen habe. Es geht mir nicht darum, jemanden anzuklagen. Es geht mir darum, dass Menschen verstehen, warum so etwas nie wieder passieren darf."

Er atmete tief durch. „Ich habe lange darüber nachgedacht, Lea. Ich bin nicht stolz auf das, was ich getan habe, aber ich bin stolz darauf, dass du so mutig bist. Wenn du glaubst, dass das, was du tust, richtig ist, dann unterstütze ich dich. Es ist Zeit, dass die Wahrheit erzählt wird auch wenn sie unbequem ist."

Lea fühlte, wie Tränen in ihre Augen stiegen. "Danke, Opa. Das bedeutet mir so viel."

Er nahm ihre Hand. "Mach es gut, Lea. Ich glaube an dich."

Nach diesen Gesprächen fühlte Lea, dass sie bereit war. Sie hatte die Unterstützung der Menschen, die ihr wichtig waren, und sie wusste, dass ihre Geschichte wichtig war nicht nur für sie, sondern auch für andere.

Doch sie wusste auch, dass dies erst der Anfang war. Sie hatte eine große Verantwortung, und sie wollte sicherstellen, dass sie dieser gerecht wurde.

Kapitel 15 Die letzten Vorbereitungen

Es war der Tag vor dem geplanten Vortrag. Lea saß an ihrem
Schreibtisch, umgeben von Zetteln, Notizen und einem Laptop,
auf dem sie ihre Präsentation weiter überarbeitete. Die Worte,
die sie bisher geschrieben hatte, schienen nicht genug zu sein,
um die gesamte Schwere und Bedeutung ihrer Geschichte zu
vermitteln. Sie fühlte sich von der Verantwortung überwältigt.
Was, wenn sie etwas falsch sagte? Was, wenn die Menschen sie
nicht verstehen würden?

Sie atmete tief durch und sah aus dem Fenster. Der Wind wehte
sanft durch die Bäume, und der Himmel war klar. Es war ein
ruhiger Nachmittag, aber in ihr tobte ein Sturm. Ihr Herz klopfte
schneller, und ihre Gedanken kreisten unaufhörlich.

"Was machst du hier?" fragte sie sich selbst und flüsterte leise,
als sie ihre Hände ans Gesicht legte. "Warum tust du das?"

Sie dachte an Miriam, an die Kinder, die ihre Leben verloren
hatten. Sie dachte an David Stern, der so viel über die
Vergangenheit gesprochen hatte und ihr gezeigt hatte, wie
wichtig es war, diese Geschichten nicht zu vergessen.

Sie dachte an ihren Großvater, der trotz allem, was er getan
hatte, der Familie und Lea gegenüber Reue zeigte. Aber am
meisten dachte sie an sich selbst und an die Frage, wie sie als
junge Frau mit einer so dunklen Geschichte umgehen konnte.
Mit einem Ruck stand sie auf und holte ein Fotoalbum aus dem
Schrank. Es war das Album ihres Großvaters. Sie hatte es vor
Wochen gefunden, als sie nach alten Aufzeichnungen gesucht
hatte. Während sie durch die Seiten blätterte, fand sie Bilder von
Hans als junger Mann auf einem Schiff, mit seinen

Kameraden in Uniform, auf einem Gruppenfoto in der Nähe eines zerstörten Gebäudes. Diese Bilder hatten sie damals erschüttert, aber jetzt betrachtete sie sie anders. Sie konnte die Augen auf den Fotos nicht mehr nur als die ihres Großvaters sehen. Sie konnte die Blicke der Männer darauf nicht mehr trennen - sie waren ein Teil der Geschichte, die sie nun verstehen musste.

Sie hielt auf einer Seite inne, wo ein Bild von Hans in seiner Uniform in einem zerstörten Dorf stand. Sie sah ihn an, als ob sie zum ersten Mal wirklich verstehen konnte, was er damals durchgemacht hatte und wie viel er sich von diesem Erlebten in sein späteres Leben. mitgenommen hatte.

"Aber was bedeutet das für mich? Was bedeutet das für uns?" fragte sie sich.

Lea griff nach ihrem Stift und schrieb eine Notiz in ihr Tagebuch.

"Ich fühle mich, als würde ich auf einer Linie stehen, zwischen der Vergangenheit, die ich nicht wirklich kenne, und der Zukunft, die ich formen möchte. Vielleicht werde ich nicht alle Antworten finden, aber vielleicht ist das auch nicht der Punkt. Vielleicht geht es darum, Fragen zu stellen, und in den Antworten das Verständnis zu finden, das uns hilft, mit dieser Geschichte zu leben."

Sie legte den Stift nieder und schloss das Tagebuch. Es war, als ob sie endlich einen Teil der Last abgelegt hatte, der sie bisher gequält hatte. Es ging nicht darum, die Vergangenheit zu verarbeiten und zu bewältigen, sondern darum, in der Gegenwart zu leben und sich der Verantwortung zu stellen.

Sie hatte keine perfekte Lösung, aber sie hatte sich entschieden, sich der Wahrheit zu stellen. nicht nur für sich, sondern auch für andere.

Lea wusste, dass der Vortrag nicht nur ein Vortrag war, es war ein Schritt in ihre eigene Zukunft. Ein Schritt, um sich selbst und anderen zu zeigen, wie wichtig es war, die Geschichten zu hören und nicht zu vergessen.

Es war ein Schritt in Richtung des Verständnisses, dass Geschichte und Erinnerung keine statischen Dinge waren, sondern lebendig und immer im Wandel.

Lea legte das Album auf ihren Schreibtisch und ging an das Fenster. Sie schloss die Augen, atmete tief durch und flüsterte: „Ich kann das. Ich werde es tun." Der nächste Tag würde der Beginn einer neuen Reise sein nicht nur für sie, sondern auch für diejenigen, die ihre Geschichte hören wollten.

Leas erster öffentlicher Auftritt

Der Tag war gekommen. Lea stand nervös vor dem Spiegel in ihrem Zimmer und versuchte, ihren Atem zu beruhigen. Ihre Hände zitterten leicht, und ihr Herz schlug schneller als üblich. Doch sie wusste, dass es jetzt keine Rückkehr mehr gab. Ihr Vortrag würde der erste Schritt sein, die Geschichte ihres Großvaters und ihre eigene Geschichte öffentlich zu teilen.

Sie warf einen letzten Blick auf ihre Präsentation auf dem Laptop, um sicherzugehen, dass alles in Ordnung war. Die Folien waren klar und einfach, unterstützt von einigen der Bilder, die sie aus dem Archiv und von ihrem Großvater erhalten hatte. Doch die wahre Stärke lag in den Worten, die sie vorbereitet hatte, Worte, die sich tief in ihr Herz eingegraben hatten.

"Du schaffst das", flüsterte sie zu sich selbst.

Es war der Tag der Schulversammlung. Der Raum war voll von Schülern, Lehrern und Eltern, die gekommen waren, um mehr über die Geschichte zu erfahren, die Lea teilen wollte.

Die Luft war geladen mit einer Mischung aus Neugier und Anspannung, und Lea konnte förmlich die Blicke spüren, die sich auf sie richteten.

Als sie auf die Bühne trat, um das Mikrofon zu erreichen, bemerkte sie, dass ihre Beine leicht zitterten. Doch sie zwang sich, ruhig zu bleiben. Sie atmete tief ein, als der Raum in eine beinahe gespannte Stille fiel.

Lea begann mit einer ruhigen, aber festen Stimme. "Guten Morgen. Mein Name ist Lea, und heute möchte ich über etwas sprechen, das mich sehr beschäftigt hat - über die Vergangenheit meines Großvaters und über die Verantwortung, die wir haben, uns mit dieser Vergangenheit auseinanderzusetzen."

Sie hielt einen Moment inne, um die Reaktionen der Zuhörer zu beobachten. Die meisten von ihnen sahen sie mit ernstem Interesse an, und einige schienen bereits zu ahnen, worauf sie hinauswollte.

"Mein Großvater war ein Nazi", fuhr sie fort. "Und das ist etwas, das ich als kleines Kind nie wirklich verstanden habe. Als ich jünger war, dachte ich, ich würde ihn einfach als Opa kennen jemand, der mir Geschichten erzählt und mir bei den Hausaufgaben hilft. Aber dann fand ich heraus, dass seine Vergangenheit sehr viel dunkler war."

Lea konnte die Blicke ihrer Mitschüler spüren, aber sie ließ sich nicht beirren. „Ich habe mit ihm gesprochen, über das, was er getan hat, und es war schwer für uns beide, über all das zu reden. Er hat mir erzählt, dass er in einer Einheit war, die für den Transport und die Bewachung von Gefangenen verantwortlich war, dass er Teil eines Systems war, das Menschen entrechtete, sie misshandelte und sie letztlich ermordete. Die Erinnerungen, die er mir erzählte, sind nicht die eines Helden. Sie sind die Erinnerungen eines Mannes, der in einem System gefangen war, das alles verdorben hat, was er je für richtig gehalten hat."

Die Zuschauer waren still. Lea konnte die Anspannung in der Luft spüren, aber sie fuhr fort, unaufhaltsam.

"Ich wollte verstehen, wie etwas so Grauenhaftes geschehen konnte. Also habe ich mich aufgemacht, mehr zu erfahren. Ich habe über die Geschichte gelesen, mit Überlebenden gesprochen und nach Antworten gesucht. Und es ist nicht nur eine Geschichte über meinen Großvater es ist die Geschichte von Millionen von Menschen, die in diesem System gefangen waren."

Lea zeigte ein Bild von ihrem Großvater als jungem Soldaten. „Hier ist er, bevor er in diese Welt eintrat. Ein Junge, wie jeder andere. Und doch wurde er Teil eines kriminellen Systems. Ich habe viel darüber nachgedacht, wie das geschehen konnte. Vielleicht war es die Zeit, die Umstände, oder einfach die Angst vor der Wahrheit. Aber ich weiß, dass es wichtig ist, diese Geschichte zu erzählen. Nicht, um meinen Großvater zu entschuldigen, sondern um sicherzustellen, dass wir niemals vergessen, was passiert ist."

Sie ging weiter, um zu erklären, wie die Vergangenheit nicht nur ihre Familie, sondern auch sie selbst beeinflusste. "Ich habe mich oft gefragt, wie ich mit dieser Geschichte umgehen soll. Wie kann ich etwas über die Vergangenheit verstehen, wenn sie so schmerzhaft ist?

Aber ich habe gelernt, dass es nicht darum geht, sich zu verstecken. Es geht darum, Verantwortung zu übernehmen und zu wissen, dass die Geschichte nie einfach ist."

Am Ende ihres Vortrags stand Lea still und ließ die Worte nachklingen. Der Raum war ruhig, jeder schien in Gedanken versunken. Es war nicht die Art von Vortrag, bei dem Applaus sofort einsetzt, sondern einer, der Raum für Reflexion und Stille ließ. Lea wusste, dass sie ihre Botschaft gehört hatten und dass sie die Menschen dazu gebracht hatte, nachzudenken.

„Danke", sagte sie leise und verließ dann die Bühne, ihr Herz klopfte heftig. Sie fühlte sich leer und gleichzeitig voller Energie, als ob ein Teil von ihr mit jedem Wort auf der Bühne in die Freiheit entlassen worden war.

Lea trat in den hinteren Bereich der Aula, wo sie auf ihre Eltern wartete. Ihr Vater trat als Erster zu ihr, umarmte sie fest und flüsterte: „Du warst großartig, Lea. Ich bin so stolz auf dich." Ihre Mutter lächelte und hielt ihr eine Tasse Wasser hin. „Du hast alles richtig gemacht, mein Schatz."

Doch als sie sich umblickte, bemerkte Lea, dass einige ihrer Mitschüler sich versammelten und leise miteinander sprachen. Einige schauten sie an, als wollten sie etwas sagen, aber viele waren still. Sie konnte die Unsicherheit in ihren Blicken sehen, die Fragen, die sie vielleicht nicht auszusprechen wagten.

Lea fühlte sich nicht erdrückt von diesen Blicken, sondern ermutigt. Sie hatte ihre Geschichte erzählt, und es war nun an den anderen, ihre eigenen Fragen zu stellen.

David Stern, der ebenfalls im Publikum gesessen hatte, kam zu ihr und sagte: „Du hast einen wichtigen Schritt gemacht. Es wird nicht immer einfach sein, aber du hast es geschafft."

Lea nickte. „Ich weiß. Aber das war erst der Anfang."

Der erste Schritt war gemacht. Der Weg, die Vergangenheit zu verstehen und anderen zu helfen, dasselbe zu tun, war noch lang. Doch Lea hatte nun die Überzeugung, dass es sich lohnen würde, weiterzugehen.

Nach dem Vortrag fühlte Lea eine Mischung aus Erleichterung und Nervosität. Sie war froh, dass sie ihre Gedanken und die Geschichte ihres Großvaters endlich mit anderen geteilt hatte. Aber jetzt, da der erste Schritt getan war, konnte sie nicht anders, als sich zu fragen, was als Nächstes kommen würde. Würde sie auf Unterstützung stoßen? Oder würden die Menschen sie verurteilen?

Es war der Nachmittag nach dem Vortrag. Lea saß in ihrem Zimmer und starrte nachdenklich auf den Bildschirm ihres Laptops. Sie hatte bereits einige Nachrichten auf ihrem Handy erhalten von Lehrern, Mitschülern und sogar von einigen Eltern.

Die meisten waren positiv, einige aber auch nachdenklich und fragend. Lea wusste, dass sie nun ein Stück der Geschichte in die Welt gesetzt hatte, und es würde nicht einfach sein, damit fertig zu werden.

In der Schule am nächsten Tag spürte sie die Blicke der anderen Schüler. Manche schauten sie nachdenklich an, als ob sie gerade erst versuchten, das Gesagte zu begreifen. Andere tuschelten leise miteinander.

Doch Lea konnte nicht anders, als sich zu fragen, ob sie durch ihren Vortrag etwas bewirken würde. Sie hatte nicht nur die Vergangenheit ihres Großvaters geteilt, sondern auch die Verantwortung, die mit diesem Wissen einherging.

Während der Mittagspause ging Lea zum Schulhof, wo sie ein paar ihrer Mitschüler sah, die sich in einer kleinen Gruppe unterhielten. Einer von ihnen, Paul, der immer ein wenig distanziert war, sah sie an und winkte sie zu sich.

„Lea, können wir reden?" fragte er etwas unsicher.

Lea nickte und setzte sich neben ihn auf eine Bank. „Klar, was ist los?"

Paul schien nach den richtigen Worten zu suchen. "Also, ich habe deinen Vortrag gestern gehört... und, ähm, das war irgendwie... krass. Aber auch irgendwie gut."

Lea nickte. „Es war mir wichtig, darüber zu sprechen. Es ist nicht leicht, solche Geschichten zu hören, aber sie sind wichtig."

„Ja, das glaube ich. Aber weißt du, was mich echt beschäftigt?" Paul schaute sie nachdenklich an. „Ich habe nie wirklich darüber nachgedacht, was all das für die Menschen bedeutet, die da irgendwie in dieses System hineingeraten sind. Ich meine, dein Opa war ja nicht der Einzige, oder? Ich habe mir immer gedacht, dass die Nazis alle irgendwie böse waren, aber irgendwie war's mehr als nur das, oder?"

Lea nickte langsam. „Ja genau. Es war nie einfach. Viele Menschen haben Dinge getan, weil sie dazu gezwungen wurden oder weil sie in einem System waren, das ihnen keine Wahl ließ. Es gibt keine einfachen Antworten."

Paul sah sie an, als ob er versuchte, all das zu verstehen. "Ich werde wohl nie genau wissen, was das bedeutet. Aber danke, dass du mir das alles erzählt hast. Es hat mir irgendwie die Augen geöffnet."

Lea lächelte leicht. "Das ist der erste Schritt, Paul. Die Augen öffnen. Für uns alle."

Am Wochenende besuchte Lea David Stern. Sie hatte ihm versprochen, ihm nach ihrem Vortrag zu berichten, wie es danach gelaufen war. Sie hatte das Gefühl, dass sie mit ihm besonders gut über alles reden konnte, er hatte seine eigene Geschichte, seine eigenen Kämpfe, aber er war immer offen und ehrlich. David empfing sie mit einem warmen Lächeln, und sie setzten sich an den Tisch in seinem kleinen Wohnzimmer. „Na, Lea, wie geht's dir nach deinem ersten öffentlichen Auftritt?" fragte er, während er ihr eine Tasse Tee einschenkte.

"Es ist komisch", begann Lea. „Es fühlt sich irgendwie wie eine Erleichterung an, aber auch wie der Beginn von etwas ganz Großem. Ich habe das Gefühl, dass die Menschen jetzt anfangen, nachzufragen. Aber irgendwie macht es mir auch Angst, was sie fragen könnten." David nickte verständnisvoll. "Das ist völlig normal. Es ist ein gewaltiger Schritt, Lea, und er wird nicht einfach sein. Aber du hast etwas geschafft, das nicht jeder tun kann: Du hast den Mut, der Wahrheit ins Auge zu sehen. Und du hast den Mut, anderen diese Wahrheit zu zeigen."

"Aber was passiert, wenn sie mich fragen, was passiert ist und wie wir in so eine Geschichte hineingeraten konnten?" fragte Lea und sah David fragend an.

„Das ist die größte Frage von allen", antwortete David nachdenklich. „Die Frage, wie wir es zulassen konnten. Aber es ist wichtig, dass du dir selbst sagst, dass du nicht die Verantwortung für das gesamte Geschehen trägst. Du kannst nur deine Geschichte erzählen, die Geschichte der Menschen, die du kennengelernt hast, und der, die dich geprägt haben. Und die Wahrheit ist, dass niemand in der Vergangenheit perfekt war. Aber du kannst helfen, dass wir die Lehren daraus ziehen."

Lea dachte lange nach. „Ich frage mich manchmal, ob die Menschen bereit sind, diese Lehren zu hören. Es gibt so viele Menschen, die einfach nicht verstehen, was damals geschah."

"Vielleicht ist es an dir, ihnen zu helfen, es zu verstehen", sagte David leise, „mit Geduld, mit Klarheit, und vor allem mit Empathie."

Nach dem Gespräch mit David wusste Lea, dass der Weg, den sie eingeschlagen hatte, nicht nur eine Rückkehr zur Vergangenheit war, sondern eine Brücke in die Zukunft.

Sie fühlte sich gestärkt und ermutigt, auch weiterhin auf dieser Reise zu bleiben. Sie hatte den ersten Schritt getan, aber sie wusste, dass noch viele folgen würden. Am Abend saß Lea allein auf der Terrasse und starrte in den Nachthimmel. Sie dachte über alles nach, was sie bisher erlebt, hatte die Gespräche mit ihrem Großvater, die Begegnungen mit den Überlebenden und die Reaktionen auf ihren Vortrag. Es war viel mehr, als sie jemals erwartet hatte. Und es würde noch viel mehr kommen.

Lea wusste, dass ihre Geschichte wichtig war. Sie hatte nun die Verantwortung, sie weiterzugeben an diejenigen, die noch nicht verstanden, und an diejenigen, die noch lernen mussten. Vielleicht würde sie nie alle Antworten haben, aber sie würde nicht aufhören, nach ihnen zu suchen.

„Ich werde weiterreden", flüsterte sie zu sich selbst. "Ich werde nicht aufhören. Es ist noch nicht vorbei."

Nach dem erfolgreichen Vortrag in der Schule war Lea eine Zeit lang in Gedanken versunken. Sie hatte das Gefühl, dass der erste Schritt getan war, aber der Weg noch lange nicht zu Ende war. Die vielen Fragen, die ihr selbst noch durch den Kopf gingen, beschäftigten sie weiterhin.

Und genauso hatte sie das Gefühl, dass die Wahrheit nicht einfach in einem Vortrag oder einer Rede zu vermitteln war es brauchte mehr, viel mehr, um eine Veränderung zu bewirken.

In den nächsten Wochen versuchte sie, ihre Gedanken zu ordnen, sich zu fokussieren und herauszufinden, wie sie weiter vorgehen sollte. Es war nicht einfach, all das, was sie erfahren hatte, in die richtigen Worte zu fassen. Und dann gab es immer noch die Unsicherheit in ihr wie weit konnte sie gehen? Würden die Menschen ihr zuhören? Würden sie verstehen, was sie zu sagen hatte?

Kapitel 16 Eine neue Perspektive

Lea beschloss, mehr zu lesen und zu forschen. Sie besuchte in ihrer Freizeit das Archiv der Stadtbibliothek und verbrachte Stunden damit, Bücher über die Zeit des Zweiten Weltkriegs, den Nationalsozialismus und die Auswirkungen auf die nachfolgenden Generationen zu lesen.

Es war eine anstrengende, aber auch erhellende Zeit für sie. Die Lektüre öffnete ihr nicht nur die Augen für die historischen Ereignisse, sondern auch für die Geschichten der Überlebenden und der Menschen, die in der Vergangenheit eine Rolle gespielt hatten.

Dabei entdeckte sie ein anderes Buch, das sie besonders fesselte. Es war ein Erfahrungsbericht einer Frau, die als Kind den Krieg überlebt hatte und später die Auswirkungen der Taten ihrer eigenen Familie verarbeiten musste.

Es war eine Geschichte von Schmerz, von Schuld und von Heilung. Lea hatte immer wieder das Gefühl, dass ihre eigene Geschichte eine ähnliche Wendung nehmen könnte, nicht auf dieselbe Weise, aber in einem ähnlichen Prozess der Auseinandersetzung und des Verständnisses.

Sie begann, mit den Überlebenden und Zeitzeugen noch einmal zu sprechen, um ihre Perspektiven zu erweitern. Einmal traf sie sich mit einer alten Frau namens Rosa, die von ihren Erlebnissen im Krieg erzählte. Rosa hatte als Kind in einem kleinen polnischen Dorf gewohnt, das von den Nazis überrannt worden war. Sie berichtete, wie sie ihre Eltern verloren hatte und später in einem Flüchtlingslager überlebt hatte.

"Du kannst nicht vergessen, aber du musst auch weiterleben", sagte Rosa zu Lea an einem Nachmittag, als sie zusammen in einem Café saßen.

„Die Geschichte muss erzählt werden, auch wenn sie wehtut. Und sie muss gehört werden, auch wenn die Menschen sie nicht verstehen wollen. Es geht nicht um Rache. Es geht um Erinnerung. Wenn wir nicht erinnern, dann vergessen wir."

Lea nickte nachdenklich. „Das ist es, was ich tun möchte. Ich möchte, dass die Menschen verstehen. Aber es ist so schwer, über all das zu sprechen, vor allem mit Menschen, die keine Ahnung haben, was damals passiert ist."

„Es wird immer schwer sein, Lea. Aber du musst es trotzdem tun. Du hast die Möglichkeit, etwas zu bewegen. Nutze sie."

Woche um Woche verging, und während Lea weiterhin in die Geschichten der Vergangenheit eintauchte, spürte sie eine zunehmende Klarheit darüber, was sie wirklich tun wollte. Sie war nicht länger nur ein kleines Mädchen, die auf eine Geschichte stieß, die sie verstehen musste.

Sie war eine junge Frau geworden, die wusste, dass ihre Erfahrungen und das, was sie gelernt hatte, den Menschen helfen könnten, die Lehren aus der Geschichte zu begreifen und zu verstehen, wie wir heute damit umgehen sollten.

Lea entschloss sich, eine öffentliche Kampagne zu starten. Eine, die nicht nur ihre eigene Geschichte, sondern auch die von vielen anderen, die ein Teil dieser schmerzlichen Vergangenheit waren, teilen würde.

Sie wollte eine Plattform schaffen, auf der Geschichten erzählt werden konnten Geschichten von Menschen, die sich mit ihrer eigenen dunklen Vergangenheit auseinandersetzten, genauso wie ihr Großvater es getan hatte.

Sie begann, ihre Idee in die Tat umzusetzen. Es war eine langsame und mühsame Arbeit. Zunächst richtete sie eine kleine Webseite ein, die sie „Erinnerung teilen" nannte. Darauf sammelte sie historische Dokumente, persönliche Geschichten und Interviews, die sie mit Überlebenden geführt hatte.

Es war ein langsamer Prozess, aber Lea wusste, dass dies der Anfang war. Ihre Website war ein Raum für Austausch, für Erinnerungen und für die Auseinandersetzung mit der Vergangenheit.

Aber Lea wollte mehr. Sie wollte nicht nur online erzählen, sondern auch vor Menschen sprechen. Sie kontaktierte Schulen, soziale Einrichtungen und kulturelle Organisationen, um Vorträge zu halten, und bot an, mit Schülern und Jugendlichen zu sprechen.

Sie wollte den Dialog über die Vergangenheit eröffnen und eine Plattform schaffen, auf der Fragen gestellt und schwierige Themen angesprochen werden konnten.

In ihren Vorträgen stellte sie immer wieder die Frage: Wie können wir verhindern, dass so etwas wieder passiert? Was können wir heute tun, um sicherzustellen, dass wir die Lehren aus der Geschichte nicht vergessen?"

Es war anfangs sehr aufwendig, die ersten Menschen zu gewinnen, die ihr zuhörten. Doch langsam, sehr langsam, begann sie, eine kleine Gruppe von Unterstützern zu gewinnen.

Schüler, Lehrer und Eltern, die mit ihr in Kontakt traten, die sich ebenfalls mehr mit der Geschichte auseinandersetzen wollten, um zu verstehen und zu lernen.

Eines Tages nach der Schule stand Lea vor Ihrer Tür, als sie einen Brief fand. Es war ein handgeschriebener Brief, der keine Absenderadresse hatte. Sie öffnete ihn neugierig und las die Worte:

„Ich habe deine Rede gehört, Lea. Ich war einer der Soldaten, die damals an der Front waren. Und es tut mir leid, was wir getan haben. Vielleicht ist es zu spät, aber ich wollte dir sagen, dass ich von deinem Mut und deiner Entschlossenheit beeindruckt bin. Ich hoffe, dass du weiterhin die Wahrheit sagst, auch wenn sie schmerzt. Denn nur die Wahrheit kann uns heilen."

Lea hielt inne, als sie die Zeilen las. Der Brief rührte sie tief. Es war die stille Anerkennung eines Menschen, der in die Vergangenheit geblickt hatte und sich selbst für das, was er getan hatte, verantwortlich fühlte.

Sie wusste, dass es viele solcher Geschichten gab Geschichten von Menschen, die sich ihrer Taten stellten, ebenso wie Menschen, die sich über die schreckliche Zeit hinwegtrugen.

„Es ist nie zu spät, die Wahrheit zu sagen", murmelte Lea, als sie den Brief faltete und ihn in ihre Tasche steckte.

Mit jedem Schritt, den Lea weiterging, wuchs Ihr Projekt. Sie sprach vor immer mehr Gruppen und versuchte, das Bewusstsein für die Notwendigkeit des Erinnerns zu schärfen. Auch wenn sie nie alle Antworten hatte, wusste sie, dass es ihre Aufgabe war, diese Geschichten lebendig zu halten und die Lehren daraus für die Zukunft zu sichern.

Ihre Reise war noch lange nicht vorbei. Doch Lea war überzeugt, dass sie das Richtige tat für sich selbst, für die Opfer der Vergangenheit und für die Menschen von heute.

Mit der Zeit gewann Lea immer mehr Vertrauen in ihre Fähigkeit, die Geschichte zu erzählen, und die Gespräche, die sie führte, wurden intensiver und tiefgründiger. Sie hatte das Gefühl, dass sie nicht nur der Vergangenheit begegnete, sondern auch der Zukunft - der Verantwortung, die auf den Schultern ihrer Generation lastete.

Ihre Vorträge und die Webseiten begannen, über den Kreis ihrer Schule hinaus Wirkung zu zeigen. Menschen, die von ihr gehört hatten, luden sie zu Veranstaltungen ein, in denen sie ihre Erfahrungen und das, was sie gelernt hatte, teilte.

Einmal, nach einem Vortrag vor einer Gruppe von Studenten an einer Universität, sprach sie mit einer Professorin, die ihr besonders auffiel. Professorin Müller war eine Historikerin, die sich intensiv mit der Aufarbeitung der nationalsozialistischen Vergangenheit beschäftigte. Sie hatte sich während des Vortrags immer wieder Notizen gemacht und war dann auf Lea zugekommen.

"Ich muss sagen, Lea, das war beeindruckend. Sie haben eine Perspektive eingebracht, die viele in dieser Debatte noch nicht gehört haben. Sie haben nicht nur erzählt, was passiert ist, sondern auch gefragt, wie wir damit umgehen und was wir daraus lernen können", sagte sie mit einem anerkennenden Blick. „Ich würde gerne mit Ihnen zusammenarbeiten. Es gibt so viele Menschen, die genau diese Art der Auseinandersetzung brauchen."

Lea fühlte sich von den Worten der Professorin angesprochen. Es war eine Bestätigung ihrer Arbeit und eine Einladung, auf eine breitere Bühne zu treten. Doch in ihr wuchs auch der Zweifel, ob sie wirklich der richtigen Ansprechpartner war. Was wusste sie schon über die komplexe Geschichte, von der sie sprach? War sie nicht nur ein Mädchen, das in einer Familie aufgewachsen war, die von dieser Geschichte geprägt war? Sie hatte das Gefühl, dass sie noch viel mehr lernen musste.

"Ich bin nicht sicher, ob ich die richtige Person bin", sagte sie vorsichtig. „Ich bin noch so jung und lerne jeden Tag dazu."

"Genau deshalb sind Sie die richtige Person", antwortete Professorin Müller mit einem Lächeln. „Weil Sie Fragen stellen, weil Sie nach Antworten suchen, weil Sie bereit sind, sich mit einer Geschichte auseinanderzusetzen, die viele lieber vergessen würden. Das ist der Anfang eines langen Prozesses. Und Sie werden nicht allein sein."

Lea begann, sich mehr mit den verschiedenen Aspekten der Geschichte auseinanderzusetzen, insbesondere mit der Rolle der nachfolgenden Generationen. Sie verstand, dass es nicht nur um die Erinnerungsarbeit ging, sondern auch um die Verantwortung, die sie in ihrer eigenen Zeit trug.

Es war schwierig, mit den Geschichten umzugehen, die sie hörte von den Überlebenden, aber auch von denen, die in der Vergangenheit als Täter eine Rolle gespielt hatten.

In den ruhigeren Momenten, wenn sie allein zu Hause war, spürte Lea manchmal die Last der Geschichte auf ihren Schultern. Es war, als ob sie nie genug tun konnte.

Sie begann, sich selbst zu fragen: Hatte sie die richtige Perspektive? War sie nicht zu sehr in die Erzählung des Leids und der Schuld eingetaucht? Würde sie jemals in der Lage sein, eine Geschichte zu erzählen, die wirklich Gerechtigkeit verschaffte?

Eines Abends, als sie sich mit ihren Gedanken allein in ihrem Zimmer befand, erinnerte sie sich an das Gespräch mit ihrem Großvater. Sie hatte nie vergessen, wie er sich ihr geöffnet hatte nie vergessen, wie er sich ihr geöffnet hatte, und wie seine Augen bei manchen Erinnerungen leer geworden waren. Ihre eigene Reise hatte mit ihm begonnen mit dem Versuch, zu verstehen, wie es möglich war, dass Menschen wie er in solch ein System hineingezogen wurden. Es war eine Reise, die nicht nur die Geschichte der Vergangenheit behandelte, sondern auch die der Gegenwart und die Verantwortung, die jeder Einzelne von uns trug.

"Kann ich die Antwort finden, die ich suche?"

flüsterte sie in die Stille des Zimmers. „Kann ich den anderen helfen, diese Geschichte zu begreifen, ohne sie noch weiter zu verletzen?" Ein paar Tage später, nach einem weiteren Vortrag in einer kleinen Gemeinde, erhielt Lea einen Brief, der sie tief berührte.

Es war ein sehr persönlicher Brief, den sie in ihrer Post fand, ein Brief von einem Mann namens Herr Bauer, der behauptete, ein ehemaliger Soldat der Wehrmacht zu sein.

„Ich war damals dabei. Ich war ein Teil von dem, was geschehen ist, und ich habe die Augen verschlossen, als wir taten, was wir taten. In den letzten Jahren habe ich viel darüber nachgedacht, was wir den Menschen angetan haben. Ihr Vortrag hat mir die Augen geöffnet. Ich weiß, dass ich meine Taten nicht ungeschehen machen kann, aber ich möchte, dass Sie wissen, dass es auch Menschen wie mich gab, die sich mit ihrer Schuld auseinandersetzen. Ich hoffe, dass Sie weiterhin die Wahrheit suchen und uns helfen können, von den Fehlern der Vergangenheit zu lernen."

Lea setzte sich nachdenklich hin und las den Brief mehrmals. Sie hatte immer geglaubt, dass es nur Opfer und Täter gab aber dieser Brief brachte sie ins Nachdenken. Es gab auch diejenigen, die nach den Taten zur Erkenntnis gekommen waren und Verantwortung anerkannten.

Vielleicht ist es nicht nur meine Aufgabe, die Geschichte zu erzählen, dachte sie. Vielleicht ist es auch meine Aufgabe, anderen Menschen zu helfen, sich ihrer Verantwortung zu stellen und ihre eigene Wahrheit zu finden.

Im Laufe der nächsten Monate wuchs Leas Projekt weiter. Sie hielt mehr Vorträge und war zunehmend in der Öffentlichkeit aktiv. Doch sie begann zu merken, dass der wahre Wandel nicht nur in den großen, öffentlichen Momenten lag. Es war auch die stille, kontinuierliche Arbeit hinter den Kulissen das persönliche Gespräch, der Austausch in kleinen Gruppen, der Diskurs, der auch in ihrem eigenen Inneren weiterging.

Sie traf weiterhin Menschen, die ihre eigenen Geschichten teilten. Manche waren direkt von den Verbrechen des NS-Regimes betroffen, andere stammten aus Familien, deren Verstrickung in das Regime über Generationen hinweg ignoriert worden war.

Lea hörte die vielen unterschiedlichen Perspektiven, und sie verstand, dass es nicht nur um eine einseitige Wahrheit ging. Es gab unzählige Wahrheiten, die sich zu einem Gesamtbild fügte.

Mit der Zeit konnte Lea mehr und mehr Menschen für ihre Vision gewinnen. Sie war entschlossener denn je, das Thema der Erinnerung und Verantwortung in die Öffentlichkeit zu tragen.

Ihre Arbeit hatte sich von einer persönlichen Reise zu einer öffentlichen Bewegung entwickelt und mit jeder Geschichte, die sie sammelte, und jedem Gespräch, das sie führte, wusste sie, dass sie einen wichtigen Beitrag für die Zukunft leisten würde.

Lea spürte, dass ihre Arbeit eine andere Wendung nahm. Sie hatte inzwischen viel über das Aufarbeiten der Vergangenheit und das Teilen von Erinnerungen gelernt. Doch eine neue, tiefere Erkenntnis traf sie in den letzten Monaten: Der Weg zur Wahrheit war nie geradlinig.

Jede Geschichte, jedes Gespräch brachte eine neue Dimension mit sich und Lea musste erkennen, dass die Wahrheit auch in den grauen Zonen der Vergangenheit lag, in den Zwischentönen, die nicht immer schwarz oder weiß waren. Es war während eines weiteren Vortrags, den sie vor einer größeren Menschenmenge hielt, als diese Erkenntnis besonders deutlich wurde. Nach dem Vortrag stellte sich ein Mann in den Raum, der ihr von seiner eigenen Geschichte berichtete.

Er war in den 1960er Jahren geboren, wuchs jedoch in einer Familie auf, deren Eltern sich nicht mit der Vergangenheit auseinandersetzten. Die Eltern hatten den Krieg nie thematisiert. Doch der Mann erzählte Lea, dass er immer wieder das Gefühl hatte, dass etwas in seiner Familie nicht stimmte.

„Ich habe nie verstanden, warum mein Großvater nie darüber sprach", sagte er mit gedämpfter Stimme. "Und warum mein Vater immer so aggressiv reagiert hat, wenn man in der Familie das Thema Nazizeit ansprach. Es war fast, als ob er wusste, dass er mit der Vergangenheit konfrontiert wird, wenn er sich öffnete."

Lea hörte aufmerksam zu. Die Geschichte war nicht die eines Überlebenden oder eines Täters, sondern eines Menschen, der in einer Familie aufwuchs, die die eigenen dunklen Geheimnisse nicht aufdeckte. Diese Form der Verdrängung war ihr neu und ließ sie nachdenken. Hatten all diese Jahre, in denen sie sich ausschließlich auf die Taten ihres Großvaters konzentrierte, sie blind gemacht für die unterschiedlichen Weisen, wie Menschen mit ihrer Vergangenheit umgingen?

Ein paar Tage nach dem Vortrag, als Lea zu Hause saß und über das Gespräch nachdachte, fiel ihr ein weiteres Buch in die Hände, dass sie bis dahin noch nicht gelesen hatte. Es war das Tagebuch einer ehemaligen „Hitlerjungen", das die Aufarbeitung seines Lebens als Mitglied der Hitlerjugend thematisierte. Was sie las, verstörte sie zunächst. Der Mann hatte zugegeben, dass er die Zeit der Nazis nicht in Frage stellte er war stolz auf seine Mitgliedschaft und seinen Beitrag. Doch mit den Jahren hatte sich seine Haltung geändert, als er die Folgen seines Handelns verstand.

Lea war tief betroffen. In einem Moment der Überlegung fragte sie sich: Konnte man jemandem wirklich verzeihen, wenn dieser nie Verantwortung für seine Taten übernommen hatte?

Was war mit den Menschen, die sich nie mit ihrer Vergangenheit auseinandersetzten, die den Blick auf ihre Schuld nie wagten? Und war es fair, diese Menschen in einem Atemzug mit den Tätern zu nennen, die Gewalt und Zerstörung in die Welt getragen hatten?

"Muss ich allen verzeihen? Oder muss ich die Wahrheit einfach nur aussprechen?" fragte sich Lea.

Das Thema Schuld und Verantwortung wurde zunehmend komplexer. Sie begann, sich intensiv mit der Frage auseinanderzusetzen, ob Vergebung in der Arbeit der Erinnerung Platz finden konnte oder ob sie weiterhin auf die Wahrheit drängen sollte.

Ihr Großvater hatte sich gestellt, seine Schuld anerkannt und auf seine Weise ein Leben nach der Nazizeit geführt, aber viele andere taten es nicht. Sollte sie sich weiterhin darauf konzentrieren, die Geschichten derer zu sammeln, die ihre Taten bereuten? Und was war mit denen, die die Verantwortung ablehnten? Eine neue Herausforderung

Der nächste Schritt in Leas Arbeit brachte sie in eine völlig neue Richtung. Sie erhielt eine Einladung von einer internationalen Gedenkveranstaltung, die sich mit der Erinnerung an den Zweiten Weltkrieg und den Auswirkungen des Nationalsozialismus befasste. Es war eine große Veranstaltung, bei der Historiker, Zeitzeugen und Überlebende aus verschiedenen Ländern zusammenkamen.

Lea hatte die Möglichkeit, als Rednerin aufzutreten und ihre eigene Geschichte zu erzählen. Sie sah es als eine Chance, das zu tun, was sie sich immer gewünscht hatte - Menschen über die vielschichtige Natur der Erinnerung und die verschiedenen Arten der Auseinandersetzung mit der Vergangenheit zu informieren.

Doch das Event war anders, als Lea es sich vorgestellt hatte. Viele der Diskussionen drehten sich um die klassische Darstellung der Opfer und Täter, ohne viel Raum für die anderen Perspektiven zu lassen die der Menschen, die durch ihre eigene Familie mit der Vergangenheit konfrontiert wurden, aber nie selbst in direkte Vergehen verwickelt waren.

Eine junge Frau aus einer jüdischen Familie, die während des Holocausts ihre Großeltern verloren hatte, sagte zu Lea nach einem Panel:

"Es ist sehr wichtig, dass wir die Vergangenheit aufarbeiten, aber manchmal frage ich mich, ob wir uns genug mit dem Jetzt beschäftigen. Mit der Welt, die wir heute haben. Ich finde, wir reden zu wenig darüber, was passiert, wenn die Nachkriegsgenerationen nie wirklich Verantwortung übernommen haben. Was sind die Konsequenzen für uns, die in dieser Welt leben?"

Lea nickte nachdenklich. "Das stimmt. Es ist schwer, in der Vergangenheit zu wühlen, ohne zu sehen, wie sie die Gegenwart beeinflusst. Aber vielleicht ist es notwendig, die Vergangenheit in den Kontext der Gegenwart zu stellen, um zu verstehen, wie sie sich immer noch auf uns auswirkt." Diese Diskussionen, die die Verbindung zwischen Vergangenheit und Gegenwart thematisierten, begannen, Leas Perspektive zu erweitern.

Sie erkannte, dass sie nicht nur dazu aufgerufen war, die Erinnerung zu bewahren, sondern auch den Blick auf das Jetzt zu richten, darauf, wie sich die Geschichte noch immer auf die gesellschaftlichen Strukturen, Ideologien und Beziehungen auswirkte.

In einer ruhigen Nacht, nach einer langen Sitzung und vielen Gesprächen, kam Lea zu einer wichtigen Erkenntnis. Sie wollte nicht nur eine Plattform für das Teilen von Geschichten schaffen, sondern eine Plattform für den Dialog über die Auswirkungen der Geschichte auf das Jetzt.

Sie beschloss, ein neues Projekt zu starten: „Die Brücke zwischen den Zeiten". Es sollte ein interaktives Forum werden, in dem verschiedene Generationen zusammenkamen, um nicht nur über die Vergangenheit, sondern auch über die Konsequenzen und den Umgang mit dieser Vergangenheit in der heutigen Welt zu sprechen. „Es ist nicht genug, nur die Vergangenheit zu kennen. Wir müssen lernen, wie wir heute mit dem Lehren aus der Geschichte umgehen", dachte sie. „Wenn wir die Vergangenheit nicht mit der Gegenwart verbinden, bleiben wir in der Vergangenheit stecken."

Sie begann, das Projekt zu planen. Es sollte eine Mischung aus Vorträgen, Diskussionsrunden und Workshops sein ein Ort, an dem junge und alte Menschen miteinander in einen Dialog treten konnten, um zu verstehen, wie sich die Erlebnisse der Vergangenheit auf die heutige Gesellschaft auswirkten und was jeder Einzelne tun konnte, um den Weg in eine bessere Zukunft zu ebnen. Lea fühlte, dass sie nun auf einem neuen, schwierigen und zugleich wichtigen Weg war. Sie wusste, dass ihre Arbeit noch nicht abgeschlossen war.

Es gab immer noch so viel mehr zu tun, so viele Fragen zu beantworten und so viele Geschichten zu erzählen.

Aber sie fühlte sich sicherer als je zuvor, dass sie die richtige Entscheidung getroffen hatte, sie würde weiterhin die Brücke zwischen der Vergangenheit und der Gegenwart bauen.

Lea befand sich an einem Punkt, an dem ihre Auseinandersetzung mit der Vergangenheit tiefer ging als je zuvor. In den letzten Monaten war sie gewachsen nicht nur als Rednerin, sondern auch als Mensch. Die Gespräche, die sie führte, die Geschichten, die sie hörte, und die Erkenntnisse, die sie über sich selbst und Ihre Familie gewann, begannen, sie zu verändern. Es gab Tage, an denen Lea das Gefühl hatte, die Last der Vergangenheit erdrücke sie. Sie konnte nicht immer die richtigen Worte finden, um zu beschreiben, was sie fühlte.

Es gab Momente, in denen sie das Gefühl hatte, auf der Suche nach etwas zu sein, das sie nie ganz erreichen konnte eine absolute Antwort, eine einfache Lösung, eine endgültige Heilung. Doch je mehr sie sich mit den Geschichten auseinandersetzte, desto mehr verstand sie, dass es keine einfachen Antworten gab. Die Vergangenheit war komplex, verwoben mit Widersprüchen und offenen Fragen.

Eines der entscheidendsten Gespräche in dieser Phase ihrer Entwicklung führte Lea mit ihrer Mutter. Es war spät am Abend, und Lea saß mit ihrer Mutter im Wohnzimmer. Die Luft war still, und der Raum war von einer leisen Schwere durchzogen. Lea hatte das Gefühl, dass ihre Mutter schon seit Jahren eine Art Mauer um sich errichtet hatte, wenn es um die Vergangenheit ging.

Als sie mit ihr über die zunehmende Aufmerksamkeit sprach, die sie in letzter Zeit bekam, und über ihre wachsende öffentliche Rolle, spürte sie, wie ihre Mutter sich zurückzog.

"Lea, ich verstehe, dass du dich für diese Geschichte einsetzt, aber du musst verstehen, dass es schwer für mich ist, immer wieder darüber zu sprechen", sagte ihre Mutter schließlich, ihre Stimme leise und vorsichtig. "Es ist nicht nur dein Großvater, der betroffen ist. Es betrifft uns alle. Deine Großmutter hat es nie wirklich ausgesprochen. Sie hat die Dinge in sich behalten, um uns zu schützen. Und vielleicht war das der Fehler."

Lea starrte ihre Mutter an. Es war das erste Mal, dass sie hörte, wie sehr auch ihre Mutter von der Vergangenheit gezeichnet war. „Du hast mir nie wirklich erzählt, wie du dich gefühlt hast. Was hast du damals gedacht, als du herausfandest, wer dein Vater war?"

Ihre Mutter senkte den Blick, als hätte sie die Frage nie wirklich beantworten können. „Ich habe nie gewusst, wie ich damit umgehen sollte. Ich wollte meinen Vater lieben. Aber als ich die Wahrheit erfuhr, zerbrach etwas in mir. Und dann wollte ich einfach nur normal leben und das bedeutet oft, Dinge zu vergessen, sich von ihnen zu distanzieren."

Lea nickte. Es war eine schmerzliche, aber notwendige Erkenntnis: Sie war nicht die Einzige in ihrer Familie, die sich mit dieser Geschichte auseinandersetzen musste. Und sie konnte nicht erwarten, dass alles für ihre Mutter genauso klar war wie für sie. Es war hart für sie, das zu akzeptieren - die Tatsache, dass ihre Mutter nicht den gleichen Drang verspürte, die Vergangenheit zu ergründen.

Doch es öffnete Lea die Augen für die unterschiedlichen Wege, auf denen Menschen mit ihrer Geschichte umgehen.

In den Wochen nach diesem Gespräch begann Lea, sich mit den vielen unterschiedlichen Formen der Verarbeitung der Vergangenheit auseinanderzusetzen. Sie verstand, dass es nicht nur die Täterschaft und das Leiden gab es gab auch die Form der Verdrängung, die Familiengeschichte, die nie ausgesprochen. wurde.

Sie erkannte, dass viele Menschen, die mit der Vergangenheit nicht direkt konfrontiert wurden, dennoch durch die Spuren der Geschichte beeinflusst waren. Ihre Mutter war nicht die Einzige, die auf die Vergangenheit auswich, um sich selbst zu schützen.

Doch Lea spürte auch, dass ihre eigene Reise sie nicht loslassen würde. Ihre Entscheidung, sich der Geschichte zu stellen, war für sie ein Akt der Verantwortung und des Verständnisses. Sie war nicht bereit, die Last der Geschichte einfach abzustreifen.

Sie wollte, dass auch andere diese Auseinandersetzung führten und das war es, was sie in den letzten Monaten zunehmend verstand: Die Verantwortung war nicht nur ihre eigene, sondern auch die der nächsten Generationen.

Lea hatte nicht nur für sich selbst nach Antworten gesucht, sondern auch für die Gesellschaft. Der Dialog, den sie begann, war nicht nur eine persönliche Reise, sondern ein öffentlicher Akt der Aufklärung und des Verständnisses. Sie fühlte sich als Teil eines größeren Prozesses eines Prozesses, in dem jeder einzelne Schritt, jedes Gespräch und jede Erkenntnis wichtig war.

Es war ein Sommerabend, als Lea zum ersten Mal das Gefühl hatte, eine tiefere Verbindung zu dem, was sie in den letzten Monaten durchgemacht hatte, zu spüren. Es war der Moment, als sie ihre Gedanken in einem Brief an ihre Großmutter zusammenfasste.

In diesem Brief schrieb sie von ihrer Reise und davon, wie sehr sie das Gefühl hatte, dass sie der Wahrheit nähergekommen war, die ihre Familie prägte.

"Liebe Oma, ich weiß, du hast nie über die Vergangenheit gesprochen. Und ich verstehe jetzt, warum. Manchmal ist es einfacher, zu schweigen, als sich mit dem, was war, auseinanderzusetzen. Aber ich habe gelernt, dass das Schweigen nicht heilt, sondern weiter in uns schmerzt. Ich will nicht schweigen. Ich will verstehen. Und das ist der Weg, den ich jetzt gehe."

Lea legte den Stift nieder und sah aus dem Fenster. Sie fühlte sich befreit, als hätte sie einen neuen Schritt auf ihrer Reise getan, der nicht nur sie, sondern auch die Erinnerung ihrer Großmutter und der ganzen Familie einbezog.

Ihre Reise war ein langer Prozess es gab keine schnellen Lösungen, keine einfachen Antworten. Doch sie war entschlossen, diesen Weg zu gehen, auch wenn er weiterhin voller Unsicherheit und Herausforderungen war.

Nun, da Lea tiefer in ihre eigene Verarbeitung der Vergangenheit eingetaucht war, war sie sich bewusst, dass ihre Arbeit noch lange nicht abgeschlossen war.

Die Antworten, die sie suchte, lagen nicht in den Erzählungen anderer, sondern in der kontinuierlichen Auseinandersetzung mit der Frage, wie diese Geschichte die Gegenwart und die Zukunft beeinflusste.

Kapitel 17 Die Brücke zwischen den Zeiten

Lea hatte viele Monate gebraucht, um zu begreifen, dass ihre Reise nicht nur eine persönliche war, sondern auch eine gesellschaftliche Verantwortung mit sich brachte.

Der Dialog, den sie begonnen hatte, war noch nicht abgeschlossen, und je mehr sie nachdachte, desto klarer wurde ihr, dass sie eine Plattform brauchte, auf der dieser Dialog geführt werden konnte, eine Brücke zwischen der Vergangenheit und der Gegenwart, die es den Menschen ermöglichte, sich mit der Geschichte auseinanderzusetzen und daraus zu lernen. Ihre Besuche bei verschiedenen Zeitzeugen und ihre Gespräche mit Historikern hatten ihr gezeigt, wie schwierig es war, über die Vergangenheit zu sprechen. Viele Menschen waren noch immer in der Vergangenheit gefangen entweder durch Schuld, Scham oder die Unfähigkeit, sich der eigenen Verantwortung zu stellen.

Gleichzeitig gab es viele, die von der Geschichte nichts wissen wollten oder sie für zu weit entfernt hielten, um sie noch zu begreifen. Sie fühlte, dass es ihre Aufgabe war, diesen Dialog zu erleichtern und Menschen zu ermöglichen, die Vergangenheit in die Gegenwart zu holen, ohne die Gräben der Unwissenheit oder Verdrängung weiter zu vertiefen.

Lea beschloss, ihre nächste große Initiative zu starten. „Die Brücke zwischen den Zeiten". Es sollte ein interaktives Forum sein, das es den Menschen ermöglichte, sich mit der Geschichte des Nationalsozialismus auseinanderzusetzen, aber auch zu verstehen, wie diese Geschichte noch heute Auswirkungen auf die Gesellschaft hat.

Sie wollte nicht nur Vorträge halten oder Diskussionen führen, sondern den Menschen auch Raum geben, ihre eigenen Erfahrungen zu teilen unabhängig davon, ob sie Opfer, Täter oder unbeteiligte Zuschauer gewesen waren.

Es ging darum, einen offenen Raum zu schaffen, in dem Menschen sich begegnen und die Auswirkungen der Vergangenheit auf die Gegenwart verstehen konnten.

Lea begann, die ersten Schritte zu planen. Sie suchte nach einem Ort, der der richtigen Atmosphäre entsprach, einem Ort, der sowohl den Raum für tiefgehende Diskussionen als auch für stille Reflexionen bot. Der Ort sollte neutral sein, aber gleichzeitig genug Geschichte in sich tragen, um die Menschen zu erden. Sie fand eine alte Schule, die während des Zweiten Weltkriegs als Flüchtlingsunterkunft genutzt worden war, bevor sie nach dem Krieg zu einer Bildungseinrichtung wurde.

Es schien der perfekte Ort zu sein ein Symbol für den Wandel und die Fähigkeit, aus der Vergangenheit zu lernen, um die Zukunft zu gestalten.

Sie plante, verschiedene Veranstaltungen und Workshops zu organisieren, die den Besuchern nicht nur die Geschichte näherbrachten, sondern ihnen auch praktische Werkzeuge an die Hand gaben, wie sie die Verantwortung für die Gegenwart übernehmen konnten.

Ihr Ziel war es, eine Brücke zwischen den Generationen zu schlagen, indem sie Gespräche zwischen Menschen anregte, die diese Zeit aus verschiedenen Perspektiven erlebt hatten, aber auch zwischen jüngeren und älteren Generationen, die durch die Vergangenheit miteinander verbunden waren.

Lea wollte nicht nur Geschichten von Überlebenden und Tätern hören. Sie wollte auch mit den Generationen sprechen, die aufgewachsen waren, ohne diese Geschichte wirklich zu begreifen. Sie wollte die Fragen stellen: "Was bedeutet diese Vergangenheit für uns heute? Wie können wir sicherstellen, dass wir aus ihr lernen, ohne sie zu verharmlosen?"

Lea schrieb ihre erste Einladung für die Veranstaltung. Es war eine Einladung, die sie an all jene verschickte, mit denen sie in den letzten Monaten gesprochen hatte Historiker, Zeitzeugen, Opfer und auch Angehörige von Tätern.

Sie wusste, dass es eine Herausforderung sein würde, alle an denselben Tisch zu bringen. Die Geschichte war oft zu schmerzhaft, zu politisch aufgeladen, und der Wunsch nach Verdrängung war bei vielen immer noch stark.

Trotzdem fühlte sie, dass sie etwas Wichtiges aufbauen musste. "Vielleicht ist das der Moment, in dem wir anfangen können, die Wunden zu heilen", dachte sie.

„Vielleicht kann dieses Projekt der Anfang sein, dass wir endlich beginnen, die ungesagten Worte auszusprechen und den Schmerz anzuerkennen, der noch immer in unserer Gesellschaft steckt."

Lea wollte nicht, dass das Projekt nur eine theoretische Auseinandersetzung war. Sie wollte, dass es eine gelebte Erinnerung war. Eine Erinnerung, die nicht nur den Blick zurück richtete, sondern auch den Blick nach vorne zu den Konsequenzen und den heutigen Herausforderungen.

Die Brücke, die sie bauen wollte, sollte keine einseitige Brücke sein, sondern eine, auf der alle die Möglichkeit hatten, sich zu begegnen.

Der erste Workshop, den sie organisierte, war ein Testlauf, Lea war nervös. Sie wusste, dass viele der Teilnehmer mit Vorbehalten kamen. Es gab immer noch viel Angst, viel Schweigen und viel Widerstand gegenüber dem, was sie ansprach.

Aber Lea war fest entschlossen, dass es nicht um Schuldzuweisung ging es ging darum, Verständnis zu wecken und Raum für die Wahrheit zu schaffen. Der Workshop begann mit einer Einführung von Lea, in der sie ihre eigene Reise schilderte und erklärte, warum es ihr so wichtig war, dieses Thema anzusprechen. Sie sprach über die Geschichten, die sie gehört hatte, die Erlebnisse ihres Großvaters, aber auch über ihre eigenen Erkenntnisse.

Sie erklärte, dass es nicht darum ging, den Tätern die Schuld zuzusprechen oder den Opfern Mitleid entgegenzubringen es ging darum, gemeinsam zu begreifen, was geschehen war und wie es die Gegenwart beeinflusste.

Dann eröffnete sie die Runde für die anderen. Es war fast unangenehm, das erste Wort zu sagen, aber nach und nach begannen die Menschen, sich zu öffnen.

Eine Frau, deren Eltern im Krieg als Kinder überlebt hatten, erzählte von ihren Erfahrungen mit der Schweigsamkeit ihrer Familie. Ein älterer Mann berichtete von seiner Kindheit in der Hitlerjugend und der Verwirrung, die er als junger Mensch empfunden hatte, als er die Wahrheit über die Gräueltaten herausfand.

"Es ist, als ob wir alle in einem Schatten leben", sagte er. "Ein Schatten, den wir selbst erschaffen haben, und der uns jetzt einholt."

Lea lauschte aufmerksam. Sie spürte, wie sich die Atmosphäre im Raum veränderte. Das Gespräch war nicht nur der Austausch von Fakten oder Erinnerungen es war ein Prozess des Verstehens, des Teilens und des Annehmens der Geschichte.

Der erste Workshop war ein Erfolg, aber Lea wusste, dass dies erst der Anfang war. Sie hatte die Brücke zwischen den Zeiten gebaut, aber sie musste noch viele Schritte gehen, um sicherzustellen, dass diese Brücke nicht nur über die Vergangenheit führte, sondern auch die Gegenwart und Zukunft verband.

Sie begann, weitere Veranstaltungen zu planen nicht nur Vorträge, sondern auch interaktive Workshops, bei denen Menschen in kleineren Gruppen über ihre eigenen Geschichten, ihre Ängste und ihre Hoffnungen sprechen konnten.

Sie wollte das Thema weiter aufbrechen und es von allen Seiten beleuchten, um ein vollständiges Bild der Vergangenheit und ihrer Auswirkungen zu zeichnen.

Lea war sich bewusst, dass es noch ein langer Weg war, aber sie war entschlossen, ihn zu gehen. Denn sie wusste: Nur durch das Teilen von Geschichten, das Überwinden von Schweigen und das Erkennen von Verantwortung konnte die Gesellschaft beginnen, die Wunden der Vergangenheit zu heilen.

Nach dem ersten Workshop war Lea überwältigt von der Resonanz, die sie erhielt, nicht nur von den Teilnehmern, sondern auch von der breiten Öffentlichkeit. Während einige Menschen die Initiative begrüßten und ihre Bemühungen unterstützten, gab es auch einen spürbaren Widerstand. Viele, die das Thema als abgeschlossen betrachteten, hatten Schwierigkeiten, sich mit Leas Projekt auseinanderzusetzen. „Warum jetzt noch? Was können wir heute noch lernen?", hörte sie immer wieder.

Die meisten Reaktionen kamen von älteren Generationen, die versuchten, sich von der Vergangenheit zu distanzieren. Für sie war der Krieg lange vorbei, und sie konnten oder wollten sich nicht mehr mit den dunklen Schatten auseinandersetzen, die er hinterlassen hatte. Einige kritisierten Lea direkt, "weil sie alte Wunden aufreißen" würde.

"Warum sollten wir uns weiter damit beschäftigen? Es ist Vergangenheit", sagte ein Mann in einem Artikel, den die lokale Zeitung veröffentlichte.

Lea spürte den Widerstand, aber sie ließ sich nicht entmutigen. Sie wusste, dass es nicht nur um das Aufzeigen von Schuld ging es war eine Möglichkeit für alle, sich den Folgen der Geschichte zu stellen, für die Gesellschaft, für das Land und für sich selbst.

Vielleicht ist es auch an der Zeit, den Begriff "Vergangenheit neu zu definieren", dachte sie. „Denn die Geschichte lebt weiter in den Menschen, in den Familien, in der Gesellschaft."

Doch der Widerstand war nicht die einzige Reaktion. Immer wieder erhielt sie auch Nachrichten von Menschen, die dankbar waren, dass das Thema endlich öffentlich angesprochen wurde. Ein ehemaliger Lehrer schrieb:

„Es ist das erste Mal, dass ich wirklich verstehe, wie tief die Wunden der Vergangenheit noch in uns allen stecken. Ich wusste nie, wie sehr uns das alle beeinflusst hat, bis ich bei Ihrem Workshop war."

Diese positiven Rückmeldungen gaben ihr die Energie, weiterzumachen, obwohl die Kritik nicht ausblieb.

Mit der Zeit veränderten sich die Reaktionen der Gesellschaft auf Leas Projekt. Die Workshops begannen, sich zu füllen - nicht nur mit älteren Menschen, sondern auch mit Jugendlichen, die nach Antworten suchten. In einer Stadt, die lange in einem Schweigen über die Vergangenheit verharrt hatte, merkte Lea, dass die Diskussionen auf einmal nicht mehr nur in geschlossenen Räumen stattfanden.

Über soziale Medien begannen die Menschen, eigenen Erfahrungen zu teilen. Ein Hashtag, den sie in ihren Einladungen eingeführt hatte „Brücke Zwischenzeiten" - verbreitete sich schnell. Es war ein Hashtag, der nicht nur auf ihre Workshops hinwies, sondern auch eine Einladung an alle war, sich mit der Vergangenheit auseinanderzusetzen.

Die Diskussionen in den sozialen Medien waren hitzig. Ein Teil der Gesellschaft war der Meinung, dass die Geschichte von Nazi-Deutschland nicht weiter hervorgehoben werden sollte.

„Wir leben im Jahr 2025. Warum sollten wir uns noch immer mit den Gräueltaten von vor 80 Jahren befassen?" lautete ein häufig wiederkehrendes Argument. Andererseits gab es viele junge Menschen, die sich gegen das Vergessen stellten. Sie wollten nicht nur die Geschichte der Opfer hören, sondern auch die der Täter, um zu verstehen, wie es dazu kommen konnte.

"Wie konnte so etwas in unserer Mitte entstehen?", fragten sich viele. Die Frage blieb in der Luft hängen, immer wieder, egal in welchem Kontext.

Einige antworteten, dass das System des Nationalsozialismus keine isolierte Episode der Geschichte war es war eine strukturelle Krise, die in den politischen, wirtschaftlichen und sozialen Umständen der Zeit verwurzelt war. In einem der Workshops sprach ein Historiker, der sich auf die deutsche Nachkriegsgeschichte spezialisiert hatte, über die psychologischen Mechanismen, die den Aufstieg des Nationalsozialismus ermöglichten.

"Es ist eine Geschichte von Menschen, die in einer Zeit der Verzweiflung nach Antworten suchten", sagte der Historiker.

„Ein System, das verspricht, für die Probleme der Gesellschaft Lösungen zu finden, ist leicht zugänglich für Menschen, die das Gefühl haben, nichts zu verlieren zu haben."

Lea hörte aufmerksam zu. Es war die erste wirklich fundierte Erklärung, die sie über die psychologischen Mechanismen des Faschismus gehört hatte, und sie verstand jetzt besser, warum es nicht nur die Täter selbst waren, die diese Geschichte schrieben.

"Es sind auch die Bedingungen der Gesellschaft, die solche Bewegungen möglich machen", dachte sie. "Und genau deshalb müssen wir immer wieder wachsam sein. Wir dürfen nicht vergessen, wie es passieren konnte, und wir müssen alles tun, um zu verhindern, dass es sich wiederholt."

Lea begann, immer mehr mit jungen Erwachsenen und Jugendlichen zu arbeiten, die zwar mit der Geschichte vertraut waren, aber Schwierigkeiten hatten, ihre eigene Verbindung dazu zu erkennen. "Es fühlt sich so weit weg an", sagte ein 17-jähriger Teilnehmer eines Workshops. "Ich kann mir nicht wirklich vorstellen, wie es damals gewesen sein muss. Meine Großeltern sind mit dieser Geschichte groß geworden, aber ich fühle keine persönliche Verbindung zu ihr."

Das war eine Herausforderung, die Lea nicht erwartet hatte die Kluft zwischen den Generationen. Die Großeltern und Eltern hatten oft ihre eigenen, schmerzhaften Erlebnisse und Gedanken zu der Zeit. Doch für die Enkelgeneration war die Vergangenheit schwer fassbar. Es war eine abstrakte Idee, die oft als etwas Vergangenes, das nie wieder kommen könnte, abgetan wurde.

Und doch war es eine Geschichte, die immer noch in den Denkmustern, im politischen Klima und in der Gesellschaft weiterlebte.

Lea wusste, dass sie auch diese Generation erreichen musste. Ihre Initiative war mehr als nur eine Rückbesinnung auf die Vergangenheit sie war eine Aufforderung, zu verstehen, wie diese Vergangenheit das heutige Leben beeinflusste. In einem Gespräch mit einer Gruppe von Jugendlichen sagte sie:

"Es geht nicht nur darum, was damals passiert ist, sondern auch darum, wie wir heute mit den Konsequenzen umgehen. Wir leben in einer Gesellschaft, die immer noch von den Ereignissen der Vergangenheit geprägt ist. Wir können uns der Geschichte nicht entziehen, aber wir können uns dafür entscheiden, sie nicht zu wiederholen. Deshalb ist es so wichtig, dass wir die Geschichte nicht nur verstehen, sondern auch die Verantwortung übernehmen, sie in die Gegenwart zu holen."

Einige Jugendliche schienen überrascht. Sie hatten nie darüber nachgedacht, dass sie als junge Erwachsene eine aktive Rolle in der Gestaltung der Erinnerung spielen könnten.

Lea merkte, wie sie eine wichtige Brücke schlug nicht nur zwischen den Generationen der Täter und Opfer, sondern auch zwischen den Jugendlichen von heute und den Menschen, die die Geschichte geprägt hatten.

Lea wurde zunehmend zu einer Stimme der neuen Generation von Aktivisten, die sich mit den dunklen Kapiteln der Geschichte auseinandersetzten. Sie begann, mit Schulen und Universitäten zu arbeiten und ihre Workshops zu erweitern.

Ihre Initiative wuchs, und sie sah, wie sich in der Gesellschaft eine tiefere Auseinandersetzung mit der Vergangenheit entwickelte. Die Gesellschaft war immer noch gespalten, aber Lea spürte, dass sie etwas Wichtiges in Gang gesetzt hatte eine Diskussion, die nicht so leicht zu beenden war. Und während die kritischen Stimmen nicht verstummten, war die Nachfrage nach mehr Aufklärung und Diskussionen größer denn je.

"Es ist ein langer Weg, aber es fühlt sich an, als ob ich endlich auf dem richtigen Pfad bin", dachte Lea oft, wenn sie an die nächsten Schritte dachte.

Lea hatte nie geglaubt, dass ihre Initiative problemlos verlaufen würde. Doch die ersten größeren Herausforderungen ließen nicht lange auf sich warten.

Es gab immer wieder Widerstände, die nicht nur in den sozialen Medien stattfanden, sondern auch in den Veranstaltungen selbst. Manchmal hatte sie das Gefühl, gegen unsichtbare Mauern anzukämpfen. Ein Ereignis, das ihr besonders zu schaffen machte, war ein öffentlicher Streit während eines Workshops in einer nahegelegenen Stadt. Lea hatte dort einen Historiker eingeladen, der über die psychologische Verführungskraft des Nationalsozialismus und die Gründe für die Entstehung von faschistischen Bewegungen gesprochen hatte.

Die Diskussion war anfangs sachlich, doch plötzlich meldete sich ein älterer Mann, der empört erklärte: „Das ist alles schon viel zu lange her. Warum müssen wir ständig über Dinge sprechen, die uns nur schwächen und entzweien?" Lea versuchte, ruhig zu bleiben und antwortete mit einer ruhigen Erklärung über die Relevanz der Geschichte.

Doch der Mann ließ nicht locker. „Würden wir nur aufhören, uns ständig zu grämen und den Fehlern unserer Vorfahren hinterherzutrauen, könnten wir uns endlich auf die Zukunft konzentrieren!", sagte er.

Der Streit zog immer größere Kreise, und bevor sie es richtig verstand, war der Raum in zwei Lager gespalten. Ein Teil der Teilnehmer stimmte dem Mann zu, während ein anderer Teil versuchte, Lea zu unterstützen.

Der Raum war auf einmal von einer Spannung durchzogen, die nicht nur auf Meinungsverschiedenheiten basierte, sondern auch auf tief verwurzelten Ängsten.

Es war eine schwierige Situation. Lea hatte sich auf viele Formen des Widerstands vorbereitet, aber die Wut und die Entschlossenheit dieses Mannes traf sie unerwartet.

Es erinnerte sie daran, dass die Geschichte nicht nur als abstrakte Theorie existierte sie war lebendig, war Teil der Identität vieler Menschen, und für einige war sie ein Thema, das mit tiefen persönlichen Verletzungen und Wunden behaftet war.

Am Ende des Workshops war sie erschöpft. Doch es war auch ein Wendepunkt. Lea hatte zum ersten Mal gesehen, wie widerstandsfähig viele Menschen gegenüber der Erinnerung an diese dunkle Zeit waren. Diese Erfahrung ließ sie nachdenken: Hatte sie die Menschen zu schnell in die Diskussion über die Vergangenheit geworfen? Musste sie einen anderen Ansatz finden, um sie dazu zu bewegen, sich dieser schmerzhaften Wahrheit zu stellen?

Nach dem Vorfall in der Stadt beschloss Lea, ihre Methodik zu überdenken. Sie erkannte, dass der direkte Weg zur Wahrheit nicht immer der effektivste war. Manchmal brauchten Menschen Zeit, um sich auf die Geschichte einzulassen, ohne sich sofort angegriffen zu fühlen.

Sie begann, ihre Workshops mehr interaktiv zu gestalten und eine Atmosphäre zu schaffen, in der jeder seine eigenen Gedanken und Gefühle ausdrücken konnte, ohne sich gleich einer moralischen oder historischen Bewertung zu stellen.

Statt sofort in die harte Auseinandersetzung zu gehen, startete sie ihre Treffen oft mit kleineren, geführten Diskussionen über Werte, die die Teilnehmer selbst schätzten wie Gerechtigkeit, Verantwortung, Zugehörigkeit und Vertrauen.

Sie stellte Fragen, die es den Teilnehmern ermöglichten, sich selbst zu hinterfragen, bevor sie in die komplexe Vergangenheit eintauchten: Was bedeutet es für dich, Verantwortung zu übernehmen? oder Wann hast du das Gefühl, Gerechtigkeit hergestellt wird?

"Es geht darum, dass die Menschen verstehen, warum diese Geschichte so wichtig ist, " dachte sie. „Es geht nicht nur darum, sie mit Fakten zu bombardieren, sondern die emotionale Verbindung zur Geschichte herzustellen, damit sie sich selbst fragen: Was hätte ich getan, wenn ich damals in dieser Zeit gelebt hätte?"

Diese neue Herangehensweise zeigte schnell Wirkung. Die Diskussionen wurden offener und respektvoller. Die Teilnehmer, die anfangs skeptisch waren, begannen, sich auf die Thematik einzulassen, auch wenn es unangenehm war.

Doch sie fühlten sich weniger angegriffen und mehr eingeladen, sich mit der Geschichte auseinanderzusetzen. Lea schuf eine Umgebung, in der alle Teilnehmer ihr eigenes Tempo wählen konnten, um sich mit den schwierigen Wahrheiten der Vergangenheit zu konfrontieren.

Langsam, aber sicher, begann auch die Medienwelt, mehr Interesse an Leas Projekt zu zeigen. Ein kleiner Artikel in der regionalen Zeitung hatte dazu geführt, dass immer mehr Journalisten an ihren Workshops teilnahmen und begannen, über die Initiative zu berichten.

Es war nicht die breite Aufmerksamkeit, die sie sich vielleicht erhofft hatte, aber die Präsenz der Medien trug dazu bei, dass mehr Menschen auf die Brücke zwischen den Zeiten aufmerksam wurden. Eines Tages erhielt Lea einen Anruf von einem Fernsehsender, der sie zu einem Interview einlud. Sie war nervös, aber auch gespannt, wie sie ihre Arbeit und ihr Projekt einem größeren Publikum präsentieren konnte.

Als sie in das Studio trat, spürte sie sofort die Schwere des Themas, das sie behandelte. Sie wusste, dass ihre Worte jetzt von einer größeren Zahl von Menschen gehört werden würden.

Das Interview verlief zunächst ruhig, doch als der Moderator fragte, was sie den jüngeren Generationen über die Bedeutung des Erinnerns sagen würde, kam sie auf den Punkt: „Es geht nicht darum, mit dem Finger zu zeigen. Es geht darum, dass wir uns bewusst machen, was damals geschehen ist, damit wir sicherstellen können, dass solche Verhältnisse nie wieder entstehen. Es geht nicht nur darum, die Schuld der Vergangenheit zu tragen, sondern auch um die Verantwortung der Gegenwart.

Jeder von uns hat die Fähigkeit, die Gesellschaft zu verändern. Aber wir müssen verstehen, wie leicht es ist, uns von der Geschichte verleiten zu lassen, wie wichtig es ist, immer wachsam zu bleiben." Der Kommentar ging in den sozialen Medien viral und führte zu einer Flut an Kommentaren. Es gab viele, die ihr zustimmten, aber auch viele, die sie kritisierten und der Meinung waren, dass "die alte Geschichte" zu sehr ausgebreitet wurde.

Doch die positiven Reaktionen überwiegen. Viele Menschen fühlten sich zum ersten Mal wirklich aufgefordert, sich zu diesem Thema zu äußern und es anzusprechen.

Mit der steigenden Aufmerksamkeit begann Leas Initiative, über die regionalen Grenzen hinaus bekannt zu werden.

Mehr Schulen und Universitäten baten sie, Workshops zu halten. Sie wuchs über ihre ursprüngliche Vision hinaus. Es bildeten sich lokale Gruppen, die ähnliche Veranstaltungen durchführten und damit zur Verbreitung von Leas Anliegen beitrugen.

Am Ende des Jahres konnte Lea stolz auf eine Reihe von Erfolgen zurückblicken. Sie hatte nicht nur Menschen erreicht, die zuvor nicht bereit waren, sich der Geschichte zu stellen, sondern auch eine Bewegung ins Leben gerufen, die dafür sorgte, dass die Geschichten der Vergangenheit nicht in Vergessenheit geraten würden. Aber Lea wusste, dass der wahre Erfolg nicht in der Zahl der Teilnehmer lag. Der wahre Erfolg war, dass die Menschen sich verändert hatten, dass sie nun bereit waren, sich den eigenen Schatten zu stellen und zu fragen: Wie können wir verhindern, dass so etwas wieder passiert?

In einer Besprechung mit ihrem Team sagte sie: „Es geht nicht um den Schlussstrich unter der Vergangenheit. Es geht darum, eine Kultur des Erinnerns und Verstehens zu etablieren. Eine, die uns auch in Zukunft auf der richtigen Seite der Geschichte hält."

Leas Initiative hatte sich zu einer weitreichenden Bewegung entwickelt, die nicht nur in den kleinen Städten und Gemeinden, in denen sie ursprünglich gestartet war, Anklang fand, sondern sich auch über die Landesgrenzen hinaus ausbreitete.

Doch der Prozess war nicht nur von Erfolg gekrönt. Inmitten der Anerkennung gab es weiterhin Widerstände und tief verwurzelte Ängste. Die Diskussionen, die sie anstieß, hatten die Gesellschaft gespalten, aber auch wachgerüttelt.

Die Berichterstattung in den Medien von Zeitungen bis zu Nachrichtensendungen - trug wesentlich zur Verbreitung von Leas Anliegen bei.

Sie war nun eine anerkannte Stimme in der öffentlichen Diskussion. Doch nicht jeder war froh darüber. Viele Zeitungen, vor allem die konservativen, griffen sie an. Der Vorwurf war immer wieder der gleiche: Lea würde alte Wunden aufreißen und dabei die Gesellschaft spalten. Der Vorwurf war, dass sie die Vergangenheit an einem Punkt präsentierte, an dem die Gesellschaft längst weitergezogen sei.

Ein Artikel eines bekannten Journalisten trug den Titel: „Wie Lea mit der Vergangenheit die Zukunft gefährdet". Darin hieß es, dass sie mit ihrem ständigen Fokus auf die dunklen Seiten der Geschichte die Menschen in einer Zeit des Aufbruchs zurückhalte.

Der Journalist schrieb: „Es ist nicht falsch, sich an die Vergangenheit zu erinnern, aber es ist auch nicht hilfreich, sich immer wieder von ihr definieren zu lassen. Unsere Gesellschaft braucht eine Perspektive nach vorne, nicht zurück."

Lea las den Artikel und spürte, wie die Worte sie trafen. Aber sie wusste, dass der Widerstand Teil des Prozesses war. Die Gesellschaft hatte sich nie leicht mit der Auseinandersetzung mit ihrer dunklen Vergangenheit getan. Doch die positiven Reaktionen, die sie ebenfalls erhielt, gaben ihr die Kraft weiterzumachen.

Viele der positiven Rückmeldungen stammten von denjenigen, die auf ihre Workshops aufmerksam geworden waren und mit einem völlig neuen Blick auf das Thema zurückkamen.

Schulen und Universitäten begannen zunehmend, ihre eigenen Programme zur Erinnerungskultur zu entwickeln, viele mit direkter Beteiligung von Lea und ihren Experten.

Der Fokus auf junge Menschen und ihre Perspektiven hatte einen nachhaltigen Einfluss. Eine der überraschendsten und tiefgründigsten Veränderungen war die Wahrnehmung der jüngeren Generationen. In einer Reihe von Interviews mit jungen Erwachsenen und Jugendlichen, die an Leas Workshops teilgenommen hatten, bestätigten viele, dass sie zum ersten Mal realisierten, wie wichtig es war, sich mit der Vergangenheit auseinanderzusetzen, um die Fehler der Zukunft zu vermeiden.

"Ich habe immer das Gefühl gehabt, dass das alles so weit weg ist, als ob es niemanden mehr betrifft", sagte ein 16-jähriger Junge in einem Interview.

"Aber jetzt verstehe ich, dass es eine Verantwortung gibt, sich mit dieser Geschichte auseinanderzusetzen, um zu verhindern, dass sich solche Dinge wiederholen. Und vor allem, dass es auch uns betrifft. Wir müssen wissen, wie die Gesellschaft in so eine Katastrophe geraten konnte."

Diese neuen Perspektiven waren der Kern von Leas Arbeit. Die Veränderung der Haltung der jüngeren Generationen war ein Erfolg, den sie nie erwartet hatte.

Es war eine Bestätigung für sie, dass es nicht nur darum ging, die Vergangenheit aufzuarbeiten, sondern auch darum, den jungen Menschen zu helfen, eine Gesellschaft zu schaffen, die nicht in den Fehlern der Geschichte verstrickt blieb.

Ein bedeutender Erfolg für Leas Initiative war die schrittweise Institutionalisierung ihrer Arbeit. Im Laufe der Jahre begann die Gesellschaft, sich von einer Kultur des Schweigens und Verdrängens zu einer Kultur des Erinnerns und des Dialogs zu bewegen.

Leas Workshops und die damit verbundenen Projekte wurden von Schulen, Universitäten und auch politischen Institutionen zunehmend anerkannt.

Die Bundesregierung ergriff die Initiative, als sie einen staatlichen Fördertopf einrichtete, um Projekte zu unterstützen, die sich mit der Aufarbeitung der Geschichte des Nationalsozialismus beschäftigten.

Leas Projekt war eines der ersten, das diese Förderung erhielt, was ihr ermöglichte, noch mehr Ressourcen in ihre Workshops zu investieren und sie weiter auszubauen.

Außerdem war es Leas Initiative, die den Weg für eine nationale Debatte ebnete, die über die bloße Erinnerung hinausging. Es ging nicht nur darum, die Vergangenheit zu bewahren, sondern zu verstehen, wie sie in die heutige Gesellschaft eingewoben war.

Es wurde anerkannt, dass es eine Verantwortung der Gesellschaft war, nicht nur die Fakten zu kennen, sondern sich auch mit den psychologischen und sozialen Strukturen auseinanderzusetzen, die diese Ereignisse ermöglichten.

In den Schulen wurde zunehmend Wert auf die Verbindung von Geschichte mit aktuellen Themen gelegt. Der Lehrplan wurde angepasst, um die jungen Menschen nicht nur mit den historischen Fakten zu konfrontieren, sondern auch mit der Frage, wie sie heute Verantwortung übernehmen konnten, um ähnliche Fehler in der Zukunft zu vermeiden.

Auch in politischen Diskussionen wurde das Thema zunehmend berücksichtigt, wobei Leas Projekt als eine Art Modell für den Umgang mit schwierigen, aber notwendigen Gesprächen galt.

Doch trotz der großen Erfolge hatte die Gesellschaft immer noch ihre Spaltungen. Nicht jeder war bereit, sich der Wahrheit zu stellen. Die Debatten über die richtige Art, mit der Vergangenheit umzugehen, gingen weiter, und der Widerstand, den Lea in den ersten Jahren ihrer Initiative erlebt hatte, blieb bestehen.

Immer wieder stießen sie auf Menschen, die der Meinung waren, dass es genug sei mit der Auseinandersetzung. Es gab Menschen, die in den sozialen Medien eine riesige Plattform aufbauten und den Vorwurf erhoben, dass Leas Projekte die Gesellschaft nur weiter polarisieren würden.

Sie bezeichneten sie als „Spalterin", die versuchte, alte Konflikte neu zu entfachen. Aber Lea wusste, dass es nicht um Konflikte ging es ging um das Verstehen und Aufarbeiten. Sie setzte auf einen Dialog, der durch das Verständnis für den anderen geprägt war.

Doch je mehr die Gesellschaft sich mit der Vergangenheit auseinandersetzte, desto mehr zeigte sich auch, wie sehr die Auseinandersetzung mit dem Nationalsozialismus noch immer Angst und Unsicherheit hervorrufen konnte.

Der Dialog über die Verfehlungen der Vergangenheit, so wichtig er war, blieb oft unbequem und stieß auf tief verwurzelte Widerstände, die Lea nicht sofort überwinden konnte.

In einem Moment der Reflexion fragte sich Lea. „Wird diese Gesellschaft jemals wirklich vollständig bereit sein, sich dieser Geschichte zu stellen?"

Aber sie wusste auch, dass der Prozess der Wandel und der Veränderung nie einfach war. Jede Generation musste ihren eigenen Weg finden, mit der Vergangenheit umzugehen, aber der Dialog war nun offener, die Gesellschaft wacher. Leas Initiative hatte diesen Dialog angestoßen, und der Weg war noch lange nicht zu Ende.

Während Lea immer mehr Menschen erreichte, erlebte die Gesellschaft einen tiefgreifenden Wandel im Umgang mit der Vergangenheit. Der Dialog über die Verantwortung für die Geschehnisse des Zweiten Weltkriegs und die Rolle des Nationalsozialismus in der deutschen Geschichte wurde nicht nur in öffentlichen Veranstaltungen geführt, sondern fand auch zunehmend in privaten Gesprächen statt.

Der Diskurs, der einst nur von wenigen als notwendig erachtet wurde, hatte sich mittlerweile zu einer breiten gesellschaftlichen Diskussion entwickelt.

Doch der Wandel war nicht einfach. Viele Menschen, die die dunklen Kapitel der Geschichte verdrängt oder minimiert hatten, mussten sich nun mit der Realität ihrer eigenen familiären Verstrickungen auseinandersetzen.

In vielen Familien wurden plötzlich Gespräche über die Kriegsvergangenheit geführt, die zuvor jahrzehntelang vermieden worden waren. Nicht jeder war bereit, sich den schwierigen Wahrheiten zu stellen, und nicht jeder wollte sich von den Erzählungen Leas beeinflussen lassen.

Ein besonderes Augenmerk lag auf der jungen Generation, die nach und nach aufwuchs, ohne die direkten Schrecken des Zweiten Weltkriegs erlebt zu haben. Für sie war die Geschichte abstrakter, weniger greifbar.

Doch Leas Initiative hatte dafür gesorgt, dass Geschichte nicht nur in Schulen oder Büchern vermittelt wurde, sondern durch persönliche Geschichten von Überlebenden, Nachkommen und Menschen, die sich der Verantwortung stellen wollten. Immer mehr junge Menschen setzten sich mit der Frage auseinander. Was bedeutet Verantwortung in einer Gesellschaft, die sich von solchen Verfehlungen nicht abgrenzen kann?

In den Schulen wurden Projekte ins Leben gerufen, in denen Schüler ihre eigenen Familiengeschichten untersuchten und versuchten, Verbindungen zwischen der Vergangenheit ihrer Vorfahren und den heutigen sozialen Herausforderungen herzustellen.

Diese Projekte führten zu tiefgreifenden Auseinandersetzungen, nicht nur mit der Geschichte, sondern auch mit den eigenen Werten und dem Verständnis von Verantwortung.

Ein bemerkenswertes Beispiel war eine Schülergruppe, die im Rahmen eines Projekts Leas Workshops besuchte und sich entschloss, die Geschichten ihrer Großeltern zu hinterfragen. Einige fanden heraus, dass ihre Großväter in der Zeit des Nationalsozialismus in verschiedenen Kapazitäten tätig gewesen waren, und diese Erkenntnis rüttelte viele junge Menschen auf.

Sie begannen, sich zu fragen, wie es möglich war, dass solche Ereignisse. passieren konnten, ohne dass jemand dagegen aufbegehrte.

Lea selbst war überrascht von der Resonanz. Eines der Gespräche mit einer jungen Schülerin berührte sie besonders. „Ich wusste nie, wie nahe die Geschichte uns immer noch ist", sagte die Schülerin, „aber jetzt verstehe ich, dass wir nicht einfach nur Schüler sind, die etwas lernen. Wir sind Teil der Geschichte. Und wir haben die Verantwortung, sicherzustellen, dass sie sich nicht wiederholt."

Die Herausforderungen der Verantwortung waren besonders für die ältere Generation groß. Während viele junge Menschen bereit waren, sich der Vergangenheit zu stellen, hatten ältere Menschen oft das Gefühl, dass ihnen etwas vorgeworfen wurde, das sie selbst nicht verbrochen hatten. Für viele der älteren Generation, die nicht direkt im Nationalsozialismus aktiv gewesen waren, war es schwierig, sich mit der Geschichte ihrer Eltern oder Großeltern auseinanderzusetzen.

Einige nahmen an den Workshops teil und konfrontierten ihre eigene Familiengeschichte. Es war nicht seltsam, zuzuhören, wie die Kinder versuchten, die Geschichten ihrer Eltern zu rekonstruieren und zu verstehen.

"Es tut weh, sich mit der Vergangenheit zu befassen, wenn man das Gefühl hat, dass man die Verantwortung für etwas trägt, das man nie selbst getan hat", sagte eine ältere Frau, die sich in einem Workshop öffnete.

Doch durch die offene und respektvolle Atmosphäre, die Lea geschaffen hatte, fanden viele von ihnen einen Weg, diese Verantwortung zu akzeptieren nicht im Sinne von Schuld, sondern im Sinne von Erinnerung und Verstehen.

Die gesellschaftlichen Veränderungen waren nicht nur in Schulen und Familien zu spüren, sondern auch auf politischer Ebene. Die Diskussionen, die durch Leas Initiative angestoßen worden waren, hatten zu neuen politischen Bewegungen geführt, die den Umgang mit der Geschichte der Nation auf eine breitere Ebene hoben.

Parteien, die lange in der Schublade der Vergangenheitsbewältigung verschwunden waren, begannen, ihre eigenen Programme zu entwickeln, die auf einer ehrlicheren Auseinandersetzung mit der Vergangenheit basierten. Leas Arbeit beeinflusste nicht nur den Dialog über den Nationalsozialismus, sondern auch den Umgang mit anderen Formen der Diskriminierung und Intoleranz. Sie hatte stets betont, dass es nicht nur um die Schuld der Vergangenheit gehe, sondern auch darum, wie diese Vergangenheit sich in die heutige Gesellschaft fortsetze und welche Muster wiederholt wurden.

Dies führte dazu, dass zunehmend mehr gesellschaftliche Akteure auf die Frage hinwiesen, wie Rassismus, Antisemitismus und Ausgrenzung auch heute noch in sozialen Strukturen verankert seien.

In mehreren großen öffentlichen Diskussionsrunden über den Umgang mit dem Erbe des Nationalsozialismus und der Verstrickung der Gesellschaft in diese Vergangenheit wurden Leas Ideen aufgegriffen und vertieft.

Ein Beispiel war eine groß angelegte Konferenz, die 2025 stattfand und Leas Rolle als eine der zentralen Sprecherinnen hervorhob. Sie betonte einmal mehr die Notwendigkeit, nicht nur in der Vergangenheit zu graben, sondern aktiv nach Lösungen für die heutige Gesellschaft zu suchen.

"Wir sind nicht nur die Erben der Geschichte", sagte sie auf dieser Konferenz, „wir sind auch die Schöpfer der Zukunft. Aber wir können nur dann an einer besseren Zukunft arbeiten, wenn wir den Mut haben, uns der Vergangenheit zu stellen."

Dieser Gedanke fand in der breiten Öffentlichkeit immer mehr Gehör. Der Dialog über Vergangenheitsbewältigung und kollektive Verantwortung wurde zunehmend von einem Austausch von Ideen und Lösungsansätzen geprägt, die der Gesellschaft als Ganzes zugutekamen.

Die Verantwortung für die Geschichte war keine Last, sondern eine Chance eine Chance für eine gerechtere und offenere Gesellschaft.

Lea konnte nun sehen, dass die Veränderung, die sie erhofft hatte, langsam, aber sicher, Realität wurde. Ihre Initiative hatte dazu beigetragen, das kollektive Gedächtnis der Gesellschaft zu stärken, und sie hatte dazu beigetragen, die Grundlagen für eine neue Generation zu legen, die bereit war, sich ihrer Verantwortung zu stellen.

Es war nicht die perfekte Gesellschaft, die Lea sich immer erträumt hatte, aber sie wusste, dass der Weg, den sie eingeschlagen hatte, der richtige war.

Die Veränderung würde nicht über Nacht geschehen, aber sie hatte das Gefühl, dass sie ihren Beitrag zu einem nachhaltigeren, gerechteren und verantwortungsbewussteren Umgang mit der Vergangenheit und der Gegenwart geleistet hatte.

Lea wusste auch, dass der Kampf nie wirklich vorbei sein würde. Der Widerstand war tief verwurzelt, und es würde immer Menschen geben, die nicht bereit waren, sich der Vergangenheit zu stellen. Aber sie hatte gelernt, dass Veränderung nicht in einem Moment, sondern über viele kleine Schritte und immer wieder in den Diskussionen und dem Dialog mit anderen erreicht wurde.

Mit einem Gefühl der Hoffnung blickte Lea in die Zukunft eine Zukunft, in der Verantwortung, Erinnerung und Verstehen die Eckpfeiler einer stabilen und offenen Gesellschaft waren.

Kapitel 19 Ein letztes Gespräch mit dem Großvater

Lea saß an ihrem Schreibtisch und starrte auf die vielen Notizen, die sie für ihre nächste Rede vorbereitet hatte. Der Dialog über die Geschichte des Nationalsozialismus hatte sich weit über das hinausgedehnt, was sie sich ursprünglich erhofft hatte.

Doch trotz all der positiven Veränderungen, die sie in der Gesellschaft bewirken konnte, fühlte sie sich innerlich zerrissen. Etwas in ihr fehlte, eine Art Abschluss, den sie noch nicht gefunden hatte.

Da klingelte das Telefon.

Es war ihre Mutter. „Lea, dein Großvater möchte mit dir reden, ich habe ihm gesagt ich rufe dich an und sage dir Bescheid."

" Okay vielen Dank Mama, ich werde gleich zu ihm fahren."

Nachdem Lea aufgelegt hatte, fuhr sie sofort los. Als sie am Haus der Großeltern angekommen war, saß ihr Großvater auf der Terrasse bei einer Tasse Tee.

"Setz dich Lea, schenk dir einen Tee ein, und hör mir bitte zu "

Er schaute in die Ferne während Lea sich einen Tee einschenkte.

"Lea", begann er mit leiser Stimme, "es gibt noch etwas, das du wissen musst. Etwas, das mir nie aus dem Kopf geht."

Lea setzte sich, wusste aber nicht, was sie erwarten sollte. Der Großvater, der in den letzten Jahren über seine Zeit als Nazi gesprochen hatte, hatte oft versucht, sein Gewissen zu erleichtern. Doch jetzt schien es, als ob er mit einer Geschichte zu kämpfen hatte, die er nie zuvor erzählt hatte.

"Es geht nicht nur um mich und meine Taten, Lea", fuhr er fort, "sondern um die Menschen, die wir damals verletzt haben. Es gibt eine Geschichte, die mich bis heute verfolgt. Ich habe sie nie jemandem erzählt, nicht einmal dir. Aber du musst es wissen. Vielleicht kannst du es besser verstehen, wenn du die ganze Wahrheit kennst."

Lea fühlte sich plötzlich unsicher, doch sie wusste, dass sie zuhören musste. Sie hatte es sich immer gewünscht, die letzte Antwort auf die Fragen, die sie über ihren Großvater hatte, zu finden. Und jetzt war sie bereit, die Geschichte zu hören.

"Es war im Jahr 1942", begann der Großvater, und die Erinnerungen schienen ihn zu erdrücken. "Ich war ein Teil einer Einheit, die in einem kleinen Dorf in Polen stationiert war. Der Befehl war klar: Wir sollten die jüdische Bevölkerung auslöschen. Du musst dir vorstellen, dass wir nicht einmal eine Sekunde an die Konsequenzen dachten. Es war einfach ein Befehl, und wir gehorchten, ohne zu hinterfragen."

Lea atmete scharf ein, doch sie sagte nichts. Ihr Großvater blickte auf den Boden, als versuche er, die Worte zu finden.

"An diesem Tag in dem Dorf", fuhr er fort, „wurde uns befohlen, eine Gruppe von Menschen zu versammeln. Wir hatten keine Ahnung, wie viele es waren, vielleicht zwanzig, vielleicht dreißig. Ich erinnere mich an ihre Gesichter, an ihre Angst. Sie standen dort, die Frauen, Kinder, die alten Menschen, die immer wieder versuchten, etwas zu sagen. Aber es gab keine Worte, keine Gnade. Wir hatten ihnen alles genommen ihre Würde, ihr Leben, ihre Hoffnung."

Lea sah, wie der Großvater mit seinen Händen zitterte. „Es war ein Massaker. Wir standen dort, mit unseren Waffen in der Hand, und ich erinnere mich an ein Mädchen. Sie war kaum älter als zwölf Jahre. Ihre Augen waren voller Angst, aber auch voller Hoffnung. Ich kann das Bild nicht aus meinem Kopf bekommen, Lea. Das Mädchen fragte mich, warum wir das taten. Sie sagte, sie hätte nie jemandem etwas getan. Sie konnte es nicht begreifen. Ich kann mich noch heute an die Traurigkeit in ihren Augen erinnern, als wir sie erschossen haben."

Der Großvater machte eine Pause, als ob er die Last der Erinnerungen verarbeiten musste, die ihm immer noch in den Knochen steckten. Lea spürte, wie schwer die Luft in dem Raum wurde.

„Ich habe nie wieder jemandem von diesem Mädchen erzählt. Nie. Aber ich habe es nie vergessen. Ich träume immer noch von ihr, Lea. Und manchmal frage ich mich, ob ich sie hätte retten können, ob ich hätte etwas tun können. Aber zu der Zeit war es einfach... eine Aufgabe. Und es gab keinen Raum für Mitleid oder Zweifel. Aber heute, heute sehe ich das Bild dieser Kinder, dieser Menschen, die ausgelöscht wurden, als ob sie niemals existiert hätten."

Lea spürte einen Kloß in ihrem Hals, der ihr die Worte nahm. Der Großvater, der einst ein Mann der Stille und der Entschuldigung war, hatte ihr gerade die tiefste und schlimmste Wahrheit seiner eigenen Geschichte offenbart. Die grausame Last seiner Taten lag nun auf ihren Schultern.

"Warum erzählst du mir das jetzt?" fragte Lea schließlich, ihre Stimme war fest, aber brüchig.

Der Großvater hob den Blick und traf ihre Augen. „Weil du jetzt die Verantwortung trägst, Lea. Well du diejenige bist, die diese Geschichte weitertragen kann. Du kannst der Gesellschaft helfen zu verstehen, dass solche Dinge nicht in der Vergangenheit bleiben dürfen. Sie sind immer noch da, in uns, in der Welt. Du musst sicherstellen, dass niemand vergisst, dass solche Grausamkeiten je passiert sind. Du bist der Wegweiser, Lea. Du bist derjenige, der zeigt, dass es auch ein Leben nach der Schande gibt."

Lea fühlte sich von den Worten ihres Großvaters überfordert, doch sie wusste auch, dass sie nun die letzte Wahrheit kannte. Sie war nicht mehr die Enkelin eines Mannes, der in der Vergangenheit ein einfaches Leben geführt hatte.

Sie war die Zeugin einer Geschichte, die so brutal und grausam war, dass sie nie aus den Erinnerungen der Welt verschwinden durfte.

„Ich werde es weitererzählen", sagte Lea, ihre Stimme fest, "und ich werde sicherstellen, dass niemand diese Fehler je wieder macht."

Der Großvater nickte langsam. „Du bist stark, Lea. Du hast die Wahrheit in dir, und du wirst sie der Welt zeigen. Denn das ist der einzige Weg, wie wir alle erlöst werden können."

Lea wusste, dass dies der endgültige Moment war, der Abschluss ihrer Reise, auf der sie sich mit der Vergangenheit auseinandergesetzt hatte. Der Großvater, der nun endlich seine Geschichte geteilt hatte, konnte sich selbst ein Stück weit von seiner Schuld befreien und sie auch. Sie nahm seine Hand und versprach, das Erbe der Erinnerung weiterzutragen.

Der Weg, den sie gegangen war, hatte sie nicht nur mit der Geschichte ihrer Familie versöhnt, sondern auch mit der Geschichte der Welt.

Mit diesen Gedanken machte sie sich wieder auf den Weg nach Hause.

Es war ein kalter Wintermorgen, als Lea ihren Großvater wieder besuchte. Die Sonne schien blass durch das Fenster, und der Raum war von einem stillen Frieden durchzogen. Sie hatte das Gefühl, dass etwas in der Luft lag - eine Veränderung, die sowohl sie als auch ihren Großvater tief berührte.

Als sie das Haus betrat, fand sie ihn an seinem gewohnten Platz vor dem Fenster, wo er oft in den Tagen zuvor gesessen hatte, still und nachdenklich.

Doch heute war er anders. Die Anspannung, die ihn in den letzten Jahren so stark geprägt hatte, schien sich gelöst zu haben. Seine Augen waren klarer, seine Haltung aufrechter. Er wirkte auf einmal viel jünger, fast so, als hätte ein unsichtbares Gewicht von seinen Schultern genommen.

„Lea", sagte er, als er sie bemerkte und sich langsam erhob. „Komm rein, setz dich."

Lea setzte sich neben ihn. Sie fühlte eine stille Erwartung in der Luft, doch sie wusste nicht genau, was sie erwarten sollte. Der Großvater, der in den letzten Monaten so oft mit ihr gesprochen hatte, wirkte jetzt besonders ruhig, fast schon in sich gekehrt.

"Ich wollte dir danken, Lea", begann er schließlich, seine Stimme war leise und fest zugleich.

„Danke, dass du mir zugehört hast. Du hast mir geholfen, das auszusprechen, was mich all die Jahre quälte. Du hast mir einen Raum gegeben, den ich nie für mich selbst gefunden hatte."

Lea sah ihn überrascht an. „Aber Großvater, ich habe nur zugehört. Du hast das alles selbst von dir ausgesagt. Ich... ich wollte nur verstehen, was passiert ist."

Der Großvater lächelte schwach und schüttelte den Kopf. "Es war nicht einfach, aber du hast mir den Mut gegeben, meine Geschichte zu erzählen. Es ist nicht nur das Aufschreiben der Vergangenheit, das mich befreit hat. Es ist der Moment, in dem ich wirklich aufhöre, mich dafür zu schämen, die Geschichte zu teilen. Du hast mir gezeigt, dass es in Ordnung ist, meine Taten zuzugeben, sie nicht zu leugnen oder zu verdrängen. Du hast mir geholfen, das zu sehen."

Lea spürte eine Wärme in ihrem Herzen, als sie die Worte ihres Großvaters hörte. Es war mehr, als sie je erwartet hatte. Er, der so lange von Schuld und Scham geplagt gewesen war, schien endlich einen inneren Frieden gefunden zu haben nicht durch Vergebung, sondern durch das Zulassen der Wahrheit und das Akzeptieren seiner eigenen Verantwortung.

"Ich habe lange gebraucht, um zu begreifen, was du da tust, Lea", fuhr er fort "Wie wichtig deine Arbeit ist. Wie wichtig dein Mut ist. Du trägst die Wahrheit weiter, nicht um zu bestrafen, sondern um zu heilen. Das ist das, was du der Welt gibst. Und ich bin so stolz auf dich." Lea senkte den Blick, fast ein wenig verlegen. „Aber ich habe doch nur das gemacht, was ich für richtig hielt. Es geht doch nicht nur um mich."

„Nein", sagte der Großvater. „Es geht auch um dich, Lea. Du hast den Mut, dorthin zu gehen, wo es wehtut. Du hast dich den schwierigsten Fragen gestellt und hast nie den Mut verloren, auch dann nicht, als du gegen Mauern ranntest. Du bist so viel stärker, als du selbst weißt. Du bist nicht einfach die Enkelin eines Mannes, der Fehler gemacht hat du bist eine Frau, die der Welt zeigt, dass wir uns ändern können."

Lea spürte, wie Tränen in ihre Augen stiegen, als sie die Worte ihres Großvaters hörte. Sie hatte nie wirklich gewusst, wie er über ihre Arbeit dachte, und dass er so viel mehr sah als nur ihre Oberflächlichkeit, berührte sie tief.

"Ich habe lange Zeit nicht gewusst, wie ich dir helfen kann", sagte der Großvater mit einem erneuten Blick auf Lea. "Aber jetzt weiß ich es. Ich will dir dabei helfen, was du dir vorgenommen hast. Ich will dich unterstützen, Lea. Ich möchte meinen Teil dazu beitragen, dass diese Geschichte gehört wird. Du brauchst nicht allein zu gehen."

Lea blickte ihn an, ungläubig und zutiefst gerührt. "Du willst mir wirklich helfen?"

"Ja", sagte er fest. "Ich habe zu lange geschwiegen. Aber ich habe dir nie gesagt, dass du nicht allein bist. Ich will das wieder gutmachen. Ich werde mit dir an diesem Projekt arbeiten, wo immer du mich brauchst. Ich möchte, dass andere hören, was ich dir gesagt habe, und verstehen, was es bedeutet, die Verantwortung zu tragen. Wenn ich meinen Teil beitragen kann, dann werde ich das tun." Es war ein Moment des Verstehens und der Versöhnung, der ihre Beziehung zu etwas Tieferem und Heilerem veränderte.

Lea wusste, dass die Verarbeitung der Vergangenheit nie einfach gewesen wäre, aber dieser Moment, in dem ihr Großvater sich öffnete und ihr seine Unterstützung anbot, war mehr als nur ein Schritt für ihn. es war ein Schritt für sie beide. Ein Schritt, der den Weg für die Zukunft öffnete.

"Danke, Opa", sagte Lea leise und legte ihre Hand auf die seine. „Es bedeutet mir so viel, dass du an meiner Seite bist."

Er drückte sanft ihre Hand und sah sie mit einem Blick voller Stolz an. „Wir sind nicht allein, Lea. Wir tragen die Verantwortung gemeinsam."

Lea spürte die Last der Vergangenheit, aber auch die Hoffnung auf die Zukunft. Es war nicht nur ein Abschied von der Dunkelheit der Geschichte, sondern ein Neuanfang.

Sie wusste jetzt, dass sie nicht allein weitergehen musste. Sie hatte ihren Großvater an ihrer Seite. Und gemeinsam würden sie dafür sorgen, dass die Wahrheit gehört wurde - für alle, die die Geschichte verstanden, und für diejenigen, die sie noch lernen mussten.

Es war der Beginn eines neuen Kapitels in Leas Leben ein Kapitel, das sie nicht mehr allein schreiben musste.

Kapitel 20 Ein unerwarteter Verlust

Es war ein regnerischer Nachmittag, als Lea die Nachricht erhielt, die ihr den Boden unter den Füßen wegzog. Ihr Großvater, mit dem sie in letzter Zeit zusammengearbeitet hatte, war plötzlich und unerwartet gestorben.

Es war ein Herzinfarkt, so hatte es ihre Mutter gesagt. Er hatte sich über Nacht nicht wohl gefühlt, und am Morgen fand man ihn in seinem Sessel, der stets sein Rückzugsort gewesen war.

Lea konnte es nicht fassen. Gerade erst hatte sie das Gefühl, dass sie endlich wirklich etwas mit ihm gemein hatte, dass sie zusammen an etwas Größerem arbeiteten, und nun war er fort. Der Verlust traf sie wie ein Schock, als ob die Luft in ihrer Lunge stecken geblieben wäre. Ihre Gedanken rasten, doch sie konnte keinen klaren Gedanken fassen.

Die letzten Wochen, in denen sie noch so viel über die Geschichte ihres Großvaters erfahren hatte, hatten sie einander nähergebracht. Sie hatten sich gegenseitig gestützt, hatten an ihrer Initiative gearbeitet, um die Wahrheit zu verbreiten, um endlich das Thema zu enttabuisieren, das so lange in der Dunkelheit geblieben war. Lea fühlte sich jetzt verantwortlich für das Projekt, nicht nur für sich selbst, sondern auch für das Erbe, das ihr Großvater ihr überlassen hatte.

Doch jetzt war er fort, und sie stand wieder allein da, mit der Last, die sie so lange geteilt hatten. Sie fuhr zum Haus ihres Großvaters, wo ihre Mutter sie bereits erwartete. Die Tür stand offen, und drinnen war es still, viel stiller als üblich. Ihr Großvater war nicht mehr da, und Lea hatte das Gefühl, als würde das ganze Haus unter dieser Leere zusammenbrechen.

"Lea", sagte ihre Mutter mit sanfter Stimme, als sie sie sah, "es tut mir so leid. Ich weiß, wie wichtig er dir war. Aber er hat dir wirklich etwas hinterlassen nicht nur diese Initiative, sondern auch das Wissen, dass du immer einen Platz in seinem Herzen hattest."

Lea nickte stumm und setzte sich auf den Sessel, den ihr Großvater immer benutzt hatte. Alles war noch an seinem gewohnten Platz, als er es hinterlassen hatte. Doch es fühlte sich leer an. Ihre Hände zitterten, als sie die Stapel von Notizen und Plänen für die Initiative betrachtete, an denen sie gemeinsam gearbeitet hatten.

Er war jetzt nicht mehr da, um diese Arbeit weiterzuführen. Doch Lea wusste, dass er sie nicht allein gelassen hatte. Die Worte, die er ihr gesagt hatte, der Stolz, den er auf sie hatte, das alles war immer noch da.

In den nächsten Tagen zog sie sich immer wieder in dieses Zimmer zurück, suchte Trost in den Erinnerungen an ihn. Doch auch die tiefe Trauer konnte sie nicht von ihrer Aufgabe abbringen. Sie hatte jetzt mehr denn je das Gefühl, dass sie weitermachen musste, dass sie weiterkämpfen musste, für das, was ihr Großvater begonnen hatte, und für die Geschichte, die er ihr erzählt hatte.

Sie nahm die Notizen zur Hand und las die letzten Worte ihres Großvaters, die er aufgeschrieben hatte: „Die Verantwortung liegt bei dir, Lea. Du bist nicht allein. Du kannst der Welt zeigen, was es bedeutet, sich mit der Vergangenheit auseinanderzusetzen, und du kannst anderen helfen, aus dieser Geschichte zu lernen."

Lea wischte sich die Tränen ab und stand auf. Ihr Großvater war nicht mehr da, aber er hatte ihr alles hinterlassen, was sie brauchte, um weiterzukämpfen. Und das tat sie.

Sie wusste, dass es jetzt ihre Aufgabe war, die Wahrheit weiter zu verbreiten, nicht nur für ihn, sondern für all die Menschen, die im Dunkeln geblieben waren und nie eine Stimme erhalten hatten.

Und so machte sie sich wieder auf den Weg, um die Initiative fortzuführen. Sie traf sich mit Schulen, mit Historikern, mit anderen. Überlebenden und deren Nachkommen. Immer wieder erzählte sie die Geschichten, die sie aus den Gesprächen mit ihrem Großvater gewonnen hatte.

Doch diesmal trug sie auch ihre eigene Geschichte mit sich die Geschichte einer Enkelin, die die Verantwortung übernommen hatte, für die Wahrheit zu kämpfen.

Jeder Schritt, den sie tat, fühlte sich schwer an, doch auch ermutigend. Es gab Rückschläge und Widerstände, aber es gab auch Momente der Hoffnung, in denen sie sah, wie Menschen begannen, sich zu öffnen, zu lernen und zu verstehen. Und all das war ihr Großvater zu verdanken. Er hatte ihr die Augen geöffnet, und jetzt war es ihre Aufgabe, das zu tun, was er niemals ganz erreichen konnte.

Lea wusste, dass der Weg noch lang war, doch sie war bereit, ihn weiterzugehen. Und dabei trug sie die Erinnerung an ihn in ihrem Herzen. Es war eine merkwürdige Mischung aus Trauer und Entschlossenheit, die Lea durch die Tage trug. Sie hatte den Verlust ihres Großvaters tief in sich begraben, aber der Schmerz war nie ganz verschwunden.

In den stillen Momenten, wenn sie abends in ihrem Zimmer saß und die Arbeit an ihrer Initiative fortsetzte, erinnerte sie sich an die vielen Stunden, die sie zusammen verbracht hatten, an die langen Gespräche, in denen sie sich gegenseitig zuhörten und gegenseitig stärkten.

Doch obwohl die Erinnerung an ihren Großvater wie ein Schatten über ihr schwebte, ließ sie sich nicht entmutigen. Es gab noch so viel zu tun. Die Initiative, die sie gemeinsam begonnen hatten, durfte nicht einfach in Vergessenheit geraten.

Sie wusste, dass er gewollt hätte, dass sie weitermachte, dass sie für die Wahrheit kämpfte, um der Vergangenheit einen Platz zu geben, der nicht in Vergessenheit geraten konnte.

Lea hatte das Gefühl, dass sie jetzt stärker war als je zuvor. Es war nicht nur ihre Mission, sondern ihre Verantwortung und sie nahm sie an, mit einer Entschlossenheit, die sie selbst überraschte. Sie hatte nie wirklich gewusst, wie viel Kraft in ihr steckte, bis sie merkte, dass sie die Arbeit fortführen musste, um das Vermächtnis ihres Großvaters zu bewahren.

In den nächsten Wochen gab sie Interviews, sprach mit Schulen und Jugendgruppen, und organisierte Veranstaltungen, bei denen sie Geschichten und Erinnerungen von Überlebenden und Zeitzeugen der Nazi-Zeit sammelte. Sie besuchte Archive, hielt Vorträge und trat in Dialog mit Menschen, die entweder nie mit der Geschichte in Berührung gekommen waren oder sie immer noch verdrängten. Sie gab nicht auf, auch nicht, wenn die Reaktionen überwiegend negativ waren oder sie mit Widerspruch konfrontiert wurde. Die Fragen, die Lea jetzt stellte, waren manchmal unbequem, aber notwendig.

Sie wollte wissen, was Menschen dachten, wenn sie von der Vergangenheit hörten, was sie empfanden, wenn sie die Geschichten von Tätern und Opfern hörten.

Was geschah mit einer Gesellschaft, die sich weigerte, die Verantwortung zu tragen? Was geschah mit den Menschen, die sich dieser Verantwortung stellten? Und vor allem: Was konnte getan werden, um sicherzustellen, dass sich solche Verbrechen nie wieder wiederholten?

Es gab Tage, an denen sie sich erschöpft fühlte, an denen sie dachte, dass all ihre Bemühungen vergeblich sein könnten. Doch dann, an einem dieser schwierigen Tage, erhielt sie eine Nachricht von einer Frau, die sie bei einer Veranstaltung getroffen hatte.

Sie hatte sich über Lea's Initiative informiert und berichtete von ihren eigenen Erlebnissen als Tochter eines ehemaligen Nazis. Ihre Geschichte war ähnlich der von Lea's Großvater, aber sie hatte nie darüber gesprochen, weil sie nicht wusste, wie sie sich den anderen stellen soll.

„Ich danke dir", schrieb sie. „Du hast mir den Mut gegeben, meine eigene Geschichte zu erzählen. Ich will nicht mehr schweigen. Es ist Zeit für uns alle, ehrlich zu sein."

Diese Nachricht war wie ein Lichtstrahl in einem dunklen Raum. Es erinnerte Lea daran, warum sie das alles tat. Es ging nicht nur darum, die Geschichte ihres Großvaters zu erzählen. Es ging darum, den Raum für andere zu öffnen, um die Verantwortung nicht nur zu akzeptieren, sondern auch zu teilen.

Es ging darum, in einer Gesellschaft, die sich noch immer von den Narben der Vergangenheit erholte, eine Kultur des Zuhörens und Verstehens zu schaffen.

Lea wusste, dass der Weg noch weit war, dass es noch viele Menschen gab, die sich entweder nicht mit der Geschichte auseinandersetzen wollten oder sie noch immer leugneten.

Doch in diesem Moment spürte sie eine Welle der Hoffnung. Sie hatte bereits so viel erreicht, und sie wusste, dass sie noch mehr erreichen konnte. Ihre Arbeit ging weiter, und sie wusste, dass sie nicht mehr allein war. Sie hatte nicht nur das Vermächtnis ihres Großvaters geerbt, sondern auch die Geschichten von anderen Menschen, die wie sie verstanden hatten, dass die Wahrheit zu lange im Schatten gestanden hatte.

Sie war nicht nur ein Teil von etwas, das begonnen hatte sie war ein Teil von etwas, das immer noch wuchs und sich veränderte.

Mit dieser neuen Erkenntnis und einer gestärkten Entschlossenheit machte Lea sich auf den Weg zu ihrem nächsten Vortrag, bereit, die Herausforderung anzunehmen, die noch vor ihr lag. Es war ein neuer Schritt in ihrer Reise, aber sie wusste, dass sie die Vergangenheit nicht ändern konnte.

Doch sie konnte die Zukunft verändern. Sie konnte der nächsten Generation helfen, aus der Geschichte zu lernen. Und genau das würde sie tun - immer weiter, immer stärker, im Gedenken an ihren Großvater und an alle, die durch die Dunkelheit der Geschichte hindurch ihren eigenen Weg suchten. Lea spürte den Druck, der nun auf ihren Schultern lastete. Jeden Tag stand sie vor neuen Herausforderungen, die sich aus ihrer Initiative ergaben.

Es gab Momente, in denen sie sich überfordert fühlte, die Verantwortung erdrückte sie beinahe. Doch dann erinnerte sie sich an die Worte ihres Großvaters: Du bist nicht allein, Lea. Du hast mehr in dir, als du denkst." Diese Worte trugen sie weiter, auch an den Tagen, an denen die Zweifel am größten waren

In den letzten Wochen hatte Lea viel erreicht, doch der Weg war noch lange nicht zu Ende. Das Thema, das sie ansprach, war nach wie vor ein heikles. Zwar hatte ihre Initiative schon eine gewisse Reichweite erlangt, doch der Widerstand in der Gesellschaft war hartnäckig. Viele Menschen waren noch immer nicht bereit, sich mit der Vergangenheit auseinanderzusetzen. Doch Lea gab nicht auf.

Eines Morgens, während sie in ihrem Büro saß und an einer neuen Präsentation arbeitete, klingelte ihr Telefon. Es war ein Journalist von einem großen Nachrichtensender, der sie um ein Interview bat. Zögernd nahm sie den Anruf entgegen, wusste sie doch, wie wichtig es war, die richtigen Worte zu finden, um ihre Botschaft verständlich zu vermitteln.

"Frau Müller", begann der Journalist, "Ihr Projekt hat große Aufmerksamkeit erregt. Doch es gibt immer noch viele, die Ihre Beweggründe in Frage stellen. Was genau hoffen Sie zu erreichen, und warum glauben Sie, dass es jetzt, Jahrzehnte nach dem Ende des Zweiten Weltkriegs, noch wichtig ist, über diese Themen zu sprechen?" Lea atmete tief ein. Sie hatte diese Fragen. schon oft gehört, doch heute klang sie fester in ihrer Antwort. "Es ist wichtig, darüber zu sprechen, weil die Wahrheit nicht einfach in den Schatten gestellt werden kann. Viele Menschen haben gelitten, und viele sind immer noch von den Narben dieser Geschichte betroffen.

Wir müssen uns diesen Narben stellen, wir müssen aufhören, die Vergangenheit zu ignorieren. Wenn wir verstehen, was damals passiert ist, können wir verhindern, dass sich solche Verbrechen wiederholen."

Es war eine einfache, aber kraftvolle Antwort. Sie wusste, dass nicht alle ihre Worte sofort verstehen würden, aber sie war überzeugt, dass dieser Moment der Wahrheit ein Anfang war. Ein Anfang, der weiterwuchs, Tag für Tag.

In der darauffolgenden Woche wurde ihr Vortrag an einer Universität in einer anderen Stadt organisiert. Lea wusste, dass dies eine wichtige Gelegenheit war, ihre Botschaft weiter zu verbreiten, also reiste sie mit einer Mischung aus Nervosität und Entschlossenheit an. Sie wollte nicht nur den Studierenden die Geschichte ihrer Initiative näherbringen, sondern auch einen Raum schaffen, in dem jeder die Gelegenheit hatte, Fragen zu stellen und sich mit dem Thema auseinanderzusetzen.

Als sie das Auditorium betrat, fühlte sie sich zum ersten Mal wirklich als Sprecherin einer Bewegung. Die vielen Gesichter, die sie ansah, waren nicht nur Zuhörer sie waren Teil einer Veränderung. Sie hatte das Gefühl, dass es nicht mehr nur um sie ging, sondern um etwas viel Größeres. Etwas, das weit über ihre eigene Geschichte hinausging. Sie begann zu sprechen, und mit jedem Wort, das sie sagte, wuchs ihr Vertrauen. "Wir müssen uns den Schatten stellen, die unsere Gesellschaft so lange überdeckt haben", sagte sie, „Wir müssen uns die Geschichten der Opfer und der Täter anhören, die Wahrheit akzeptieren, um endlich zu heilen. Es gibt keine Vergebung, wenn wir nicht bereit sind, die Verantwortung zu tragen."

Am Ende des Vortrags gab es eine lange Fragerunde. Die Studierenden waren tief bewegt, viele von ihnen stellten Fragen, die über das hinausgingen, was sie sich je vorgestellt hatte. Einige wollten mehr über den Prozess des Verzeihens wissen, andere interessierten sich dafür, wie sie selbst aktiv werden konnten, um ähnliche Initiativen zu unterstützen.

Es war die erste wirkliche Bestätigung, dass ihre Arbeit Auswirkungen hatte, dass sie tatsächlich eine Veränderung anstieß.

Doch während Lea das Auditorium verließ, wusste sie, dass ihre Arbeit nicht so einfach enden konnte. Die Welt hatte sich verändert, aber nicht genug. Die Gespräche über die dunklen Seiten der Geschichte mussten weitergeführt werden, und sie musste weiterhin an der Aufklärung arbeiten. Der Widerstand würde nicht einfach verschwinden, und sie musste sich dem stellen.

In den nächsten Monaten kam es immer wieder zu Momenten, in denen sie sich fragte, ob das, was sie tat, wirklich ausreichte, um die Wellen zu schlagen, die sie sich wünschte. Doch dann sah sie die vielen neuen Gesichter in ihren Workshops, hörte von Menschen, die sich zum ersten Mal mit ihrer eigenen Familiengeschichte beschäftigten, und spürte den Wandel, der langsam, aber stetig, durch ihre Arbeit bewirkt wurde. Aber der wahre Wendepunkt kam eines Abends, als sie in ihrer Wohnung saß und eine Nachricht auf ihrem Handy erhielt. Es war eine Einladung zu einer Podiumsdiskussion über die Nachwirkungen des Zweiten Weltkriegs und den Umgang mit der Erinnerungskultur. Lea wurde als eine der Hauptrednerinnen geladen.

Dieser Moment fühlte sich wie ein Höhepunkt ihrer bisherigen Reise an. Sie wusste, dass die Welt sie nun ernst nahm, dass ihre Stimme gehört wurde. Doch gleichzeitig spürte sie, dass das nicht das Ende war. Es war nur ein weiterer Schritt. Die Reise der Aufklärung, des Erinnerns und des Verstehens war eine, die niemals zu Ende gehen würde.

Und so, während sie sich für die Podiumsdiskussion vorbereitete, wusste Lea eines mit absoluter Sicherheit: Sie würde nicht aufhören. Sie würde weiterhin dafür kämpfen, dass die Geschichten erzählt wurden.

Die Geschichten derer, die vergessen wurden, und die Geschichten derer, die in den Schatten der Geschichte traten wie ihr Großvater. Sie hatte eine Mission, und sie würde sie nie aufgeben.

Kapitel 20 Der Widerstand

Die Monate vergingen, und Lea hatte inzwischen das Gefühl, dass ihre Initiative wirklich Wirkung zeigte. Ihre Reden, die Workshops und die öffentlichen Auftritte hatten eine breite Öffentlichkeit erreicht, und immer mehr Menschen sprachen über die dunklen Kapitel der Geschichte, die so lange verdrängt worden waren.

Doch inmitten all der Anerkennung gab es auch immer wieder Widerstand, und Lea spürte, dass nicht jeder Ihre Arbeit mit offenen Armen empfing.

Eines Tages, als sie nach einer ihrer Veranstaltungen in einem kleinen Gemeindezentrum in einer ländlichen Stadt das Gebäude verließ, passierte es. Sie war gerade dabei, in ihr Auto zu steigen, als sie eine laute Stimme hörte, die ihren Namen rief. Sie drehte sich um und sah einen Mann auf sie zukommen. Er war Mitte vierzig, trug einen Anzug und eine ernste Miene. Seine Augen brannten vor Wut. „Sie sind die junge Frau, die die ganze Zeit über diese... diese Geschichte redet, richtig?", rief er.

Lea blieb stehen, spürte, wie ein Schauer über Ihren Rücken lief. „Ja", antwortete sie ruhig. "Was kann ich für Sie tun?"

Der Mann kam näher, die Fäuste ballend. "Was glauben Sie, was Sie da tun?", brüllte er. „Diese ganze Verdrehung der Geschichte! Diese Lügen, die Sie verbreiten! Es war nicht so, wie Sie es sagen, und es ist eine Schande, dass Sie sich so für diese Sache aufopfern!" Lea wusste, dass sie ruhig bleiben musste, auch wenn ihre Gedanken wirbelten. Der Mann war offensichtlich aufgebracht, und es war klar, dass er eine ganz andere Sicht auf die Geschichte hatte. Aber sie hatte gelernt, sich nicht von solchen Angriffen einschüchtern zu lassen.

"Ich spreche von der Wahrheit", sagte sie mit fester Stimme. „Und Wahrheit ist keine Lüge, Herr..."

"Meier. Karl Meier", unterbrach er sie schroff. "Und die Wahrheit, die Sie erzählen, ist eine verdrehte Wahrheit. Der Großvater von Ihnen war kein Unschuldiger, das weiß jeder, der sich ein bisschen auskennt. Und jetzt kommen Sie hierher und erzählen den Menschen, dass wir alle mit dieser Schuld leben müssen!"

Lea schüttelte den Kopf. „Ich erzähle keine Lügen. Ich erzähle, was passiert ist. Und ich tue es, weil wir alle aus der Vergangenheit lernen müssen, um die Fehler nicht zu wiederholen. Wir können uns nicht einfach wegdrehen und so tun, als ob es nie passiert wäre."

Der Mann lachte bitter. "Und was haben Sie davon, die Gesellschaft zu spalten? Was haben Sie davon, alte Wunden aufzureißen und immer wieder in der Geschichte zu wühlen?"

"Es geht nicht darum, Wunden aufzureißen", sagte Lea, „es geht darum, zu heilen. Wunden können nur heilen, wenn wir anerkennen, dass sie da sind. Wenn wir lernen, was passiert ist, dann können wir wirklich verstehen, wie wir als Gesellschaft zusammenwachsen können."

Karl starrte sie wütend an. "Sie wissen nichts! Sie sind nur ein naives Kind, das mit der Geschichte seiner Großeltern spielt. Sie haben keine Ahnung von den Kämpfen, die diese Menschen durchgemacht haben. Was wollen Sie uns überhaupt beibringen?"

Lea merkte, wie ihr Herz schneller schlug, doch sie blieb standhaft. "Ich will nichts beibringen. Ich möchte, dass wir alle einfach ehrlich miteinander sind. Und wenn wir das tun, dann können wir die Geschichte wirklich verstehen, in all ihren Facetten ohne Verleugnung, ohne Beschönigung." Der Mann schnaubte, dann stieß er die Worte aus: "Schämen Sie sich. Sie zerstören nur die Erinnerungen an eine Generation, die Opfer gebracht hat. Und ich werde dafür sorgen, dass die Menschen wissen, was Sie hier tun. Sie werden nie die Unterstützung bekommen, die Sie suchen."

Mit diesen Worten drehte er sich um und ging zornig davon. Lea stand für einen Moment regungslos da, ihre Gedanken wirbelten. Der Angriff war heftig, aber sie wusste, dass sie sich davon nicht abhalten lassen konnte. Menschen wie Karl würden immer da sein, sie wussten es. Aber sie hatte auch Menschen getroffen, die verstanden, was sie tat, die den Wert ihrer Arbeit erkannten.

"Du hast es richtig gemacht, Lea", hörte sie plötzlich eine Stimme hinter sich. Es war ein älterer Mann, der ihre gesamte Veranstaltung besucht hatte. „Lass dich nicht von solchen Leuten beirren. Sie sind in ihrer eigenen Welt gefangen, aber das hier das hier ist wichtig."

Lea nickte ihm zu, dankbar für seine Worte. Es war schwer, sich von den Angriffen solcher Menschen zu distanzieren, doch sie wusste, dass jeder Schritt, den sie weiterging, ihr ein Stück näher an ihre Mission brachte. Die Gesellschaft würde sich nicht über Nacht verändern, aber sie konnte nicht zulassen, dass diese Momente der Wut sie von ihrem Weg abbrachten.

Als sie ins Auto stieg und sich auf den Heimweg machte, dachte sie darüber nach, wie weit sie gekommen war. Sie hatte nicht nur die Wahrheit über die Vergangenheit aufgedeckt, sondern auch das Vertrauen in die Gesellschaft wiederhergestellt, dass der Dialog wichtig war, auch wenn er schwierig war.

Es gab viele, die sich noch immer gegen die Wahrheit sträubten, die sich in den Schleiern des Vergessens verstecken wollten. Aber Lea wusste jetzt, dass sie nicht allein war. Sie hatte eine Stimme, und sie würde dafür kämpfen, dass sie gehört wurde.

Ihr Großvater hätte gesagt: „Die Wahrheit wird immer ans Licht kommen." Und sie würde dafür sorgen, dass das geschah. Sie würde nicht aufhören, bis sie die Gesellschaft erreicht hatte, bis sie wirklich etwas bewegt hatte.

Es war erst der Anfang.

Die Tage nach dem aufgebrachten Treffen mit Karl Meier waren für Lea von einer unangenehmen Stille begleitet. Die Veranstaltung war gut verlaufen, das Interview war ein Erfolg gewesen, und ihre Initiative schien immer mehr an Bedeutung zu gewinnen. Doch in den darauffolgenden Tagen begann eine neue, bedrohliche Wendung.

Eines Morgens, als sie die Tür zu ihrer Wohnung öffnete, fand sie einen Umschlag auf dem Boden vor. Es war ein dünner, unauffälliger Briefumschlag, ohne Absender, nur mit ihrer Adresse darauf. Ihr Herz klopfte schneller, als sie ihn aufhob. Sie hatte sofort ein ungutes Gefühl. Sie ging zurück in die Wohnung und setzte sich auf die Couch, den Umschlag in ihren Händen. Langsam öffnete sie ihn. Der Inhalt war schlicht, doch seine Wirkung war umso verstörender. In der Nachricht stand nur ein Satz: „Hör auf, die Lügen zu verbreiten, oder du wirst es bereuen." Lea starrte den Brief an, als könne er sich in Luft auflösen, doch der Text blieb unverändert. Ihre Hände begannen leicht zu zittern, und ein eisiger Schauer lief ihr den Rücken hinab. Sie konnte sich nicht erklären, wie dieser Mann es geschafft hatte, ihr einen Brief zu schicken oder warum er sie nun auf diese Weise bedrohte. Doch der Gedanke, dass er ihr tatsächlich etwas antun könnte, ließ sie einen Moment lang die Luft anhalten.

„Das ist nichts", flüsterte sie sich selbst zu. "Das ist nichts, um sich Sorgen zu machen."

Aber ihre Gedanken waren von Zweifeln durchzogen. Was war, wenn es nicht der einzige Brief war? Was war, wenn es schlimmer wurde?

Die Tage vergingen, und der Gedanke an den Brief verließ sie nicht. Sie hatte versucht, sich mit den positiven Aspekten ihrer Arbeit zu beschäftigen, aber der Drohbrief schlich sich immer wieder in ihre Gedanken. Und sie hatte Recht: Wenige Tage später kamen die nächsten Briefe.

Der zweite war noch präziser in seiner Drohung:

„Du bist ein Schandfleck für deine Familie. Es wird Zeit, dass du die Konsequenzen deines Tuns verstehst. Wenn du nicht aufhörst, dann wirst du es bereuen. Wir wissen, wo du bist."

Lea hatte das Gefühl, als würde der Boden unter ihren Füßen wegbrechen. Diese Zeilen. trafen sie härter als der erste. Sie war allein, es gab keine Zeugen, keine Schutzmauer, nichts, was sie wirklich davor bewahren konnte, was auch immer kommen sollte. Die Vorstellung, dass jemand sie wirklich verfolgen konnte, war eine neue, erschreckende Realität, die sie nie erwartet hätte.

Der dritte Brief ließ sie nicht mehr ruhig schlafen. Er war ein langer, ausführlicher Text, in dem nicht nur der Inhalt ihrer Initiative, sondern auch ihr Privatleben angegriffen wurde. Der Absender schien Details über ihre Familie zu kennen, mehr als sie sich erklären konnte.

"Dein Großvater hätte sich schämen müssen", stand dort geschrieben. „Er war ein Verräter und ein Verbrecher. Du versuchst, sein Erbe zu verfälschen, und das wirst du nicht ungestraft tun können."

Der Schock saß tief. Lea hatte stets gewusst, dass ihre Arbeit nicht von allen befürwortet werden würde. Aber die Tatsache, dass diese Briefe so gezielt gegen sie gerichtet waren, ließ die Sache viel persönlicher erscheinen.

Die Drohungen, der Hass, der aus diesen Zeilen sprach, begannen, ihr Gefühl der Sicherheit zu erschüttern. Was, wenn derjenige, der diese Briefe schrieb, nicht nur mit Worten angriff, sondern auch bereit war, zu handeln?

Lea wusste, dass sie jetzt eine Entscheidung treffen musste. Der Weg, den sie eingeschlagen hatte, war nie einfach gewesen, aber dieser neue Kampf, den sie nun führen musste, fühlte sich so viel gefährlicher an. Doch tief in ihrem Inneren wusste sie, dass sie nicht aufgeben konnte. Sie hatte begonnen, etwas Größeres zu verändern, und sie würde nicht zulassen, dass diese Drohungen sie dazu brachten, stillzuhalten.

Sie wählte eine Nummer, die sie lange nicht angerufen hatte: die ihres Mentors, eines erfahrenen Aktivisten, der sie in den letzten Monaten beraten hatte. Sie wusste, dass er sie verstehen würde.

"Lea, was ist passiert?", fragte er sofort, als sie ihm von den Briefen erzählte. „Ich weiß nicht, was ich tun soll", antwortete sie, ihre Stimme war beunruhigt. "Es fühlt sich an, als würde alles, was ich mache, immer mehr gegen mich arbeiten. Der Druck ist unglaublich."

"Du musst stark bleiben", sagte er ruhig. „Es gibt immer Menschen, die gegen Veränderungen kämpfen, besonders wenn es um so schmerzhafte Themen geht. Aber lass dich nicht einschüchtern. Hol dir Hilfe, Lea. Lass die Polizei darüber wissen, und halte deine Freunde und Unterstützer nah bei dir. Sie können dir helfen."

Lea nickte, obwohl sie wusste, dass der Kampf noch lange nicht vorbei war. Der Druck, den sie nun spürte, war eine neue Dimension der Herausforderung, die sie niemals erwartet hatte. Aber sie wusste auch, dass es nicht an ihr war, aufzuhören. Ihre Aufgabe war noch lange nicht erfüllt, und sie konnte und wollte sich nicht von Angst und Drohungen leiten lassen.

In den folgenden Tagen machte sie das, was ihr Mentor empfohlen hatte. Sie sprach mit der Polizei und sicherte sich juristischen Rat. Sie teilte sich ihre Sorgen mit engen Freunden und Kollegen, die sofort anboten, sie zu unterstützen.

Und sie ließ sich nicht von der Angst leiten, sondern blieb bei ihrer Überzeugung: Die Wahrheit hatte eine Stimme verdient und ihre würde weiterhin gehört werden, egal, was geschah.

Doch die ständige Unsicherheit war nicht leicht zu ertragen. In manchen Nächten saß sie wach in ihrem Bett, lauschte jedem Geräusch vor der Tür, unsicher, ob sie allein war oder nicht.

Aber jeden Morgen stand sie wieder auf, weil sie wusste, dass sie weitermachen musste. Denn wenn sie jetzt aufhörte, würden die Stimmen der Vergangenheit wieder im Dunkeln verschwinden. Und sie würde nicht zulassen, dass das geschah. Lea würde ihre Geschichte weitererzählen. Und wenn nötig, würde sie es auch gegen alle Widerstände tun.

Die Wochen nach den Drohbriefen veränderten sich für Lea auf eine Weise, die sie sich nie hätte vorstellen können. Sie hatte zwar immer gewusst, dass ihre Initiative nicht nur Unterstützung, sondern auch Widerstand hervorrufen würde, aber die Realität des Hasses, der sich gegen sie richtete, war stärker und bedrohlicher, als sie sich je vorgestellt hatte. Jeden Tag wachte sie mit einem nagenden Gefühl der Angst auf und legte sich nachts mit der Ungewissheit schlafen, was als Nächstes passieren würde. Trotz der Unterstützung ihrer Freunde und Mentoren konnte Lea das Gefühl der Einsamkeit nicht abschütteln.

Es war eine einsame, stille Art von Schmerz, die sich mit jedem Drohbrief vergrößerte die ständige Überwachung ihrer eigenen Bewegungen, das Gefühl, dass jemand hinter ihr her war, der alles daransetzte, sie zum Schweigen zu bringen. Manchmal saß sie am Fenster und starrte auf die leeren Straßen, die von der Dunkelheit verschluckt wurden, und fragte sich, wie lange sie es noch durchhalten würde.

Doch sie wusste, dass sie keine andere Wahl hatte, als weiterzumachen. Jeder Tag, an dem sie sich von diesen Drohungen beugen ließ, wäre ein Tag, an dem die Wahrheit über die Vergangenheit im Dunkeln bleiben würde. Und das konnte sie nicht zulassen. Die Worte, die ihr Mentor ihr gegeben hatte, hallten immer wieder in ihrem Kopf: „Die Wahrheit hat eine Stimme, und sie wird gehört." Lea hatte sich für einen Weg entschieden, der viel schwieriger war als der Einfache. Es gab Tage, an denen die Furcht sie fast überwältigte, aber sie wusste, dass es nicht um sie ging. Es ging um die Wahrheit, die Geschichte, und die Menschen, die weiterhin an einer verzerrten Version der Vergangenheit festhielten.

Eines Abends, als sie gerade von einer Veranstaltung nach Hause kam, fand sie vor ihrer Tür einen weiteren Brief. Dieses Mal war er in rotes Papier gewickelt und hatte ein symbolisches Siegel darauf eine Art Strichzeichnung, die sie nicht sofort zuordnen konnte. Ihre Hände zitterten, als sie den Umschlag aufriss. Der Brief darin war kurz und düster:

„Du weißt, was passiert, wenn du weitermachst. Dies ist deine letzte Warnung."

Lea starrte auf die Worte. Ihr Magen zog sich zusammen, und ein kalter Schauer lief über Ihren Rücken. Es war die intensivste Drohung, die sie bis jetzt erhalten hatte, und sie konnte die tiefe Verachtung und den Hass in jedem Buchstaben spüren. Dieser Brief war nicht nur eine Warnung, sondern auch ein Versprechen. Verängstigt, aber entschlossen, atmete Lea tief ein und legte den Brief beiseite. Sie wusste, dass dies der Moment war, in dem sie sich entscheiden musste. Sie konnte nicht zulassen, dass diese Angst sie lähmte. Sie hatte einen Plan, sie hatte eine Aufgabe und sie hatte ein Ziel. Sie war auf dem richtigen Weg.

Doch der nächste Tag brachte die nächste Herausforderung: Als Lea das Büro betrat, indem sie die Koordination ihrer Initiative leitete, fand sie das gesamte Team in heller Aufregung vor. Ihr engster Mitarbeiter, Simon, kam mit einem ernsten Gesichtsausdruck auf sie zu. „Lea, du musst dir das ansehen", sagte er und schob ihr ein Tablet über den Tisch. Auf dem Bildschirm war eine Nachricht von einem anonymen Nutzer zu sehen, die einen massiven Online-Angriff auf sie und ihre Arbeit startete.

"Hör auf mit deinen Lügen!", stand in der Nachricht. „Du zerstörst das Erbe von Millionen! Du bist eine Schande für dein Land. Jeder, der dir folgt, ist ein Verräter."

Lea starrte auf den Bildschirm. Es war, als würde der Hass der letzten Wochen nun digital und öffentlich ausgebreitet. Die Nachricht war in verschiedenen Foren und sozialen Medien verbreitet worden.

Sie war nicht nur eine persönliche Bedrohung, sondern ein Aufruf zur Vernichtung ihrer Arbeit. Es war, als ob die Menschen, die ihr schon immer misstraut hatten, nun einen offenen Angriff starteten.

„Das ist die Folge, wenn man zu viel in der Vergangenheit gräbt", murmelte Simon.

"Die wollen dich zum Schweigen bringen, Lea. Und es sieht so aus, als ob sie alles tun werden, um es zu erreichen."

Lea fühlte, wie sich ein Schwere über ihren Körper legte. Jeder Tag schien eine neue Herausforderung zu sein, und der Druck lastete mehr auf ihr, als sie es jemals für möglich gehalten hätte.

Aber sie spürte auch, wie ihre Entschlossenheit wuchs. Sie konnte sich nicht von diesen Drohungen oder Angriffen unterkriegen lassen. Es gab eine größere Aufgabe, der sie sich verschrieben hatte, und sie würde nicht zulassen, dass diese Schatten. sie davon abhielten, weiterzumachen.

"Ich werde nicht aufgeben", sagte sie leise, aber fest. „Ich werde nicht zulassen, dass diese Menschen uns davon abhalten, die Wahrheit zu erkennen." Die nächsten Tage waren von dieser unaufhörlichen Angst und dem Druck bestimmt.

Lea ging jede Nachricht, jedes Posting und jede Äußerung, die sich gegen sie richtete, mit einer Mischung aus Entschlossenheit und Resignation durch.

Ihre Freunde, ihre Kollegen, ihre Unterstützer - sie alle standen an ihrer Seite. Doch der Stress, die Angst und die ständigen Drohungen nagten an ihr.

In dieser Zeit traf sie eine Entscheidung: Sie würde ihre Geschichte, ihre Reise und ihre Erfahrungen dokumentieren. Nicht nur als Teil Ihrer Initiative, sondern als eine Art Rückblick, um der Welt zu zeigen, warum sie sich diesem schwierigen Weg verschrieben hatte. Sie wusste, dass sie sich selbst auch immer wieder daran erinnern musste, warum sie kämpfte.

Es war ein stiller, dunkler Moment, in dem Lea allein vor ihrem Computer saß und die ersten Worte auf die Tastatur tippte. Sie begann, ihre Gedanken und Gefühle in Worte zu fassen, als eine Art Therapie eine Möglichkeit, sich von der Last der letzten Wochen zu befreien.

Sie schrieb über die Menschen, die sie unterstützt hatten, über die Opfer, die sie gebracht hatte, und über die Verantwortung, die auf ihren Schultern lastete.

Als sie die ersten Absätze vollendet hatte, wusste sie, dass dies der richtige Schritt war. Sie würde weitermachen für sich selbst, für ihre Familie, und für die Menschen, die die Wahrheit niemals vergessen durften.

Es war der Beginn eines neuen Kapitels.

Kapitel 21 Das Licht im Dunkeln

Lea hatte sich an das Schreiben gewöhnt, und es gab ihr eine unerwartete Form von Klarheit. Die Worte, die sie in die Tasten tippte, flossen aus ihr heraus, als ob sie schon immer darauf gewartet hätten, ausgesprochen zu werden. Es war, als würde sie eine Geschichte erzählen, die sie sich selbst noch nie ganz zugetraut hatte. Ihre Erlebnisse, ihre Ängste, ihre Zweifel - sie alle fanden in den Zeilen einen Platz.

Jeden Tag verbrachte sie Stunden damit, ihre Gedanken zu ordnen und die Ereignisse der letzten Monate niederzuschreiben. Sie hatte sich dazu entschlossen, nicht nur ihre eigene Geschichte, sondern auch die Geschichten der Menschen, die sie auf ihrem Weg getroffen hatte, in ihr Buch einfließen zu lassen.

Es waren diese Menschen, ihre Unterstützer und auch die Kritiker, die ihre Reise geformt hatten. Lea wusste, dass ihre Geschichte mehr war als nur die Erzählung eines Mädchens, das gegen den Strom schwamm, es war die Geschichte einer Gesellschaft, die sich mit der dunklen Vergangenheit auseinandersetzen musste, um in die Zukunft zu blicken. Während sie schrieb, fühlte sie sich nicht mehr ganz so allein. Es war, als ob die Worte sie in eine andere Welt entführten, eine Welt, in der sie nicht mehr von den Drohungen und dem Hass umgeben war.

Sie konnte sich in dieser Geschichte verlieren, in der die Vergangenheit und die Gegenwart miteinander verschmolzen und eine neue Wahrheit entstand. Doch während das Schreibens ihr half, die Ängste zu verarbeiten, konnte sie nicht den Blick von der Welt um sich herum abwenden.

Es gab weiterhin Menschen, die ihre Arbeit ablehnten, die sie als Verräterin bezeichneten und die nicht wollten, dass die Wahrheit ans Licht kam.

Doch es gab auch diejenigen, die sich von ihrer Botschaft inspirieren ließen, die sich mit ihr solidarisieren und ihre Arbeit unterstützten. Diese Stimmen wurden in den letzten Wochen immer lauter, und Lea fühlte, dass ihre Arbeit eine Veränderung bewirken konnte.

Eines Tages, als sie gerade mit einem neuen Kapitel beschäftigt war, klopfte es an ihrer Tür. Es war Simon, ihr enger Freund und ein wichtiger Teil ihres Teams. In seiner Hand hielt er ein Tablet, und seine Miene war ernst

"Lea, du solltest dir das ansehen", sagte er und reichte ihr das Gerät. Sie nahm es und blickte auf den Bildschirm. Es war ein Artikel, der auf einer populären Nachrichtenwebsite veröffentlicht worden war. Der Titel lautete: „Die Wahrheit über Lea Meier. Ein gefährlicher Blick in die Vergangenheit - und was die Gesellschaft wirklich von ihr lernen sollte." Lea las den Artikel mit wachsender Besorgnis. Der Journalist, der den Text verfasst hatte, war ein bekannter Kritiker der Initiative und hatte wiederholt die Bedeutung der Aufarbeitung der Nazi-Vergangenheit in Frage gestellt.

In dem Artikel wurde sie als eine junge Frau dargestellt, die von ihrem Großvater manipuliert worden war, um die dunkle Vergangenheit auf eine Art und Weise zu erklären, die die Gesellschaft destabilisieren könnte. Es war eine Entfremdung der Realität, eine Verdrehung ihrer Arbeit und ihrer Absichten.

„Das ist unglaublich", murmelte Lea, während sie den Artikel las. „Er hat es geschafft, alles. was wir erreicht haben, ins Gegenteil zu verkehren."

Simon nickte. „Aber weißt du was? Es zeigt, dass du auf dem richtigen Weg bist. Sie versuchen, dich zum Schweigen zu bringen, weil sie wissen, dass du eine Veränderung bewirken kannst. Und das macht dir Mut."

Lea fühlte, wie ihr Herz schwer wurde. Die Welt um sie herum schien sich immer weiter zu verschließen, und je mehr sie versuchte, die Wahrheit ans Licht zu bringen, desto größer schien der Widerstand zu werden. Doch als sie Simon ansah, spürte sie eine kleine Flamme der Entschlossenheit in sich auflodern. Sie wusste, dass dieser Angriff nur ein weiteres Zeichen war, dass ihre Arbeit Wirkung zeigte.

„Ich kann nicht aufgeben", sagte sie fest, ihre Stimme klang stärker als sie sich fühlte. „Ich werde weitermachen. Die Wahrheit muss gesagt werden, egal was passiert."

In den darauffolgenden Tagen verbrachte Lea noch mehr Zeit mit dem Schreiben und der Vorbereitung auf die nächste Phase ihrer Initiative. Sie begann, die Geschichten der Menschen, die sie während ihrer Reise kennengelernt hatte, in ihr Buch einzuflechten.

Die Erlebnisse von Überlebenden, von Aktivisten, von Historikern und von Menschen, die sich gegen das Vergessen stellten, sollten eine zentrale Rolle in ihrer Erzählung spielen. Es war eine Sammlung von Erfahrungen, die ihre eigene Geschichte erweiterte und tiefer in das kollektive Gedächtnis eintauchte.

Doch der Widerstand blieb nicht aus. Auf ihren Social-Media-Kanälen häuften sich die wütenden Kommentare.

Es gab eine Facebook-Gruppe, die sie öffentlich angriff und die ihre Initiative als eine gefährliche Verzerrung der Geschichte darstellte.

Die Mitglieder dieser Gruppe verbreiteten gezielte Fehlinformationen und Hetze, und es gab auch Drohungen gegen Lea und ihre Familie. Die Ängste, die sie seit Beginn ihrer Arbeit verspürt hatte, kehrten zurück, doch diesmal ließ sie sich nicht unterkriegen. "Sie müssen verstehen, dass die Wahrheit nicht immer bequem ist", sagte Lea eines Abends zu Simon, als sie in ihrem Büro saßen und ihre Strategie für den nächsten Schritt besprachen. "Es ist nicht einfach, sich mit der eigenen Vergangenheit auseinanderzusetzen. Aber wir müssen es tun. Es gibt keine andere Möglichkeit."

Simon nickte und sah sie mit einer Mischung aus Respekt und Sorge an. "Du bist stärker, als du denkst, Lea. Aber du solltest dich nicht Isolieren. Wir sind alle hinter dir, und du bist nicht allein in diesem Kampf."

Es war in diesem Moment, als Lea spürte, dass die wahre Stärke nicht nur in ihrem Willen lag, sondern auch in der Unterstützung der Menschen um sie herum. Sie wusste, dass sie auf diesem Weg weitergehen musste für sich selbst, für die Opfer der Vergangenheit und für all jene, die die Wahrheit nicht vergessen durften. Lea hatte sich entschieden, auch weiterhin zu kämpfen. Ihre Initiative war weit mehr als nur ein Projekt. Es war eine Bewegung, eine Aufgabe, die sie bis zum Ende ihrer Tage begleiten würde.

Und sie war bereit, alles zu tun, um sicherzustellen, dass die Geschichte, die sie so leidenschaftlich erzählte, niemals in Vergessenheit geriet.

Die Tage zogen sich in einem langsamen, gleichmäßigen Rhythmus. Lea spürte, wie die Last der Verantwortung immer schwerer auf ihr lag. Ihre Arbeit hatte sich nicht nur auf das Teilen der Geschichte ihrer Familie und ihres Großvaters konzentriert sie hatte eine größere Dimension angenommen.

Sie kämpfte gegen eine Welle von Ignoranz und Verdrängung, gegen die Kräfte, die versuchten, die Vergangenheit im Dunkeln zu halten. Doch der Widerstand gegen ihre Initiative wurde zunehmend intensiver.

Immer wieder stießen neue Drohungen und Angriffe auf sie ein. Die Social-Media-Plattformen, auf denen sie ihre Arbeit präsentierte, waren voll von Hasskommentaren.

Es war nicht mehr nur eine kleine Gruppe, die sich gegen sie stellte, mittlerweile waren es Tausende. Einige von ihnen gaben sich nicht damit zufrieden, nur ihre Arbeit zu kritisieren. Sie attackierten Lea persönlich, versuchten, sie als Feindin der Gesellschaft darzustellen, als jemanden, der das Land zerstören wollte.

"Du bist eine Lügnerin! Du willst die Geschichte verdrehen, um uns alle zu täuschen!", hieß es in einer der zahlreichen Nachrichten. „Du bist genauso gefährlich wie die, die damals die Welt in den Abgrund gestürzt haben!" Es gab Momente, in denen Lea diese Worte fast erdrückten. Es war, als wäre sie ständig von einem unsichtbaren Druck umgeben, der sie immer weiter nach unten zog.

Es war nicht nur der Hass, den sie erlebte, es war die Verzweiflung, die sie spürte, wenn sie versuchte, diesen Menschen zu erklären, dass es nicht um Schuldzuweisungen ging. Es ging nicht darum, jemanden zu bestrafen oder zu verurteilen, sondern darum, die Wahrheit zu erzählen, um die Gesellschaft vor einem erneuten Vergessen zu bewahren.

Doch Lea weigerte sich, aufzugeben. Jeden Tag, an dem die Wellen des Hasses gegen sie anbrandeten, wurde sie entschlossener, ihre Geschichte weiter zu erzählen. Sie wusste, dass die Veränderung nicht über Nacht kommen würde. Der Weg war lang und steinig, aber sie war bereit, ihn zu gehen - solange es nötig war.

Eines Abends, als sie wieder einmal an ihrem Laptop saß und die ständigen Drohungen durchlas, klopfte es an ihrer Tür. Es war Simon, der einen besorgten Blick auf ihr Gesicht warf.

"Lea, du solltest eine Pause machen", sagte er und setzte sich neben sie. „Es wird zu viel. Du darfst dich nicht in all diesem Negativen verlieren."

Lea schüttelte den Kopf. „Es ist nicht einfach, Simon. Es ist nicht einfach, diese Leute zu verstehen, die sich weigern, zuzuhören. Ich versuche ihnen zu erklären, warum wir das alles tun warum es so wichtig ist, sich mit der Vergangenheit auseinanderzusetzen. Aber sie hören nicht zu." Simon legte eine Hand auf ihre Schulter. "Du tust das Richtige, Lea. Aber du musst auf dich selbst aufpassen. Du kannst die Welt nicht retten, wenn du dich selbst verlierst." Lea nickte, doch die Worte fanden keinen Halt in ihrem Herzen. Sie wusste, dass Simon es gut meinte, aber der Gedanke, sich eine Auszeit zu nehmen, war für sie unerträglich.

Sie konnte nicht einfach aufhören nicht jetzt. Nicht, nachdem so viele Menschen auf sie zählten. Ihre Arbeit hatte so viel mehr Bedeutung bekommen, als sie je für möglich gehalten hatte.

Und dann, eines Abends, kam der Wendepunkt.

Es war spät, als Lea einen Anruf von einer ihrer Unterstützerinnen erhielt Frau Hübner, eine der Historikerinnen, mit der sie in den letzten Monaten immer wieder zusammengearbeitet hatte. Ihre Stimme klang aufgeregt, fast atemlos. "Lea, du musst das sehen. Es ist... es ist ein Durchbruch."

"Was meinst du?", fragte Lea, obwohl sie sich kaum vorstellen konnte, was es noch für Neuigkeiten gab, die sie unvorbereitet treffen würden.

"Es gibt eine neue Initiative von einem großen Netzwerk von Historikern und Aktivisten, die sich mit deiner Arbeit solidarisieren wollen. Sie möchten deine Forschung und deinen Ansatz in Ihre Programme integrieren und sie bieten dir Unterstützung an."

Lea spürte, wie sich in ihrem Inneren etwas zu bewegen begann. Eine Mischung aus Erleichterung und Überraschung durchzog ihren Körper.

„Das ist... unglaublich", flüsterte sie. „Und was heißt das für uns?"
„Es bedeutet, dass du nicht allein bist. Es ist der erste Schritt in eine Richtung, die noch niemand gewagt hat. Es wird eine Zusammenarbeit geben und das Wichtigste ist, dass es eine breite Basis gibt, die sich hinter dir stellt. Du bist nicht mehr nur eine Einzelkämpferin, Lea."

Die nächsten Tage brachten eine Flut von positiven Nachrichten und Einladungen. Organisationen und Einzelpersonen, die ihre Arbeit unterstützten, boten ihre Hilfe an. Menschen aus aller Welt meldeten sich und brachten sich ein.

Ihr Projekt nahm eine neue Dimension an. Es war der Beginn einer Bewegung, die sich über die Grenzen von Leas kleiner Welt hinaus erstreckte.

Doch während sich der Wind des Wandels langsam in ihre Richtung drehte, wusste Lea, dass es immer noch viele Hürden gab. Die Menschen, die gegen sie waren, hatten nicht aufgegeben. Im Gegenteil: Der Widerstand wurde organisierter.

Aber Lea war stärker geworden. Sie wusste, dass der Weg, den sie gewählt hatte, nicht ohne Opfer bleiben würde. Aber das war es wert. Es ging nicht nur um sie es ging um die Menschen, die endlich die Wahrheit erfahren sollten. Es ging um eine Zukunft, die nicht in der Dunkelheit der Geschichte begraben bleiben durfte.

„Ich habe keine Angst mehr", murmelte sie, als sie in der Dunkelheit auf ihren Bildschirm starrte. „Ich werde weiterkämpfen, bis die Geschichte gehört wird."

Es war nicht mehr nur eine persönliche Reise. Es war eine Reise, die sie mit der Welt teilte, und die Welt hatte begonnen, ihr zuzuhören. Lea saß in ihrem Büro und starrte auf den Bildschirm. Der letzte Satz ihres Buches hatte sich vor ihr aufgebaut, wie ein Monument, das sie endlich erreichen würde. Wochen und Monate des Schreibens, der Überarbeitung, der Zweifel und der Hoffnung hatten sie zu diesem Punkt geführt.

Sie hatte es geschafft, ihre Geschichte zu erzählen, die Geschichte ihres Großvaters, die der Opfer und der Täter. Es war nicht nur ein Buch über die Vergangenheit, es war ein Aufruf, sich der Dunkelheit zu stellen und daraus zu lernen, um die Zukunft zu gestalten.

Der Titel ihres Buches war schlicht, aber tiefgründig: „Mein Opa war ein Nazi - Die Geschichte der Wahrheit". Es war der Titel, der für sie die Tragweite der Verantwortung trug, die sie übernommen hatte. Es war ein Titel, der von vielen als Provokativ angesehen worden war, aber für Lea war er die Essenz dessen, was sie vermitteln wollte.

Sie wollte keine Geschichten von Heldentum und Gerechtigkeit erzählen, sondern die grauenvolle Realität, die viele nicht sehen wollten.

Während sie die letzten Worte tippte, fühlte sie eine Welle der Erleichterung, aber auch eine tiefe Traurigkeit. Es war abgeschlossen. Doch das Gefühl des Abschlusses war ambivalent. Was nach der Veröffentlichung kommen würde, war ungewiss. Doch Lea wusste, dass sie nun mehr als je zuvor Verantwortung trug. Ihre Arbeit war noch lange nicht beendet.

Nachdem sie den letzten Absatz geschrieben hatte, lehnte sie sich in ihrem Stuhl zurück und schloss für einen Moment die Augen. Ihre Hände zitterten ein wenig, als sie die Tasten des Computers nicht mehr berührte. Sie wusste, dass dies nicht das Ende ihrer Reise war, sondern der Beginn eines neuen Kapitels. Sie hatte sich entschieden, nicht mehr nur zu schreiben, sondern auch zu sprechen, zu kämpfen, zu fordern, dass die Geschichte gehört wurde.

In den folgenden Wochen bereitete sie sich auf die Veröffentlichung vor. Sie war in Gesprächen mit Verlagen und Redakteuren, um das Buch in die Welt zu tragen. Aber es gab auch Momente, in denen sie sich fragte, ob die Welt wirklich bereit war, das zu hören, was sie zu sagen hatte.

"Was, wenn sie es wieder nicht verstehen?" fragte sie sich leise. "Was, wenn alles, was ich tue, am Ende vergebens ist?"

Aber dann erinnerte sie sich an all die Geschichten, die sie während ihrer Reise gehört hatte, an all die Menschen, die ihr gesagt hatten, wie wichtig es war, die Wahrheit zu verbreiten.

Sie hatte die Bestätigung erhalten, dass ihre Arbeit einen Unterschied machte, auch wenn es noch nicht jeder sehen konnte.

Die Veröffentlichung war ein Erfolg - weit mehr, als sie es sich je vorgestellt hatte. Es war nicht nur ein Bestseller, sondern auch ein Buch, das eine breite Diskussion anregte. In den ersten Wochen nach der Veröffentlichung wurde es in den Medien häufig besprochen. Diskussionen entstanden in Talkshows, auf Social Media und in akademischen Kreisen. Einige hielten es für einen gefährlichen Versuch, das Erbe des Nationalsozialismus zu relativieren, während andere es als mutigen Schritt in die richtige Richtung ansahen.

Lea war vorbereitet auf die Kontroversen. Sie wusste, dass ihre Worte polarisierten, dass sie von vielen als Bedrohung angesehen würden.

Doch sie wusste auch, dass das Buch und ihre Bemühungen einen Raum für den Dialog geschaffen hatten, den es vorher nicht gegeben hatte. Menschen, die nie zuvor über die Geschichte nachgedacht hatten, begannen zu fragen und sich zu interessieren. „Das ist der wahre Erfolg", dachte Lea, als sie durch die ersten Kritiken und Leserkommentare auf den sozialen Netzwerken scrollte. Es waren nicht nur die positiven Reaktionen, die sie beeindruckten, sondern auch die kritischen Stimmen. Es war das Gespräch, das ihre Arbeit anregte, das Interesse, das endlich geweckt wurde.

Und dann, eines Tages, erhielt sie eine Nachricht, die alles veränderte. Es war ein einfacher Brief von einer älteren Frau, die ersten Worte lauteten: „Ich habe das Buch gelesen, und es hat mich verändert. Ich wusste nicht, dass mein Vater in der Nähe dieser Ereignisse war. Ich musste mit meiner Familie sprechen, und ich weiß jetzt, was zu tun ist."

Diese Nachricht war der Beweis, den Lea gebraucht hatte: Sie hatte die Menschen erreicht. Sie hatte es geschafft, eine Diskussion zu entfachen, die nicht nur eine einzelne Generation betraf, sondern alle, die sich der Geschichte stellen mussten, um eine Zukunft zu schaffen, die nicht wieder in dieselben Fehler stolperte.

Lea nahm sich einen Moment, um über diese Botschaft nachzudenken. Sie wusste, dass es noch viel zu tun gab. Das war erst der Anfang. Die Geschichte, die sie erzählt hatte, war wichtig, aber sie war nicht genug. Sie musste weiterarbeiten, musste noch mehr Menschen erreichen, noch mehr Menschen zum Nachdenken bringen. Es ging nicht nur darum, Erinnerungen zu bewahren.

Es ging darum, Verantwortung zu übernehmen und zu verstehen, dass die Vergangenheit nie wirklich vorbei war, solange wir uns nicht damit auseinandersetzten.

Aber in diesem Moment konnte sie zumindest eines fühlen: Sie hatte etwas erreicht. Etwas, das mehr war als nur ein Buch. Etwas, das die Welt dazu brachte, sich mit den dunklen Ecken Ihrer Geschichte zu konfrontieren.

Und das war der wahre Anfang.

Lea hatte das Kapitel ihrer Reise zu Ende geschrieben, doch die Geschichte war noch lange nicht vorbei.

Die Vergangenheit war nicht nur in den Erinnerungen der alten Menschen, die sie getroffen hatte, verborgen. Sie war lebendig, in den Gesprächen, in den Auseinandersetzungen, in den Konflikten und in der Verantwortung, die jeder Einzelne von uns trug. Das wusste Lea nun.

Denn die Wahrheit, auch wenn sie schmerzlich ist, hat immer Platz in der Zukunft.

Kapitel 22 Am Ende kommt auch das Licht

Lea hatte schon seit längerem keine Drohbriefe mehr erhalten und sie ging davon aus, dass die Sache ausgestanden war. Doch eines Abends, als sie von der Agentur nach Hause wollte, stand eine dunkle Gestalt an der Hauswand. Ein junger Mann, er sagte: „Hallo, Lea, ich habe auf dich gewartet. Du kleines Miststück verbreitest zu viele Lügen. Mein Opa war Jude, und ich bin es auch. Was dein Opa meiner Familie angetan hat, muss bestraft werden."

Er sprang auf Lea zu, zerrte sie zu einem Auto und stieß sie hinein. Der Wagen stand in einer dunklen Seitenstraße, und die Tür knallte hinter ihr zu. Der Mann setzte sich ans Steuer, drehte wortlos den Schlüssel und fuhr los. Lea spürte, wie ihre Kehle trocken wurde, als die Straßenlichter der Stadt immer seltener wurden und schließlich ganz verschwanden.

Sie versuchte, ruhig zu bleiben, ihre Gedanken zu sammeln, aber die Angst schnürte ihr die Kehle zu. "Was willst du von mir?" fragte sie, Ihre Stimme zitterte trotz ihrer Bemühungen, ruhig zu wirken.

Der Mann, dessen Gesicht im Halbdunkel nur schemenhaft zu erkennen war, warf ihr einen kurzen, hasserfüllten Blick zu. „Du weißt ganz genau, was ich will", sagte er kalt. „Dein Großvater war ein Monster. Und jetzt trägst du seine Schuld auf deinen Schultern."

Lea wollte etwas erwidern, doch der Mann ließ ihr keine Gelegenheit. Nach einer Weile hielt er abrupt an. Sie waren an einem verlassenen, düsteren Ort angelangt, ein altes Fabrikgelände, umgeben von Dunkelheit und Stille.

Er öffnete die Tür, zog Lea mit grober Kraft aus dem Auto und stieß sie Richtung eines Gebäudes. "Rein da!", befahl er, seine Stimme voller Zorn. Sie zögerte, doch ein harter Stoß in den Rücken ließ sie taumeln und schließlich gehorchen.

„Ich habe lange auf diesen Moment gewartet", sagte er, während er eine kleine Taschenlampe anzündete und den Raum erhellte. „Du und deinesgleichen denkt, ihr könnt euch einfach alles erlauben und auf den Gefühlen anderer herum trampeln."

Lea stand mit dem Rücken zur Wand, während der Mann langsam auf sie zuging. Sein Gesicht war nun deutlich zu erkennen, von Hass und Schmerz gezeichnet. In seinen Händen hielt er ein altes Foto, das er ihr plötzlich vor die Nase hielt.

"Das hier", sagte er mit bebender Stimme, „ist meine Familie. Mein Großvater, meine Großmutter, ihre Kinder. Sie standen in einer Reihe, dort, wo dein Großvater das Sagen hatte. Sie standen vor der Entscheidung: rechts oder links. Leben oder Tod."

Lea erkannte das Foto aus den Archiven, die sie für ihre Recherchen genutzt hatte. Sie hatte nie die Menschen darauf gekannt, nie die Geschichten dahinter gehört bis jetzt.

"Und was machst du?", fuhr er fort, seine Stimme immer lauter werdend. "Du schreibst Artikel, reißt alte Wunden auf und nennst das Gerechtigkeit? Weißt du, was das mit uns macht? Mit den Überlebenden, mit deren. Nachfahren? Es ist nicht nur dein Opa, der Schuld hat du trägst sie auch! Weil du denkst, du könntest die Geschichte nach deinem Willen formen!"

Lea schluckte schwer. Sie wollte etwas sagen, wollte erklären, dass ihre Recherchen nicht dazu gedacht waren, jemanden zu verletzen, sondern die Wahrheit ans Licht zu bringen. Aber sie wusste, dass er nicht zuhören würde.

„Ich habe nichts mit den Taten meines Großvaters zu tun", sagte sie schließlich, ihre Stimme leise, aber bestimmt. "Ich kann nicht ändern, was passiert ist. Aber ich kann versuchen, aufzuklären, die Vergangenheit aufzuarbeiten, damit wir alle daraus lernen."

Der Mann lachte bitter. „Lernen? Lernen! Du denkst, das ist genug? Worte, Texte, Artikel das bringt niemanden zurück! Es heilt keine Wunden, es löscht keinen Schmerz. Deine Großeltern haben Familien wie meine zerstört. Und du? Du profitierst davon, indem du ihre Verbrechen zu deinem Thema machst!"

Er drehte sich plötzlich um und schlug mit der Faust auf einen alten Tisch. Das Echo hallte in dem verlassenen Raum wider, und Lea zuckte zusammen.

„Du wirst hier nicht einfach so rauskommen", sagte er, seine Stimme nun wieder gefährlich. leise. „Ich will, dass du fühlst, was meine Familie gefühlt hat. Dass du verstehst, was es bedeutet, alles zu verlieren."

Lea spürte, wie die Panik in ihr hochstieg. Sie wusste, dass sie handeln musste, bevor er seine Drohungen in die Tat umsetzte.

Ihre Augen suchten fieberhaft nach etwas, das sie als Waffe benutzen konnte, aber der Raum war spärlich eingerichtet ein alter Tisch, ein paar zerfallene Stühle, sonst nichts.

"Du hast Angst, oder?" sagte er und ging langsam auf sie zu. „Das ist gut. So hat sich meine Großmutter gefühlt, als sie mitansehen musste, wie ihr Mann und ihre Kinder weggebracht wurden. Nur, dass ich diesmal die Kontrolle habe."

Doch in dem Moment, als er sich ihr näherte, bemerkte Lea, dass sein Griff um das Foto schwächer wurde.

Sie sah ihre Chance. Mit einem schnellen Ruck stieß sie den Stuhl, der hinter ihr stand, um, sodass er laut klappernd auf den Boden fiel. Der Mann fuhr erschrocken herum, und Lea nutzte den Moment, um loszuspringen.

"Bleib stehen!" schrie er, aber sie rannte so schnell sie konnte, hinaus aus dem Raum, hinaus in die kalte Nachtluft Ihre Beine zitterten vor Anstrengung, doch sie hörte nicht auf, bis sie hinter einem alten Schutthaufen Deckung fand. Ihr Atem ging stoßweise, während sie seine wütenden Rufe hörte.

"Lea! Du kannst nicht entkommen!"

Sie wusste, dass er recht hatte, hier draußen, in der Dunkelheit, war sie ihm ausgeliefert. Doch sie würde nicht aufgeben. Ihr Leben hing davon ab.

Lea rannte weiter, doch die Dunkelheit machte es unmöglich, den Weg zu erkennen. Plötzlich spürte sie einen harten Schlag in den Rücken der Mann hatte sie eingeholt und riss sie zu Boden. Sie stürzte auf die kalte, feuchte Erde, ihre Hände nach vorne ausgestreckt, um den Aufprall abzufangen. Ehe sie sich wehren konnte, packte er sie brutal am Arm und zog sie zurück ins Gebäude.

"Glaubst du wirklich, du kannst mir entkommen?" zischte er, sein Gesicht nur wenige Zentimeter von ihrem entfernt. „Du hast keine Ahnung, womit du es zu tun hast."

Lea schrie und trat um sich, doch er war stärker. Er schleifte sie wieder in den Raum, warf sie auf den Boden und fesselte ihre Hände mit einem alten Kabel.

Ihre verzweifelten Bewegungen brachten nichts. Sie war ihm ausgeliefert.

„Hör mir zu!" sagte sie schließlich, ihre Stimme bebend, aber fest entschlossen. „Das hier bringt doch nichts! Was willst du erreichen? Die Vergangenheit können wir nicht ändern, egal, was du tust!"

Er blieb stehen, drehte sich zu ihr um und lachte bitter. „Natürlich kannst du das nicht ändern. Aber du kannst dafür bezahlen."

"Wofür bezahlen?" schrie Lea, und ihre Augen funkelten vor Wut. "Ich war nicht dabei! Niemand meiner Generation war dabei! Du kannst nicht verlangen, dass wir uns heute noch für die Verbrechen unserer Vorfahren schämen! Das ist nicht fair!"

Seine Augen verengten sich, und er kniete sich vor sie. "Nicht fair? Du redest von Fairness? Meine Familie wurde ausradiert, ihre Namen vergessen, ihr Leben zerstört - und du redest von Fairness?"

„Ja, ich rede von Fairness!" entgegnete sie, ihre Stimme bebend, aber entschlossen. „Weil du mich hier festhältst und mich für etwas verantwortlich machst, wofür ich nichts kann! Glaubst du, ich habe mir ausgesucht, wessen Enkelin ich bin?

Glaubst du, ich habe mir das Leben ausgesucht, das ich führe? Nein! Aber was ich mir ausgesucht habe, ist, die Wahrheit aufzuschreiben. Die Wahrheit, damit wir verstehen, was damals passiert ist, und es nie wieder passiert!"

Er schwieg, und für einen Moment schien es, als hätte sie ihn erreicht. Doch dann verdunkelte sich sein Blick wieder. „Worte", murmelte er leise, fast zu sich selbst. "Nichts als Worte. Sie ändern nichts. Sie bringen niemanden zurück."

„Nein, sie bringen niemanden zurück", sagte Lea sanft. "Aber sie können uns helfen, zu verstehen. Und vielleicht, nur vielleicht, können sie uns helfen, einander zu vergeben."

Er sah sie an, sein Gesicht ein unentschlossenes Zucken aus Wut, Trauer und Verzweiflung." Vergeben? Wie kann ich vergeben? Wie kann ich vergeben, wenn die Schreie meiner Familie immer noch in meinem Kopf sind?"

Lea schluckte schwer, spürte Tränen in ihren Augen. „Ich weiß es nicht", sagte sie ehrlich. „Vielleicht kannst du es nie. Aber du kannst aufhören, anderen weh zu tun. Das ist der erste Schritt. Hör auf, die Schuld in der Gegenwart zu suchen. Die Vergangenheit ist vorbei - wir können sie nicht mehr ändern."

Sein Atem ging schwer, und seine Hände ballten sich zu Fäusten. Doch dann ließ er sie plötzlich los und wich zurück, als hätte sie ihn körperlich getroffen. "Du verstehst es nicht", murmelte er, während er sich abwandte. „Du wirst es nie verstehen." Lea nutzte den Moment der. Unentschlossenheit. „Vielleicht kann ich es nicht vollständig verstehen. Aber ich will es versuchen. Wenn wir aufhören, nur nach Schuldigen zu suchen, können wir gemeinsam versuchen, zu heilen."

Er blieb mit dem Rücken zu ihr stehen, reglos, wie erstarrt. Die Spannung im Raum war fast greifbar, während Lea darauf wartete, ob ihre Worte ihn erreichen würden. Oder ob sie in der Dunkelheit verhallen würden.

Die Stille zwischen ihnen war ohrenbetäubend. Lea hielt den Atem an, während sie beobachtete, wie der Mann vor ihr kämpfte mit sich selbst, mit seinen Gefühlen, mit seiner Vergangenheit. Sie konnte die Wut in seinen angespannten Schultern sehen, die sich immer wieder hoben und senkten, als er tief durchatmete.

Dann drehte er sich langsam zu ihr um. In seinen Augen lag nicht mehr nur Zorn, sondern auch etwas anderes ein Schatten von Schmerz, der tief verwurzelt war.

„Du redest von Heilung", sagte er leise, fast flüsternd. "Aber was ist mit denen, die niemals heilen können? Was ist mit denen, die nicht einmal die Möglichkeit hatten, es zu versuchen?"

Lea spürte, wie ihr die Kehle eng wurde. Sie wusste, dass es auf diese Frage keine einfache Antwort gab. Doch sie musste es versuchen. "Ich weiß, dass es Menschen gibt, die diesen Weg nicht gehen können", sagte sie, ihre Stimme sanft, aber bestimmt. "Aber wenn wir es nicht wenigstens versuchen, geben wir der Vergangenheit die Macht, uns für immer zu zerstören. Wir dürfen nicht zulassen, dass Hass und Schmerz weitergegeben werden wie ein Erbe. Es muss irgendwo aufhören."

Er kniff die Augen zusammen und schüttelte den Kopf. "Du sagst das, als wäre es so einfach. Aber für mich hat es nie aufgehört.

Seit meiner Kindheit war da immer dieser Schatten Geschichten, die meine Eltern mir erzählt haben, Träume, in denen ich die Schreie höre. Es fühlt sich an, als ob ich diesen Schmerz tragen muss, weil sonst niemand mehr da ist, der es kann."

Lea schluckte schwer. „Ich verstehe, warum du das fühlst. Und es ist furchtbar, dass es so ist. Aber was bringt es, wenn du den Schmerz auf jemand anderen überträgst? Auf mich? Du gibst ihn nicht ab du machst ihn nur größer. Für dich. Für mich. Für alle."

Er sah sie an, und diesmal war sein Blick nicht mehr nur hasserfüllt. Es war, als ob etwas in ihm zerbrach, ein Teil der Mauer, die er um sich. herum aufgebaut hatte. Doch dann richtete er sich auf, seine Kiefer mahlten, und er schüttelte wieder den Kopf.

"Du kannst es dir so einfach machen, weil du auf der anderen Seite stehst", sagte er leise. „Du wirst niemals die Last meiner Geschichte tragen müssen."

"Nein", sagte Lea. "Das werde ich nicht. Aber ich trage die Last meiner eigenen Geschichte. Glaubst du, es ist leicht, die Enkelin eines Mannes zu sein, der solche Verbrechen begangen hat? Glaubst du, es fühlt sich nicht wie eine Bürde an, immer wieder erklären zu müssen, dass ich nicht wie er bin? Dass ich mich davon distanziere? Die Vergangenheit verfolgt uns alle, aber sie definiert nicht, wer wir sind." Der Mann trat einen Schritt zurück, als ob ihre Worte ihn wieder körperlich getroffen hätten. Er sah sie an, als würde er sie zum ersten Mal wirklich sehen. "Warum tust du das? Warum kämpfst du so sehr dafür, dass ich dir zuhöre?" fragte er, seine Stimme kaum hörbar.

Lea zögerte, bevor sie antwortete. „Weil ich glaube, dass wir es uns schuldig sind. Dir. Mir. Allen, die damals gelitten haben. Wenn wir nicht versuchen, die Kluft zwischen uns zu überbrücken, bleibt alles, wie es ist. Und der Schmerz wird niemals aufhören."

Er stand da, schweigend, für eine lange, endlose Minute. Dann ging er langsam zu einem Fenster und starrte hinaus in die Dunkelheit. Seine Schultern sanken, und ein langer, schwerer Seufzer entwich ihm.

"Ich habe so lange gehasst", sagte er schließlich. „Ich weiß nicht, ob ich noch weiß, wie man etwas anderes fühlt."

Lea spürte, wie ihre Augen feucht wurden. „Vielleicht ist das der erste Schritt", sagte sie. „Zu erkennen, dass der Hass dich genauso zerstört wie die, auf die er gerichtet ist."

Er wandte sich wieder ihr zu, und in seinem Blick lag eine Unsicherheit, die sie vorher nicht gesehen hatte. "Und was soll ich jetzt tun? Einfach so tun, als wäre nichts passiert?"

„Nein", sagte Lea. „Aber du kannst dich entscheiden, es nicht schlimmer zu machen. Du kannst dich entscheiden, einen anderen Weg zu gehen."

Die Sekunden zogen sich, bis er schließlich nickte, fast unmerklich. „Vielleicht hast du recht", sagte er leise. „Aber ich weiß nicht, ob ich es alleine schaffe."

"Du bist nicht alleine", sagte Lea. „Du musst es nicht alleine schaffen." Für einen Moment schien die Welt stillzustehen. Dann trat er an sie heran, kniete sich nieder und löste vorsichtig die Fesseln an ihren Handgelenken.

Als sie endlich frei war, sah er sie an, und sie konnte sehen, dass der Hass in seinen Augen einem tiefen, überwältigenden Schmerz gewichen war.

„Es tut mir leid", flüsterte er. „Ich weiß nicht, ob ich es wirklich gutmachen kann, aber es tut mir leid."

Lea rieb sich die Handgelenke und nickte langsam. "Es ist ein Anfang."

Der Mann erhob sich langsam und trat einige Schritte zurück, als ob er ihr Raum geben wollte oder vielleicht sich selbst. Lea blieb noch einen Moment sitzen, ihre Handgelenke schmerzten von den engen Fesseln, doch ihr Blick blieb auf ihn gerichtet. Sie wusste, dass dieser Moment entscheidend war, nicht nur für sie, sondern auch für ihn.

"Wie heißt du?" fragte sie schließlich, ihre Stimme leise, fast sanft.

Er schien überrascht von der Frage, als hätte er nicht damit gerechnet, dass sie ihn überhaupt als Mensch betrachten könnte. „Mirco", antwortete er nach einem kurzen Zögern.

Lea nickte. „Mirco", wiederholte sie. „Du hast recht. Ich kann nicht verstehen, wie es für dich war. Ich werde nie wissen, wie es ist, mit einer solchen Vergangenheit zu leben. Aber ich kann zuhören. Wenn du willst."

Mirco schaute sie an, seine Augen glitzerten in der Dunkelheit, als ob er gegen aufkommende Tränen kämpfte. "Warum? Warum würdest du mir zuhören wollen, nach allem, was ich dir jetzt angetan habe?" Lea stand auf, ihre Beine waren zittrig, doch sie zwang sich, ruhig zu bleiben.

„Weil ich glaube, dass wir genau das brauchen. Nicht mehr Schweigen. Nicht mehr Hass. Wir brauchen Gespräche, Mirco. Ehrliche Gespräche. Auch wenn es schwer ist."

Er senkte den Blick, seine Hände hingen kraftlos an seinen Seiten. "Meine Familie... sie haben so viel verloren. Mein Großvater hat den Krieg überlebt, aber er hat nie wieder gelebt. Verstehst du das? Er war nur noch ein Schatten. Und ich... ich bin mit seinen Geschichten aufgewachsen. Mit seinem Schmerz. Es hat mich zu dem gemacht, was ich bin. Aber manchmal weiß ich nicht einmal, wer das ist."

„Das verstehe ich", sagte Lea leise. "Manchmal fühle ich mich genauso. Manchmal frage ich mich, ob ich wirklich nur ich selbst, bin oder ob ich immer die Enkelin von jemandem bleiben werde, der so viel Leid verursacht hat. Aber wir können uns entscheiden, wer wir sein wollen, David. Du kannst das auch."

Er ließ sich auf den Boden sinken, als wäre die Schwere seiner Gefühle zu viel für ihn. „Ich wollte dir wehtun, Lea", gestand er, ohne sie anzusehen. „Ich wollte dich leiden sehen, so wie ich gelitten habe. Aber jetzt... jetzt fühle ich mich einfach nur leer."

Lea ging vorsichtig auf ihn zu und setzte sich ein Stück entfernt hin. Sie wollte ihm zeigen, dass sie keine Bedrohung war, aber auch, dass sie nicht weglaufen würde. "Leere ist besser als Hass", sagte sie schließlich. "Leere kann man füllen. Aber Hass zerstört alles, was er berührt." Mirco legte sein Gesicht in die Hände, und für einen Moment dachte Lea, er würde zusammenbrechen. Doch dann sah er sie an, und seine Stimme war rau, aber klar. "Was mache ich jetzt? Wie gehe ich mit dem Schmerz um? Wie höre ich auf, zu hassen?"

Lea überlegte kurz, bevor sie antwortete. „Du machst es Schritt für Schritt. Du hörst auf, dir selbst einzureden, dass dein Schmerz anderen die Schuld gibt. Und du suchst Hilfe. Es gibt Menschen, die dir zuhören, die dir helfen können, das zu verarbeiten. Du bist nicht allein."

Mirco wirkte, als würde er über ihre Worte nachdenken, als hätte er zum ersten Mal in seinem Leben darüber nachgedacht, dass es einen anderen Weg geben könnte. „Und du?" fragte er schließlich. Was wirst du tun?"

Lea hielt seinem Blick stand. „Ich werde weitermachen. Ich werde die Geschichten schreiben, die erzählt werden müssen, damit wir alle verstehen können, was war. Nicht, um Schuld zuzuweisen, sondern um zu verhindern, dass so etwas jemals wieder passiert."

Mirco nickte langsam, dann sah er hinaus in die Nacht. Vielleicht... vielleicht kannst du auch meine Geschichte erzählen. Nicht jetzt. Aber irgendwann."

Lea spürte, wie eine Welle der Erleichterung und Hoffnung sie durchströmte. "Wenn du bereit bist, Mirco, werde ich zuhören. Und ich werde sie erzählen."

Die Minuten vergingen in Stille, und schließlich stand Mirco auf. „Ich bringe dich nach Hause", sagte er, und zum ersten Mal klang seine Stimme nicht kalt oder bedrohlich, sondern einfach nur müde.

Lea nickte. „Danke." und als sie gemeinsam aus dem düsteren Gebäude traten, fühlte es sich an, als ob der erste Schritt in Richtung einer neuen, besseren Geschichte getan worden war.

Sie gingen schweigend durch die Dunkelheit, die kalte Nachtluft schien die Spannung zwischen ihnen zu zerschneiden. Lea fühlte sich unsicher, doch gleichzeitig auch merkwürdig erleichtert. Irgendetwas hatte sich verändert, etwas tief in ihr und auch in Mirco. Vielleicht war es nur ein winziger Schritt, aber es war ein Anfang. Und das war mehr, als sie sich je erhofft hatte. "Du wirst es schaffen, Mirco", sagte Lea schließlich, als sie das verlassene Gelände hinter sich ließen. „Du musst nur anfangen, dich selbst zu verstehen. Niemand erwartet von dir, dass du alles sofort weißt oder alles richtig machst. Aber du kannst nicht weiter in der Vergangenheit leben. Es wird dich nur zerstören." Mirco nickte stumm. „Ich weiß, dass du recht hast", antwortete er nach einer langen Pause. „Es ist nur... schwer. Es fühlt sich an, als würde alles, was ich jemals geglaubt habe, auseinanderbrechen. Aber du hast mir gezeigt, dass es einen anderen Weg gibt."

Lea blickte auf ihn, ihre Schritte gleichmäßig. „Es wird nicht einfach werden", sagte sie, „aber jeder Schritt, den du machst, ist ein Schritt weg von dem Hass, der dich so lange kontrolliert hat. Und es wird Menschen geben, die dich unterstützen. Du musst nur anfangen, danach zu suchen." Mirco schnaubte, und ein schwaches Lächeln spielte auf seinen Lippen. "Vielleicht. Aber es fühlt sich immer noch an, als ob ich gegen einen Berg ankämpfe, der nicht verschwinden will"

"Das wird er auch nicht. Aber du kannst lernen, ihn zu überwinden, anstatt immer wieder dagegen anzukämpfen", erwiderte sie ruhig. "Es wird immer Teile der Vergangenheit geben, die dich einholen werden. Aber du kannst entscheiden, wie du darauf reagierst."

Sie liefen eine Weile weiter, ohne zu sprechen, doch die Stille zwischen ihnen war nicht mehr von Bedrohung durchzogen. Es war eine Stille des Nachdenkens, des Austauschs, der stillen Akzeptanz, dass keiner von ihnen die vollständige Kontrolle über die Vergangenheit hatte, aber beide die Verantwortung trugen, sich der Zukunft zu stellen.

"Was wird jetzt mit dir und deinen Artikeln passieren?" fragte Mirco schließlich, als sie die Stadtgrenze erreichten.

Lea atmete tief ein, und für einen Moment fragte sie sich, ob sie das, was sie getan hatte, wirklich fortsetzen konnte. Aber dann wusste sie, dass sie keine Wahl hatte. Es war der Weg, den sie gewählt hatte.

„Ich werde weitermachen", sagte sie schließlich. „Aber nicht nur aus der Perspektive meines Großvaters. Ich werde die Geschichten derer erzählen, die wirklich gehört werden müssen der Überlebenden, der Nachfahren, derjenigen, die der Welt oft ihre Stimmen abgesprochen hat. Und ich werde nicht zulassen, dass meine eigene Familie wieder in diese schreckliche Geschichte verstrickt wird."

"Glaubst du, es wird sich jemals ändern? Ich meine, die Welt?" fragte er, als sie vor ihrer Wohnungstür standen.

"Es muss sich ändern", sagte sie entschlossen. „Und wenn es nur ein kleiner Schritt auf dem Weg ist, dann reicht das für mich. Aber wir müssen dafür kämpfen. Alle zusammen." Mirco trat einen Schritt zurück und sah sie an. "Ich danke dir, Lea. Ich weiß nicht, ob du dir bewusst bist, wie viel du mir geholfen hast, aber du hast mir die Augen geöffnet. Vielleicht habe ich wirklich noch nicht alles verloren."

Lea nickte und öffnete die Tür." Vielleicht nicht. Aber du hast jetzt die Chance, alles zu gewinnen, was du noch finden kannst."

Er sah sie an, dann nickte er langsam. "Gute Nacht, Lea. Und danke. Vielleicht finden wir uns irgendwann wieder. In einer besseren Welt."

„Ich hoffe es", antwortete sie leise, als sie die Tür hinter sich schloss.

Sie stand einen Moment lang in ihrer Wohnung. den Schlüssel immer noch in der Hand, und dachte über alles nach, was passiert war. Es fühlte sich an wie ein Anfang. Ein Anfang, der sie und Mirco auf unterschiedliche Wege führen würde. Aber es war ein Schritt weg von der Dunkelheit und dem Hass. Ein Schritt hin zu einem besseren Verständnis der Vergangenheit, das nicht länger in Rache und Zorn gefangen war. Sie hatte heute etwas verstanden: Es war möglich, den Schmerz nicht zu vererben, sondern zu transformieren.

Sie setzte sich auf das Sofa und griff nach ihrem Notizbuch. Die Worte, die sie schon so lange hatte aufschreiben wollen, flossen nun fast von selbst. Es waren keine einfachen Worte, keine einfache Geschichte. Aber es war die Wahrheit. Und vielleicht war das der erste Schritt zu einer Heilung für sie, für Mirco und für alle, die in den Schatten der Geschichte lebten. Lea setzte ihren Stift an das Papier und begann zu schreiben. Die Worte fielen nur langsam, aber sie spürte eine gewisse Klarheit, die sie schon lange nicht mehr erlebt hatte. Jeder Satz, den sie auf das Papier brachte, fühlte sich wie ein kleines Stück Befreiung an. Sie schrieb noch einmal über die Geschichte ihres Großvaters, über das, was er getan hatte, und über das, was sie nun zu tun versuchte, um sich davon zu lösen.

Es war hart, und sie wusste, dass sie nicht alle Antworten hatte, aber sie wusste auch, dass der Weg, den sie jetzt ging, der richtige war.

Stunden vergingen, und Lea verlor sich in ihren Gedanken und der Arbeit. Die Dunkelheit draußen war inzwischen von den ersten Morgenlichtern durchbrochen, doch sie fühlte sich nicht erschöpft. Eher erfrischt, als ob sie einen Teil von sich selbst wiedergefunden hatte, den sie lange verloren geglaubt hatte.

Als ihr Blick von den Zeilen auf dem Papier auf die Uhr fiel, erschrak sie. Es war fast schon Zeit, zur Arbeit zu gehen. Sie hatte in der letzten Nacht keine Pause gemacht, ihre Gedanken hatten sie vollständig eingenommen. Doch anstatt sich gestresst oder überfordert zu fühlen, hatte sie das Gefühl, dass ihr der Tag eine neue Perspektive schenkte. Sie griff nach ihrem Handy und sah nach einer Nachricht von Mirco. Sie hatte es nicht erwartet, aber er hatte ihr eine Nachricht hinterlassen.

"Ich wollte dir nur sagen, dass ich heute den ersten Schritt gemacht habe, Ich habe einen Therapeuten angerufen. Ich weiß, es wird nicht leicht, aber ich werde es versuchen. Danke, dass du mir gezeigt hast, dass es einen anderen Weg gibt."

Lea starrte auf den Bildschirm, ihr Herz schlug schneller. Sie hatte gehofft, dass er diesen Schritt gehen würde, aber zu wissen, dass er es tatsächlich tat, ließ sie für einen Moment innehalten. Sie fühlte sich stolz. Stolz auf ihn, stolz auf sich selbst. Es war ein kleiner Sieg, aber es war ein Sieg. Sie antwortete schnell: „Ich freue mich so, Mirco. Das ist der erste Schritt, und es ist der wichtigste. Du bist nicht allein."

Nachdem sie die Nachricht abgesendet hatte, atmete sie tief durch und schaltete das Handy aus. Heute war ein neuer Tag. Heute würde sie ihre Arbeit fortsetzen, aber sie wusste, dass sie mit einem neuen Blick darauf blicken würde.

Sie war nicht mehr nur die Enkelin eines Nazis, sie war eine Frau, die versuchte, ihren eigenen Weg zu finden. Und vielleicht war das, was sie tat, nicht nur für sie selbst wichtig, sondern auch für all die anderen, die sich mit den Schatten der Vergangenheit auseinandersetzen mussten.

In der Agentur angekommen, begrüßten ihre Kollegen sie wie gewohnt, aber etwas hatte sich verändert.

Lea fühlte sich weniger in der Vergangenheit gefangen, weniger als Teil einer Geschichte, die sie nie gewählt hatte. Sie war jetzt jemand, der die Geschichte nicht nur erzählen, sondern auch formen konnte. Vielleicht würde sie nicht alle Menschen erreichen, aber sie wusste, dass ihre Arbeit einen Unterschied machen würde. Am Nachmittag, als sie an einem Artikel über die Auswirkungen von Familiengeschichte und Trauma schrieb, klingelte ihr Telefon. Es war eine unbekannte Nummer. Sie zögerte kurz, bevor sie abnahm.

"Lea?", sagte eine vertraute Stimme am anderen Ende der Leitung.

"Mirco?"

"Ja, es ist Mirco", antwortete er, und seine Stimme klang anders. Weicher, nachdenklicher.

"Ich wollte dir einfach noch einmal danken. Ich weiß nicht, ob ich dir jemals wirklich sagen kann, wie viel das bedeutet hat, aber... du hast mir die Augen geöffnet. Ich beginne zu verstehen, dass ich nicht für die Taten meiner Familie verantwortlich bin, aber ich bin verantwortlich. Für das, was ich daraus mache. Ich weiß, dass ich noch einen langen Weg vor mir habe, aber ich werde ihn gehen."

Lea schloss die Augen, und ein Gefühl von tiefer Zufriedenheit durchströmte sie. Es war nicht das Ende der Geschichte, aber es war ein Anfang. Ein Anfang, der sowohl für sie als auch für Mirco die Chance auf Heilung und Veränderung brachte. Und das war mehr, als sie jemals erwartet hatte.

"Ich glaube an dich, Mirco", sagte sie leise. „Ich bin stolz auf dich."

"Danke", antwortete er. „Danke, dass du mir geholfen hast, einen Weg zu finden. Vielleicht... vielleicht können wir uns irgendwann wiedersehen, unter besseren Umständen."

Lea lächelte. „Das hoffe ich. Ich freue mich darauf, dir zuzuhören, wenn du bereit bist, mehr zu erzählen."

„Ich werde es dir sagen, versicherte er ihr. „Wenn die Zeit kommt."

Als sie das Gespräch beendete, fühlte sich Lea leichter, als ob eine große Last von ihren Schultern genommen worden wäre.

Es war nicht nur die Geschichte ihres Großvaters, die sie nun versuchte zu verarbeiten. Es war auch die Geschichte von Mirco, die er selbst nun begann, zu schreiben. Und vielleicht war das der wahre Beginn ihrer eigenen Reise.

Sie sah auf ihre Notizen und begann erneut zu schreiben, nicht nur als Journalistin, sondern als jemand, der die Kraft der Geschichte erkannt hatte und der an die Möglichkeit glaubte, dass die Zukunft immer noch ungeschrieben war.

Die Worte flossen leichter als je zuvor, als hätte sich ein Knoten in ihr gelöst, der sie lange festgehalten hatte. Es war, als ob sie selbst durch ihre eigene Arbeit heilte. Der Text, den sie schrieb, war kein einfacher Artikel mehr. Es war ihre eigene Geschichte, die Geschichte von Mirco und all den anderen, die den Erben von Grauen und Schmerz entstammten, aber auch die Geschichte des Mutes, sich dieser Last zu stellen und sie zu überwinden.

Am nächsten Morgen, als Lea den Artikel zur Veröffentlichung abschickte, spürte sie eine merkwürdige Erleichterung. Sie wusste, dass das, was sie gerade geschrieben hatte, die Menschen erreichen würde.

Und vielleicht, nur vielleicht, würde es auch jemandem helfen, der in der gleichen Dunkelheit gefangen war, in der sie einst gestanden hatte.

Sie hatte sich entschieden, die Vergangenheit nicht länger zu fürchten, sie nicht mehr als ein unüberwindbares Hindernis zu sehen. Ihr Großvater, mit all seinen Verbrechen und seiner Rolle in der Geschichte, war nicht mehr der Maßstab, an dem sie ihr eigenes Leben messen musste. Sie hatte die Wahl, wer sie war und wer sie sein wollte. Und sie wollte etwas anderes sein als das, was er hinterlassen hatte. Eines Abends, einige Tage nach dem letzten Gespräch mit Mirco, vibrierte ihr Telefon erneut. Diesmal war es eine Nachricht von ihm.

"Lea, ich wollte dir einfach nochmal sagen, es tut mir leid, dass ich damals so wütend war. Aber ich habe wirklich viel nachgedacht und einen Schritt weiter gemacht. Ich habe mit meiner Mutter gesprochen. Es war nicht einfach, aber es war notwendig. Und jetzt, nach allem, was passiert ist, fühle ich mich wie ein Teil von etwas Größerem, wie ob ich endlich anfangen kann, mit meiner Vergangenheit Frieden zu schließen. Du hast mir gezeigt, dass es möglich ist."

Lea las die Nachricht mehrmals, bevor sie antwortete. Es war so viel mehr, als sie erwartet hatte. Vielleicht war es genau diese Art von Austausch, von Unterstützung, die nicht nur Menschen heilen konnte, sondern ganze Generationen.

"Ich freue mich so für dich, Mirco", schrieb sie zurück. "Du bist auf dem richtigen Weg. Es ist nie zu spät, die Vergangenheit hinter sich zu lassen und die eigene Geschichte neu zu schreiben. Ich hoffe, du kannst bald den Frieden finden, den du verdienst."

Sie legte das Handy beiseite und starrte einen Moment lang nachdenklich aus dem Fenster.

Der Tag war ruhig, das Licht des Spätsommers schien warm auf ihr Gesicht. Es gab immer noch so viel, was sie tun musste, aber sie fühlte sich nicht mehr überfordert. Ihre Arbeit, Ihr Leben, Ihre Geschichte alles war miteinander verflochten, aber jetzt fühlte sich alles leichter an. Sie war nicht länger die Enkelin eines Mannes, dessen Taten in der Geschichte verankert waren. Sie war jemand, der es wagte, die Vergangenheit anzuerkennen und trotzdem ihre eigene Zukunft zu gestalten.

Lea wusste, dass der Weg des Heilens nicht linear war. Es gab keine festen Antworten und keine schnellen Lösungen.

Aber sie wusste jetzt, dass der erste Schritt immer der wichtigste war: der Wille, sich zu stellen. Sich wichtigste war. der Wille, sich zu stellen. Sich zu stellen, um zu verstehen, sich zu stellen, um zu vergeben und vor allem, sich zu stellen, um der Ketten der Vergangenheit zu entkommen, die einen festhielten.

Wieder kehrte sie zu ihrem Schreibtisch zurück und öffnete das Dokument, an dem sie gearbeitet hatte. Es war mehr als nur ein Artikel. Es war ein Zeugnis dessen, wie weit sie gekommen war nicht nur als Journalistin, sondern auch als Mensch.

In den folgenden Wochen wuchs das Gefühl der Erfüllung in ihr, als sie ihre Arbeit fortsetzte. Ihre Artikel wurden immer mehr zu einem Sprachrohr für diejenigen, die in der Geschichte verloren gegangen waren, deren Geschichten nie gehört worden waren. Sie sprach nicht nur für sich selbst, sondern auch für die Generationen, die mit den Schatten ihrer Vorfahren kämpften.

Sie war eine Autorin, eine Erzählerin, eine Frau, die die Fähigkeit hatte, Veränderung zu bringen, indem sie den Mut hatte, sich der Wahrheit zu stellen ganz gleich, wie schmerzhaft sie war.

Doch es war nicht nur das Schreiben, das ihre Veränderung ausmachte. Es war die Art, wie sie jetzt durch die Welt ging mit einer Klarheit, die sie nie zuvor gekannt hatte. Sie hatte Frieden gefunden, zumindest einen Teil davon. Und vielleicht war das der größte Sieg von allen. Lea saß an ihrem Schreibtisch, der Blick auf den Monitor gerichtet, aber ihre Gedanken schweiften immer wieder ab. Die letzten Monate waren ein Prozess der tiefen Selbstreflexion gewesen.

Die Artikel, die sie geschrieben hatte, die Gespräche, die sie geführt hatte, all das hatte sie verändert. Nicht nur in der Art und Weise, wie sie die Welt betrachtete, sondern auch, wie sie sich selbst in dieser Welt positionierte.

Es gab immer noch Tage, an denen die Schatten der Vergangenheit auf sie herabfielen, an denen sie sich mit der Frage quälte, was sie tun konnte, um das zu überwinden, was ihr Großvater und viele andere vor ihm verursacht hatten.

Aber sie wusste nun, dass es nicht darum ging, alles zu reparieren oder sich von den Geistern der Geschichte vollständig zu befreien.

Es ging darum, zu akzeptieren, dass diese Vergangenheit Teil von ihr war, aber nicht mehr die Kontrolle über ihre Zukunft hatte.

An diesem Morgen klopfte es an ihrer Tür. Ein leises Klopfen, fast zögerlich. Sie sah auf, überrascht. Es war ungewöhnlich, dass jemand sie so früh besuchte. Als sie die Tür öffnete, stand Mirco vor ihr. Er sah anders aus ruhiger, stabiler. In seinen Augen lag keine Wut mehr, sondern eine Art von Frieden, den er in den letzten Wochen, vielleicht Monaten, zu finden schien.

"Mirco?" Lea trat einen Schritt zurück, damit er eintreten konnte. "Was machst du hier?"

„Ich wollte dir etwas zeigen", sagte er, ohne viel zu erklären, und hielt einen Umschlag in der Hand

Lea nahm den Umschlag und setzte sich mit ihm auf das Sofa. Mirco folgte ihr und setzte sich gegenüber. Sie öffnete den Umschlag und fand darin ein Fotobuch.

Ein Fotoalbum. Sie blätterte vorsichtig durch die Seiten. Es waren Bilder von Mirco und seiner Familie, Bilder aus. einer anderen Zeit, aus einer anderen Welt. Die Fotos schienen auf den ersten Blick unbeschwert, voller Leben. Doch bei genauerem Hinsehen konnte sie die traurigen Augen seiner Vorfahren erkennen, die auf den Bildern eingefangen waren. Die Geschichten von Verlust und Schmerz, die in jedem Bild mitschwingen, auch wenn sie nicht direkt sichtbar waren.

„Das ist das erste Mal, dass ich das Buch wirklich angesehen habe", sagte Mirco ruhig. "Ich habe lange Zeit einfach versucht, all das zu ignorieren. Aber ich habe es geschafft, mit meiner Mutter zu sprechen. Und zusammen haben wir diese Fotos wiedergefunden. Sie haben uns geholfen, uns zu erinnern - nicht nur an das, was uns genommen wurde, sondern auch an das, was wir noch haben."

Lea schlug eine Seite auf, auf der ein Foto von Mircos Großvater abgebildet war, der Mann, von dem er so oft gesprochen hatte. Der Mann, dessen Leben von Schmerz und Kriegswunden geprägt war.

Doch in diesem Bild sah er nicht wie der Zornige und gebrochene Mann aus, den Mirco so oft beschrieben hatte. Es war das Bild eines jungen Mannes, der noch Hoffnung in den Augen hatte.

„Er war nicht immer so", sagte Mirco mit leiser Stimme. „Er hat sich verändert, aber er hatte auch einmal Träume. Ich wollte, dass du das weißt. Es war nicht immer nur Hass. Es war eine Krankheit, die ihn veränderte." Lea nickte, ohne ein Wort zu sagen. Sie spürte den Schmerz in Mircos Worten, doch sie spürte auch den festen Willen, sich von dieser Geschichte zu befreien.

Es war das erste Mal, dass sie so offen über seine Familie sprach. Es war ein Schritt, den sie gemeinsam gemacht hatten.

„Ich weiß, was du mir zeigen willst", sagte Lea schließlich. "Es gibt nicht nur Dunkelheit. Auch inmitten des Schmerzes gibt es Licht. Es gibt immer einen Weg, sich von den Fesseln der Vergangenheit zu lösen. Aber es erfordert Mut."

"Ich weiß, antwortete er leise. „Und ich weiß, dass du mir geholfen hast, diesen Mut zu finden. Nicht nur durch das, was du tust, sondern durch das, was du bist. Du hast mir gezeigt, dass man auch als Nachkomme eines Monsters einen eigenen Weg finden kann."

Lea schaute ihm in die Augen, und in diesem Moment wusste sie, dass sie auf diesem Weg nicht nur sich selbst, sondern auch Mirco geholfen hatte. Sie hatte nie gewusst, wie weit der Einfluss ihrer eigenen Veränderung auf andere Menschen wirken konnte. Doch hier saß er, dieser junge Mann, der so lange unter dem Schatten der Vergangenheit gelitten hatte, und fand endlich einen Teil von sich, der nicht durch die Vergehen seiner Vorfahren definiert wurde.

"Es ist nicht nur dein Weg", sagte Lea. „Es ist unser Weg. Und ich werde dir immer zur Seite stehen, wenn du das brauchst. Du musst nicht allein gehen." Mirco nickte, und ein kleines, fast unmerkliches Lächeln huschte über sein Gesicht. „Ich danke dir, Lea. Vielleicht sind wir nicht die einzigen, die diese Geschichte haben. Vielleicht gibt es noch viele andere, die sich genauso fühlen. Vielleicht kann das, was du tust, auch anderen helfen." Lea dachte einen Moment nach, dann stand sie auf und ging zu ihrem Schreibtisch.

„Das ist genau das, was ich mir erhoffe", sagte sie, als sie begann, ein neues Projekt zu skizzieren. „Ich werde eine Serie schreiben. Eine Serie über die Erben des Schmerzes. Über diejenigen, die sich von der Vergangenheit lösen und etwas Neues schaffen. Nicht als Schuldige, sondern als Menschen, die die Verantwortung für die Zukunft übernehmen."

Mirco schaute sie an, und in seinem Blick lag eine neue Hoffnung, ein neuer Glaube an sich selbst. "Ich werde dich dabei unterstützen", sagte er entschlossen.

Lea nickte. „Das werden wir alle." Nachdem Mirco gegangen war, wirbelten ihre Gedanken um die neuen Ideen, die sie entwickeln wollte. Die Serie, die sie im Kopf hatte, würde nicht nur ein weiteres journalistisches Projekt sein.

Sie wollte eine Plattform für Menschen schaffen, die sich mit ihrer Vergangenheit auseinandersetzten und versuchten, etwas Neues aus dem Erbe von Schmerz und Trauma zu schaffen. Ihre eigene Geschichte war nicht die einzige sie war nur ein Teil eines größeren Ganzen. Und sie wusste, dass es wichtig war, diese Stimmen zu hören und zu verstehen.

Die Idee wuchs in ihr, und sie spürte, dass sie nicht nur als Journalistin, sondern auch als Mensch eine Verantwortung hatte. Es ging nicht nur um das Aufdecken von Fehlern und das Anprangern der Vergangenheit.

Es ging darum, den Weg für Heilung und Veränderung zu ebnen, für Menschen, die das Gefühl hatten, in den Schatten der Geschichte gefangen zu sein. Mirco hatte ihr einen wichtigen Aspekt ihrer Arbeit gezeigt dass es nicht nur darum ging,

Fehler zu korrigieren oder das Unrecht der Vergangenheit zu benennen, sondern auch um die aktive Entscheidung, Verantwortung für das eigene Leben zu übernehmen. Dieser Prozess war für Mirco der Schlüssel gewesen, um sich von der Last seiner Familiengeschichte zu befreien. Und nun wollte sie diese Erkenntnis weitergeben.

Ein paar Tage nach ihrer ersten Diskussion mit Mirco setzte sie sich an ihren Computer und begann, die ersten Entwürfe für die Serie zu schreiben. Sie begann mit ihrer eigenen Geschichte mit der Geschichte ihres Großvaters, seiner Taten, der Dunkelheit, die er hinterließ.

Doch gleichzeitig versuchte sie, das Licht zu finden, das auch in der dunkelsten Geschichte existieren konnte. Sie wollte keine Heldengeschichte erzählen, keine Geschichte von Erleichterung, die das Trauma verdrängt. Sie wollte die Geschichten von Menschen erzählen, die sich dem Schmerz stellten und trotz allem die Kraft fanden, weiterzugehen.

Mirco hatte ihr geholfen, zu erkennen, dass es Immer einen Weg gab, sich von der Vergangenheit zu lösen, selbst wenn die Wunden nie ganz verheilen würden. Der Schlüssel war nicht, die Vergangenheit zu ignorieren oder zu verleugnen, sondern sie zu akzeptieren und ihr einen Platz in der eigenen Geschichte zu geben. Nur dann konnte man wirklich frei sein.

Der Tag, an dem Lea ihre erste neue Serie veröffentlichte, war ein entscheidender Moment. Es fühlte sich an, als würde sie ihre eigene Identität in eine neue Richtung lenken. Sie wusste, dass der Artikel Menschen erreichen würde und sie hoffte, dass er auch denen helfen würde, die sich in einer ähnlichen Lage wie Mirco und sie selbst befanden.

Am Nachmittag klingelte ihr Telefon. Es war Mirco. „Lea", sagte er, „ich habe deinen Artikel gelesen. Es war... es war mehr als ich erwartet hatte. Du hast es geschafft, diese Geschichten so zu erzählen, dass man die Menschen wirklich verstehen kann. Du hast den Schmerz und die Wut, aber auch die Hoffnung und den Mut eingefangen. Es fühlt sich an, als ob du wirklich das tun würdest, was du immer. wolltest du gibst den Menschen eine Stimme."

Lea schloss für einen Moment die Augen und ließ sich von den Worten tragen. Es war das erste Mal, dass Mirco so offen über seine eigenen Gefühle sprach, und sie spürte, wie tief er in dieser Reise bereits war.

"Danke, Mirco. Deine Worte bedeuten mir mehr, als du denkst. Aber dieser Artikel ist nur der Anfang. Ich will mehr darüber erfahren, wie Menschen sich selbst in einer Welt definieren können, die sie oft nicht verstehen. Ich will die. Geschichten von denen hören, die sich selbst aus der Dunkelheit holen. Ich will denen eine Plattform geben, die gelernt haben, mit der Vergangenheit zu leben, ohne sich von ihr bestimmen zu lassen."

"Du wirst Erfolg haben, Lea", sagte Mirco mit einer festen Überzeugung in seiner Stimme. "Denn du gibst den Menschen nicht nur eine Stimme du gibst ihnen Hoffnung. Du zeigst, dass es einen Weg gibt, sich von dem zu befreien, was einem auferlegt wurde. Und das ist das, was so viele brauchen." Lea legte ihr Handy zur Seite und nahm einen tiefen Atemzug. Sie fühlte sich, als ob sie auf einem neuen Anfang stand. Als ob sie einen Punkt erreicht hatte, an dem sie nicht nur für sich selbst, sondern auch für andere sprach.

In den folgenden Wochen setzte Lea ihre Arbeit fort. Sie interviewte Überlebende von Trauma, von Krieg, von Verlust und Schmerz. Sie sprach mit Menschen, die versuchten, ihre eigene Geschichte neu zu schreiben, ihre Identität nicht mehr durch die Fehler der Vergangenheit zu definieren.

Jede Geschichte, die sie hörte, war einzigartig, doch alle hatten eines gemeinsam: Sie alle kämpften, um sich von den Schatten der Geschichte zu befreien und ihr eigenes Leben zu gestalten.

Mirco war in diesem Prozess immer an ihrer Seite. Nicht mehr als der Junge, der von seiner Familiengeschichte erdrückt wurde, sondern als ein Mann, der gelernt hatte, sich selbst zu finden. Ihre Gespräche wurden tiefer und bedeutungsvoller. Sie redeten nicht nur über die Vergangenheit, sondern auch über die Zukunft über das, was sie beide erreichen wollten. Sie wussten, dass der Weg zur Heilung nie einfach war, aber sie gingen ihn zusammen.

Lea konnte sehen, wie Mirco wuchs. Er besuchte weiterhin den Therapeuten, er sprach immer offener über seine Vergangenheit. Und sie wusste, dass er auf dem Weg war, nicht nur für sich selbst, sondern auch für die kommende Generation einen Unterschied zu machen.

Als sie eines Abends zusammensaßen und über die Fortschritte der letzten Monate sprachen, sagte Mirco leise: „Weißt du, Lea, ich habe das Gefühl, als ob ich endlich meinen eigenen Weg gefunden habe. Nicht mehr der Enkel eines Juden, sondern jemand, der selbst entscheidet, wer er ist. Und ich weiß, dass es noch viel zu tun gibt, aber es fühlt sich jetzt richtig an. Ich danke dir, dass du mich nie aufgegeben hast."

Lea sah ihm in die Augen und wusste, dass dies der Moment war, auf den sie immer gewartet hatte. Ein Moment, in dem der Schmerz der Vergangenheit endlich nicht mehr das Leben definierte, sondern die Entscheidung, für sich selbst eine neue Geschichte zu schreiben.

Ende

Epilog

Wenn ich heute auf den Weg zurückblicke, den ich mit diesem Buch gegangen bin, sehe ich nicht nur die Seiten, die ich geschrieben habe, sondern auch die Gesichter derer, die mir ihre Geschichten anvertraut haben und die meines Großvater. Es ist eine Reise, die nicht nur mich verändert hat, sondern auch viele andere. Sie hat uns nicht nur die Erinnerung zurückgebracht, sondern uns vor Augen geführt, dass wir nicht von der Vergangenheit weglaufen können. Wir müssen uns ihr stellen, damit wir wirklich frei in der Zukunft leben können.

Am Ende dieses Buches und in gewisser Weise auch am Ende meiner persönlichen Reise weiß ich, dass es kein wirkliches Ende gibt. Die Fragen, die dieses Buch aufwirft, sind weiterhin relevant, die Herausforderungen nicht verschwunden. Die Gesellschaft hat sich verändert, ja, aber nicht genug. Die Wunden, die durch den Nationalsozialismus geschlagen wurden, heilen nicht von allein, und wir müssen alle Verantwortung dafür übernehmen, dass sie nicht wieder aufgerissen werden.

Es gibt immer noch viele, die diese Geschichte nicht hören wollen. Es gibt immer noch diejenigen, die den Blick abwenden, die sich weigern, sich der Wahrheit zu stellen. Aber es gibt auch immer mehr, die bereit sind, zuzuhören, die bereit sind, sich mit den dunklen Seiten der Geschichte auseinanderzusetzen, um aus ihr zu lernen.

Mein Großvater hat mir seine Geschichte erzählt, und er hat mir nicht nur seine Fehler offenbart, sondern auch die Last, die durch diese Fehler auf ihm lasteten. Er konnte sich erst befreien, als er sich dem stellte, was er getan hatte.

Das hat mir gezeigt, dass es nicht nur um Schuld geht, sondern auch um den Mut, sich zu verändern und Verantwortung zu übernehmen - sowohl für die Taten der Vergangenheit als auch für die Zukunft.

Ich habe dieses Buch geschrieben, um meine eigene Wahrheit zu finden. Aber ich hoffe, dass es nicht nur meine ist. Ich hoffe, dass es für jeden, der es liest, eine Einladung ist, die eigene Geschichte zu hinterfragen und Verantwortung zu übernehmen. Denn nur gemeinsam können wir die Lehren der Vergangenheit in unsere Handlungen für die Zukunft umwandeln.

Ich danke allen, die mich auf diesem Weg begleitet haben. Ich danke meinem Großvater, der mir seine dunklen Geheimnisse anvertraut hat, und ich danke den vielen Menschen, die ihre Stimmen erhoben haben, um eine Gesellschaft zu schaffen, die nie wieder solche Fehler wiederholen wird.

Die Arbeit ist noch lange nicht getan. Aber vielleicht ist dieser Schritt ein kleiner, aber wichtiger Anfang. Die Geschichten müssen weitererzählt werden, die Gespräche müssen weitergeführt werden, und wir müssen uns weiterhin mit der Wahrheit auseinandersetzen für uns, für die kommenden Generationen und für die Erinnerung an all diejenigen, die unter den Taten der Vergangenheit gelitten haben.

Und wenn dieses Buch auch nur einer einzigen Person hilft, den Mut zu finden, sich der eigenen Geschichte zu stellen, dann war alles, was ich getan habe, es wert.

Lea

Über die Autorin:

Monika Pistel, geb. Decker.

1978 geboren in Leverkusen,

Ich habe 38 Jahre meines Lebens in Köln Stammheim gewohnt.
Dann bin ich aus der lauten Stadt weggezogen, und ins ruhige
Oberbergische Wipperfürth gezogen. Hier habe ich nun meine
neue Heimat gefunden. Die Ruhe und die Natur bringen mich
immer wieder in einen Zustand der Zufriedenheit, auch an
stressigen Tagen. Ich arbeite hauptberuflich in einer
Baumschule und liebe es mit Pflanzen und Bäumen arbeiten.

Seit gut einem Jahr habe ich das Schreiben für mich entdeckt, es
tut so gut, seine Gedanken niederzuschreiben. Und wenn dann
noch ein Buch daraus wird, umso besser.

Weitere Bücher von mir:

Die Welt nicht mehr im Gleichgewicht
80 Jahre Frieden zwischen Ober-Bergischen und Köln

(Bald erhältlich) Kim lebt !

© 2025 Monika Pistel
Verlag: BoD · Books on Demand GmbH, Überseering 33,
22297 Hamburg, bod@bod.de
Druck: Libri Plureos GmbH, Friedensallee 273,
22763 Hamburg
ISBN: 978-3-7693-0863-1